ボッティチェッリの裏庭

Kajimura Keiji
梶村啓二

筑摩書房

ボッティチェッリの裏庭

サンドロ・ボッティチェッリ　Sandro Botticelli　一四四四／四五―一五一〇

画家。

本名アレッサンドロ・フィリペーピ。

ルネサンス盛期、フィレンツェのオンニサンティ教会近くで、革なめし職人マリアーノ・フィリペーピの末子、四男として生まれる。

若き君主、ロレンツォ・イル・マニーフィコ・デ・メディチ側近の文人サークルの一員として活躍。

一四八〇年代に「プリマヴェーラ（春）」「ヴィーナスの誕生」等フィレンツェルネサンスを代表する繊細優美な神話的、人文主義的作品を残す。

一四九〇年代、メディチ家追放後、修道僧サヴォナローラの神権政治に権力が変転する中、作風を暗鬱な復古的宗教画に一変させた。

晩年は筆を折り、貧窮のなか没したと伝えられている。

ボッティチェッリの裏庭◆目次

一、砂時計

二、絵画

三、檸檬

一、砂時計

1

一五一〇年　五月一九日　フィレンツェ

前略　アレッサンドロ・フィリペーピ様

絵が燃やされる風景ほど悲痛なものはありません。

炎の中で消えていく絵の姿は、ふいに足もとに口を開けた大きな暗い穴のようなものにわたくしたちを突き落とします。なぜ絵だけがそのような感情を抱かせるのでしょう。わたくしにはそれが長い間、答えの見つからない問いでした。

手紙や書物が焼かれる姿や、家が焼け落ちる風景も痛ましいことに変わりはありません。しかし、手紙は本来読み終えれば用を終えるものです。書物は近年マインツで発明された機械で何度も刷り直されるものに変わりました。焼け跡には新しい家がすぐに建ち、新しい暮らしが始まります。

では、絵はもう一度描かれることはあるのでしょうか。もう一度描きなおすことが可能なのでしょうか。それは、もう一度生きなおすことができるのでしょうかと、天にたずねるのと同じことのようにわたくしには思えてならないのです。

昨日、市庁舎前の広場の石畳の上に大きな円の形に残った焦げ跡を通ったとき、わたくしは布地が地面の炭に触らぬよう、我知らずスカートのすそを持ち上げておりました。そして、その部分だけ黒く変わった石畳を踏みしめながら、あの時のことを思い出しておったのでございます。異教的、退廃的とされた品々や絵画が町中から集められ、塔のように積み上げられ、まさにこの場所で燃やされた日のことを。

おそろいの白い修道服を身に着けた十代の子供たちが集団で家々を襲い、大人たちの堕落を指弾する声明文を読み上げ、豪華な装身具や化粧品、楽器、ギリシャ語の書物、古代世界の神々の姿を描いた輝かしい裸体画を次々と没収していきました。そのなかには、かつて貴方《あなた》の工房から生まれた作品もまじっていたかもしれません。それも、今となっては確かめようもありません。何百と積み上げられた品々と大小の絵画は、壇上に上がったあの鷲鼻の男の熱狂的な説教の後、「虚飾の焼却」の名の下、燃やされました。燃え上がる炎は市庁舎の上まで舞い上がり、天を焦がしました。

それまで広場を埋め尽くした人々の興奮で騒然としていた広場が、急に物音一つしなくなったことを思い出します。不気味な沈黙のなか、わたくしは貴方の姿を群衆の中に必死になって探しました。表情の消えた顔で燃え上がる炎を見つめる人々の間に隙間はなく、女の力では押し分けることはかないませんでした。身動きの取れないままわたくしはむなしく壇上のあの男の姿を見上げたのです。

孤独な屈辱の思いと嫉妬と憎悪が、いつしか世を正邪に二分する信念に姿を変え、やがて大義のしもべの衣装を身に着けるに至った、そんな何者かが立っていました。翌年、自らが同じ場所でおのれの率いた民衆の手で火刑に処され、炭になり、黒焦げの頭蓋骨をアルノ川に放り投げられることなど、この男は夢想もしなかったことでしょう。何かを非難し罪の烙印を押すことによってしか得られないものはもろいものです。

貴方は、あの時どこにいらしたのでしょうか。街では、貴方は過去を悔い、自ら率先して自作の裸体画を焼却に供出したと噂されておりました。すっかり人が変わってしまったのだと。そのころ貴方の工房から量産されていた庶民向けの小さな祭壇画を見た者はそう信じても不思議はありません。その百年ほど時代を逆回転させたような暗い絵を。その別人の作のような作風の変貌ぶりを。

わたくしは信じませんでした。万が一、それが真実だとすれば、なんとしても貴方をお止めしなければならない。あの絵を燃やそうと思い詰められたのだとすれば、どんな手だてを使っても思いとどまらせねばならない。わたくしは絶望を押し殺しながら、人の波をなんとかかき分けようともがいていたのでした。

この手紙は、いまからひと月前に貴方がわたくしにお送りくださったあの品へのお礼状を書こうとして筆をとったものです。あの虚飾の焼却の日、わたくしを思いつめさせ、貴方の姿を必死に探させたあの絵が、描かれたときからおよそ二十五年ぶりにこうやって目の前に届けられたとき、わたくしがどれほど安堵したことか。あのとき信じたとおり、貴方は自ら絵を供出するようなことはけっしてありませんでした。

この絵の安泰を二十五年ぶりに知ったわたくしは確信したのでした。やはり、あの時、貴方は広場にいらしていたのだと。目立たぬように、辻の陰から、一部始終をくっきりと頭の中に切り取るように見とどけておられたのだと。おのれの過去を断罪し、人変わりした敗者としてではなく、強い正気の人として。軽やかな冗談と放蕩散財に身を隠しつつ世に処しながら、変わらぬものを内に秘し、透き通った眼で世の転変を見つめ続けた静かな人として。他の誰も知らない、わたくしだけが知る貴方はそんな方でした。

パッツィ家の反乱、それに続く教皇方とのパッツィ戦争、疫病の流行と大量の病死人、殿様の早すぎる死去、フランス軍の進駐、メディチ家の市外追放、共和制への復古と党派対立の内紛、ジロラモの狂信と独裁、虚飾の焼却、一転してあの男の火刑、ヴァレンティーノ公チェーザレ・ボルジアの圧迫……。このフィレンツェを途切れなく襲い続けた内外の動乱を貴方は変わらぬ強い正気で見とどけてこられたのだ。届けられた絵を見て、わたくしはあらためてそう確信し、安堵したのです。貴方の描かれるデッサンの描線の鋼のような強靭さと同様の、冴え冴えとした正気の強さを知る人は、おそらくロレンツォの殿様とわたくしだけだったと思います。愁いを帯びた繊細優美な作品からは想像もできぬそんな強さを秘めるように、貴方はあの絵を人目に見せずお手元に蔵し続けてこられたのでした。

そして、わたくしは安堵すると同時に、どれほど不穏な胸騒ぎを覚えたことでございましょう。なぜ、いまになってあの絵をわたくしにお送りくださったのかと。なぜ、お手元からお放しになられたのかと。

絵にはお手紙は添えられておりませんでした。ただ、「Cへ。アレッサンドロ」とだけ黒いインクで書かれたカードが一枚入っていただけでした。すぐにお礼状の筆をとったものの、その安堵と不安をどのようにお書きすればよいのか、なによりもいまさら何を貴方にお伝えすればよいのか見定めることができないまま時間だけが過ぎて行きました。でも、その思い悩みも昨日の朝、市庁舎前広場の焦げた石畳を見つめていたとき、終わったのです。

一昨日の夜に貴方が亡くなった、という知らせを受け取ったからです。

そのとき、わたくしは番頭頭のアントニオと若い手代のヴィットリオを連れ、御用で市庁舎に向かう所でした。御用は、新しい防御要塞の建築に使う材木の納品契約に関する事務方とのお打合せと、ソデリーニさまの右腕と言われるニッコロというやり手の書記官長へのご挨拶でした。焦げた石畳のところで立ち止まり、しばらく追想にふけっておりましたところ、市庁舎から出てきたお役人二人とすれ違いました。弟子のフィリピーノのときと同じように盛大にやるのかい。いや、それはないだろう。書類入れを脇に抱えた二人はぼそぼそと小声で話しながら通り過ぎて行きます。フィリピーノのとき、という言葉が耳にとまりました。五年ほど前、貴方のお弟子さんの絵師フィリピーノ・リッピさまが亡くなったとき、国葬のような盛大な葬儀が行われ、市民の列が町中を埋めたことがありました。耳をそばだてて役人たちの背を目で追うと、その向こうから丁稚のマルシーリオが走り込んでくるのが見えました。

オンニサンティ町のアレッサンドロさまが昨夜お亡くなりになりました。急ぎ、大奥様にお伝えせよと申し付かりましてございます。

駆け込むなり、マルシーリオが石畳に片膝をつき、肩を上下させ、息の上がった声で真っ赤な頬から切れ切れの言葉をぽろぽろとこぼすように告げたのです。

わたくしは、その場から黙って市庁舎の方を見上げました。

殿様にあずけられていたあの子の彫った大理石の大きなダヴィデ像が正面に立っています。もともとその場所は、殿様のお祖父様、老コジモ・デ・メディチさまと縁の深かったドナテッロ親方の「ユディトとホロフェルネス」のブロンズ像が置かれていたところでした。どこにその新しいダヴィデ像を立てるかを協議する共和国の諮問委員会に貴方はマエストロのひとりとしてレオナルドさんらと一緒に招聘されましたが、その会合に出席するため市庁舎に入る姿を遠目にお見かけしたのが、貴方を見た最後になりました。もう、六年も前のことになります。

ミケランジェロ・ブオナローティ。子供の頃、貴方がなにかとお世話したこともあるあの子はいま、ローマにおります。新しい教皇様のご命令で、宮殿の礼拝堂の天井一杯に創世記の物語を描いているそうです。三十年前、貴方が出稼ぎに出られ、ペルジーノ親方たちと壁画を描かれたまさにあの大きな礼拝堂です。あの子は、そのときまだ五歳ほどだったはずです。メディチの殿様の別邸の庭で、古代の彫刻の写しを一日中見上げていたあの利かん気な顔をした子供が、そのような大きな仕事をすることになるとは、そのころは誰も想像もいたしませんでした。貴方の訃報に接し、顔を上げてダヴィデ像が眼に映った途端、あのころの記憶があふれるようによみがえってまいりました。

わたくしは、届かない手紙を書こうとしています。

貴方がお亡くなりになってしまった以上、これは届ける宛てのない手紙になってしまいました。二十五年ぶりにあの絵と再会した安堵と喜びを貴方にもうお伝えできないのは、なんとさびしいことでありましょう。

しかし、あるとき、わたくしは気づいたのです。

手紙というものは、半分は自分宛てに書いているのだ、と。

届け先に何ごとか用件を伝える。確かに手紙はそのために書くものです。しかし、本当の読み手は自分なのではないか。手紙に書き記《しる》すことで語りかけたいのは、じつは自分自身であり、納得させたいのは自分自身なのだ。いつかそう思いいたるようになりました。

記憶ははかなく、とどめがたい。生きるうちにもその姿はぼやけ、薄れるばかりです。ましてや死すれば、書かれることなき記憶は肉体と共に霧のように消え、二度とよみがえることはありません。わたくしはこの手紙を借りて、貴方と自分自身に向けてあの頃の記憶を綴ろうと思います。

どれほどくわしく記憶を探り、隈なく思い出を書こうとも、わたくしたちは実際には何も気づくことはできず、何を納得することもまたできないでしょう。消えていった時間を書き記すことでわたくしたちにできることは、ただ時の移ろいを受け入れることだけなのかもしれません。

思い出すことが亡き人への最善の供養なのだとよく言われます。しかし実際には、日々の雑事を押しのけてよく思い出すことはとても難しいものです。生きていく。それだけで人は避けがたく忘れていきます。わたくしはどれほど上手に思い出すことができるでしょうか。

心を込めて思い出すこと。思い出をできるかぎり書き記すことで、貴方とわたくしの宝物をいましばらくこの世に漂わせることができれば。

いま、わたくしが願うのは、ただそれだけでございます。

二〇一X年　一一月六日　藤沢

2

子供は砂時計に似ている。

音もなく時を刻むその姿は美しく、そして残酷である。砂は細いガラスのくびれを糸のように落ちていく。すこし目を離したすきに、ガラスの中の砂は驚くほど姿を変え、時がいたずらに過ぎ去ったことを見る者に突きつける。久しぶりに会う子供の姿も同じ力で容赦なく大人を打ちのめす。そのきらめくような変貌で。

カサネからメールを受け取ったとき、早瀬孝夫はふいに目の前にあらわれた砂時計を見るようにスマートフォンの画面を見つめた。あの、足もともおぼつかなかった幼女が自分でメールを打ってきている。それも、端正な大人びた日本語で。たしかまだ十歳にも満たない歳のはずだ。

メールはベルリンから発信されていた。カサネのメールはその直前に受け取った彼女の母親からのメールに続いて届いた。発信元は母親とは別のアカウントだった。

「たいへんごぶさたしております。あのあとも、わたくしはまいにち元気に学校にかよっています。おじさまにおひさしぶりにお会いできるのを、いまから心待ちにしております」

と書かれていた。

母と並んでメールを打ったのだろうか。外国で育つがゆえに、親がより厳格な日本語教育を施したのかもしれない。走るたびに転ぶような幼児の姿しか知らないタカオにはメールの大人びた文面と幼女の記憶がうまく結びつかなかった。

タカオ、タカオと呼びながら駆け寄ってくる姿が今も鮮明によみがえる。しゃがんで受けとめ、抱きあげると子供のからだの甘い匂いがした。じゃれあうタカオと娘のカサネを、母親のカオルと父親のフランツが微笑みながらまぶしげに眺めている。土手の上に満開の桜の樹が果てしなく続き、花びらが風に舞う明るい春の日だった。家族が日本を離れてもう五年たつ。タカオはスマートフォンを閉じた。時間は記憶に薄化粧をほどこす。甘美な風景の断片が胸の中を舞った。

だが、甘い追憶にふけるわけにはいかなかった。母と娘はいま危機の中にいる。カサネが元気に学校に通っているという報告に、あのあとも、と付け加えていたのには理由があった。三か月前、父親のフランツが死んだのだ。

フランツ・ファウストとは東京のフライフィッシング用具のプロショップで偶然出会った。一五年ほど前のことになる。タカオがプロショップにヘラ鹿の毛やクジャクの羽根といった毛バリを作る素材を買い足しにいくたびに、高額品の竿やリールを陳列した鍵付きのガラスショーケースの前に立つ若い外国人客の姿を見た。ある日、自分が所有していた中古のロッドの修理を頼みに来ていたタカオは、再び同じ外国人青年を見かけた。フランツ・ファウストはカウンターの前で高価なハンドメイドの竹製ロッドを撫でさすりながら、購入するかどうか逡巡していた。通常のカーボンファイバー製とは違い、手に入れるためには数か月分の給料をつぎ込む必要がある品だった。何度も店に通っては悩んで手ぶらで帰ることを繰り返していたらしい。同じカウンターの前で精度の高い日本の竹加工技術の歴史についてフランツと話し込んだ。穏やかな声で話す、落ち着いた物腰が印象的だった。そのあとも、何度か同じ店で出会い、そのたびに話し込み、二人は急速に親しくなった。

タカオは大学卒業後、運よく入社試験に拾われ、総合電機メーカーの技術系職員として働き始めたばかりだった。ドイツ系スイス人のフランツはスイスの中堅製薬メーカーの研究開発職員だった。日本支社の新薬開発部門に赴任して二年がたとうとしていたころだ。フランツの方が五つ年上だったが、歳の差は感じなかった。フランツはミュンヘンの大学でベーシックな日本語を学んでいたため、普段使いの日本語は不自由なく使いこなすようになっていた。畑は違っていたが、互いに技術者ということも二人を近づけた。勤務先も近かった。タカオは藤沢の丘陵地帯にある先端技術の研究開発拠点に通勤し、フランツの勤めるバイオ研究所は鎌倉の郊外にあった。二人とも若く、金も時間もなかった。だが、渓流釣りへの情熱だけはあった。

フランツはヨーロッパスタイルの渓流釣りの高い技術の持ち主だった。

ニンフと呼ばれる水生昆虫のサナギを模した疑似餌を糸先に複数個配置して水中に流すヨーロピアンニンフィングをタカオはフランツから初めて教わった。川底の石から離れ、羽化するために水面に浮上する途中のサナギの姿を自ら手作りした疑似餌で再現し、水中の鱒類の捕食を誘う。神話の世界に住む美しい精霊の名を与えられた川虫は、その名とは裏腹に褐色の地味な目立たない存在だ。羽根の延びた成虫を模す疑似餌を水面に浮かべて流すドライフライとは異なり、水中の見えない駆け引きのドラマがあった。

疑似餌のフライを使用する川釣りはその場所の生態系への深い洞察が勝敗を分ける。魚の潜むポイントの見極めとそこへの慎重なアプローチ。季節、時間帯、周辺環境に合致した的確なフライの選定。ピンポイントで投げ込む正確なキャスティング。ラインの水面上の補正。すべてに卓越した技術と見識を持ち、次々と魔法のようにイワナやヤマメを釣り上げるフランツにタカオは脱帽し、師事した。最小の動きで最大の成果を引き出す身のこなしは、指先のわずかな動きでオーケストラを自在に操る巨匠指揮者を思わせた。マエストロ。タカオは、川ではフランツのことをそう呼んだ。

「日本の川とオーストリアの川はほとんど違わない。とてもよく似ているよ。違うのは風の匂いぐらいだ。日本の風は家畜の糞の匂いがほとんどしない」

フランツは川の中に立ちこんでロッドを振りながらよくそう言って笑った。スイスの川は急峻過ぎて釣りに向かないため、平坦な流れのあるオーストリアまで移動して釣りをすることが多いのだという。まだ空の暗いうちから中古のワゴン車で中央高速を飛ばし、東京から北アルプス方面まで幾度となく二人で出かけた。フランツの運転はヨーロッパ人らしく、放っておくと日本の法定制限速度をはるかに超える高速で巡航した。四時間ほどで到着する感覚もスイスからオーストリアの川に移動するのとほとんど同じだとフランツは言った。途中のサービスエリアのフードコートで、白い長靴と割烹着姿の婦人がカウンター越しに出す安いラーメンを立ったまま並んですすった。フランツはなんでもないありふれたラーメンをことのほか好んだが、いつも上に載った海苔をそっとタカオの椀に移した。どうも、海藻だけにはまだ慣れないんだ。そう言ってすまなそうに笑った。

互いに仕事の話はしなかった。いつも川釣りの話に熱中していた。釣りの話と言っても釣果の話題ではなく、生態系の話が中心だった。これまで釣行したそれぞれの川の水質、水温、水量の変化や周囲の植生、地形の人為的変化、水生昆虫の分布の変化の状況を飽きずに語りあった。釣行地の日本酒の希少銘柄の話も盛り上がった。休暇を取って行った東北や北陸への遠征釣行は蔵元の探訪も兼ねていた。フランツは、アルコールは嗜む程度にしか飲まなかったが、薬学の専門家として、日本酒の醸造の神秘に純粋に惚れ込んでいた。

専門の自然科学系だけではなく、フランツの話には端々に問わず語りに漏れ出る芸術や文化に関する幅広い知識が感じられた。タカオはほとんどついていけないままフランツの幅広い教養にひそかに圧倒された。だが、なによりもタカオを魅了したのはその若さに似合わぬ、どこか悟ったような寡欲で静穏な人柄だった。それはタカオを安らがせ、この異国の友を心から畏敬させた。

そんなある日、フランツに「じつは来月結婚する。婚約者を紹介したい」と言われた。タカオはその日の事をいまもはっきり思い出すことができる。

フランツの婚約者として紹介されたとき、藤尾カオルはまぶしそうな微笑みをうかべ、分度器で測ったような角度で頭をさげて会釈した。頭を上げ、タカオの眼をまっすぐに見つめた。みずみずしい輝きのなかにかすかな憂愁が同居する目があった。

そのときのカオルはセシルカットの短髪だった。美しい放物線を描く小さな頭蓋の形がはっきりと分かった。白い頬に続く細く短い顎の線が潔癖な少年を思わせた。歳はタカオと同い年だった。ほっそりした体つきと中性的な装いに隠されて目立たなかったが、別れたあとも、美術教室に並ぶ白い石膏の頭部モデルを思わせる清雅で端正な容貌が長くタカオの脳裏から去らなかった。

藤尾カオルは大学で分子生物学を学び、修士修了後、フランツの勤める製薬会社に入社した。新薬の研究開発の研究員として配属された。フランツは若い上司だった。フランツはたちまち恋に落ちた。カオルは当初戸惑ったようだが、次第にフランツの謙虚な人柄と誠実さを受け入れ、長い求婚のすえ結婚した。

一人っ子のフランツはヨーロッパの両親をすでに亡くしており、近しい親戚も持たなかった。身軽とも言えたが、はからずも天涯孤独の身になっていた。カオルの実家は瀬戸内海の小島で柑橘農園を経営する農家だった。三つ上の兄が一人いたが、兄は小学生の時に海の事故で亡くなっていたため一人娘として育った。父親は東京の農業大学に特任教官として招かれて出講したこともある在野の農業技術研究者だった。カオルの両親は驚きつつも温かくフランツを迎え、二人を祝福した。結婚式は島の小さな神社で家族だけで行われた。家族親類を持たないフランツ側の出席者は製薬会社の同僚とタカオだけだった。

フランツは勤め先の鎌倉の研究所から車で二十分ほど離れた里山に長く無人となっていた農家の古民家をタダ同然の安い賃料で借り、持ち主の了承を得て水回りだけを改装して新居とした。フランツの考えで、便利さよりも、安さと広さを求めた結果だった。

実際、傍目からも二人の暮らしは質素と言っていいほどつつましいものだった。休日に二人の借家によく招かれた。三人でささやかな料理を作ってフランツの好んだ日本酒を楽しんだ。野菜は借家裏の小さな畑でフランツたちが育てたものをそのたびに収穫して使った。カオルは実家から届く瀬戸内産の新鮮な魚の干物を庭の七輪で焼いてくれた。タカオがとりわけ好む好物だったからだ。待ちきれず七輪を覗き込むタカオを、カオルは団扇を動かしながら笑顔で見上げた。実家の柑橘農園で作られたレモンやオレンジが、いつも大きなテーブルの真ん中に置かれた籠に山盛りに盛られていた。重厚な古材が黒い艶を放つ古民家の広い板の間に置かれた傷だらけの古いダイニングテーブルは、両親が亡くなって空き家になったフランツのスイスの実家から運んだものだった。テーブルは十六世紀前半にミラノで制作されたと伝わる八人掛けのもので、古民家でなければとても収まらない大きさだった。

独身時代と変わらず、フランツとタカオは春から夏にかけて毎週のように週末になると渓流に釣りに出かけ続けた。カオルは嫌な顔一つせず、必ず自ら握ったにぎりめしを二人に持たせた。

「タカオさんは高菜の古漬け刻んだのを入れたのが好きだったでしょ？　フランツはあいかわらず子供みたいに苦手みたいだから入れなかったけど。今日もタカオさん用ににぎっておいたから」

カオルは笑顔をタカオに向けながら、にぎりめしの並んだプラスティックの密閉容器の蓋を開けてタカオに差し出した。

「いつもフランツとつきあってくれてありがとう」

カオルは二人が釣りに出かけるのを見送るたびにタカオの眼を見てそう言った。社交辞令ではなかった。保護者が心から感謝し、孤独な子供を送り出すような口調だった。タカオは笑顔で首を横に振った。

そのうち、三人は四人に増えた。娘のカサネが生まれたのだ。

長じるにつれ、赤ん坊の中から魔法のように美しい幼女が現れた。歩き始め、言葉を話し出し、タカオに隠れん坊遊びをせがんだ。

カサネは生まれつき右耳の聴力をほとんど失っていた。幼児検診で発見されるまで、明るくはしゃぐ姿からはその欠損はわからなかった。普段の生活に支障はなかった。ときおり、かすかに左側の耳を前に向け、たずねるように大きな瞳で見つめながら相手の話を聞きとろうとした。その仕草がかえって大人たちを魅了した。

なぜか、カサネはタカオによくなついた。タカオもカサネの遊び相手を倦まず務めた。はしゃぎながらタカオを追いかけまわし、首に抱きつくカサネの上気した頬がふとした瞬間に母のカオルに生き写しであることに胸を衝かれ、動転した。それを隠すようにタカオはカサネの脇に手を入れて高々と持ち上げ、振り回し、幼い歓声をあげさせた。子猫のようなやわらかい身体《からだ》になつかれるたびに胸の奥に走る痛みをごまかした。

自分の師匠の、尊敬する先輩の妻に魅了されてしまった男というのは悲劇的存在であるのか、喜劇的存在であるのか。

いまもタカオにはその答えは見つかっていない。

はじめてその瞳を見た瞬間、ボートは音もなく揺れ、ねじれた水流の中に乗り入れていたのだが、タカオがそのことに気づいたのはずっと後のことだった。条件がそろったとたん起こってしまう現象は、物理や化学の世界でも数限りなく存在し、それは避けようがない。人間の芯にある材質を変えることはできない。イリジウムに、今日からお前はパラジウムになれと命令することができないのと同じだった。人は生まれ持った材質とだましだましつきあい、いったん起こってしまったこととは折り合いをつけながら終わりまで一緒に生きていくしかない。避けようのない化学反応を抱えながら、タカオははからずも、フランツとカオルたち三人家族の幸福の絶頂の時間を見守る役目をはたすことになった。

人は目に見えない酸素なしには生きてはいけない。人と人が出会う人生には時に同じような成分が生まれる。その成分が喜びをもたらすか、苦しみをもたらすかは別としても。自分にそのことが起こってしまったことを受け入れるのに時間がかかった。誰にも言えない内なる事件だった。長い沈思のあと、タカオは胸の中でそっとため息をつき、小さく笑った。考えることをやめ、マウスでファイルをゴミ箱に移動させた。

カオルと出会ってからしばらくして、タカオは人が変わったようにつぎつぎと自分から女性に声をかけるようになった。そのときは互いに若い心と身体を満たしあえたと思った。誠実に好意を育てようと努力した。だが、なぜかいつも長続きしなかった。毎年のように付き合う相手を変えた。タカオはひとり自分を疑い、責め、沈黙した。内側で沈黙すればするほど、おまえ性格が明るくなったなと周囲に言われることが増えた。最近なんだか調子がいいんだ。笑ってタカオは答えた。

先端技術の開発の仕事にも以前よりのめり込むようになった。はたからはますます明るく前向きな社員に見えた。重電から家電までカバーする会社のなかで、デジタル画像処理ソフトウェアの開発がタカオの担当領域だった。人が変わったような寝食を忘れる働きぶりで、いつのまにかその世界で一目置かれる存在になっていた。

深夜までオフィスに居残り、ひとり端末に向かってプログラムを書き続けた。ディスプレイを見つめたままイヤフォンを両耳に突っ込み、携帯端末から音楽を聴きながら仕事に没頭した。携帯端末に大量に保存してあったのはすべてブラームスの楽曲だった。膨大な仕事を残した、白髪交じりの長いあごひげを蓄えた熊のような老人の風貌で記憶されている男の紡いだ音楽をランダム再生モードで聴きながら、はてしないプログラム言語を記述し続けた。タカオはおのれをいぶかった。なぜ、仕事をしながらこんなものばかり聴いてしまうのか。繊細だが決して明るくもなく、気分晴れやかにもなれない音の流れを。

老いた熊と繊細な旋律は結びつかなかった。だが、あの熊のような老人にも、白皙の美青年の時代はあったのだ。

一八五三年、無名の二十歳の若者だったヨハネス・ブラームスは自作の楽譜を見せにローベルト・シューマンの自宅を訪ねたとき、初めてシューマンの妻クララに会った。クララは一四歳年上だったがいまだ美しさは衰えず、ブラームスは美青年だった。ブラームスはそのまま一か月シューマン家に滞在した。

シューマンは無名のブラームスの才能を絶賛して世に送り出し、シューマン一家とブラームスの濃密な交際は続いた。しかし、長らく精神の病に苦しんでいたシューマンは翌年入水自殺未遂事件を起こし、三年後の一八五六年、悲劇的死を迎える。病に苦しむ師とその家族を見舞い、献身的に支援したブラームスは恩師の死のあとも未亡人となったクララとその八人の子の生活を生涯にわたって支え続けた。永遠に出口のない逡巡と苦悩の旋律を大量に生み出しながら。ブラームスは終生独身を通した。

天才に苦悩を与えて仕事を促す創造の神のいたずらとも思えるこの物語は悲劇だったのか、それとも喜劇だったのか。画像処理のプログラムを書きつつ、次々と楽曲を聴き流しながら、タカオは答えのない問いをぼんやり考え続けた。

晩年、病を得たシューマンは精神に安定を欠くことが増えていた。ブラームスは尊敬する師に献身的に仕え、師事し続けた。おそらく、クララもブラームスにこう言っただろう。「ローベルトとつきあってくれてありがとう」と。

タカオはもともと音楽には関心はなかった。そのとき流行りの和製ポップスをおつきあいのカラオケで歌うのがせいぜいだった。あるとき、たまたま読んだ新聞の夕刊の文化欄で名盤評の記事を見かけた。ブラームス間奏曲集。グレン・グールドのピアノによる録音だった。CDショップでもお勧めの札が立っていた。よくわからないままその一枚をレジに運んだ。

結局その夜、タカオはひとりアパートのベッドに寝転がって同じCDを五回繰り返して聴いた。晩年のブラームスが、存命していたクララ・シューマンに献呈した作品だった。

甘美だが、迷いの中を行きつ戻りつし、ピリオドを見つけられないまま彷徨い続ける旋律。その音楽は、別に悲しいわけではなかった。単に出口が見えないだけだった。次々とブラームスの別の曲のディスクを買っていった。気がつくと、作曲されたすべての作品の録音を手に入れていた。

「フランツが事故で亡くなって三か月たった。いろいろ折り入って相談したいことがある。直接会って話したい。できるだけ早く会えないだろうか」

ベルリンに住むカオルのメールの趣旨はそういうものだった。五年前のドイツ転勤以来、家族はずっとベルリン市内に暮らしている。文体は以前とかわらない。長いつきあいの友人でありながら、丁寧で慎みのある礼儀正しい距離感を保った文体が心地よかった。分度器で測ったような挨拶の姿が眼に浮かんだ。だが、未亡人となったカオルからのメールはそれ以前のメールとはまったく別のものに見えた。

どう違うのか。

それを考える蓋が開くのをタカオは無意識に抑制していた。深呼吸し、胸の奥の錆びたマンホールの蓋を押さえて黙らせた。もうお互い三十八歳の大人なのだ。普段と変わらぬ調子を保ちながら返事を送信した。

「偶然だが、二週間後、ベルリンの欧州本部に出張しなければならなくなった。処理すべき問題が多く、幸い少し長い滞在になると思う」

タカオは意図的に感情を排した趣旨だけ伝える簡潔なメールを送った。

返信がすぐ後に届いた。

「今はまだ会えそうにない。いろいろ整理がつかず、来てもらっても迷惑をかけることになる。いずれ落ち着いたらまた連絡する」

長々と丁寧な言い訳があったが、要するに会いたくないということだった。

了解。手伝えることがあればいつでも遠慮なく連絡してほしい。タカオは調子を変えることなく簡潔に返事した。やはり、会わない方がいいのかもしれない。タカオは、送信を終えた空白の画面をしばらく見つめながら互いの揺らぎをあらためて推し量った。

一時間後、技術者だけ十人ほど集まった会議室で三次元画像の新たな記録再生技術の内部プレゼンテーションをしていたタカオのポケットが再び震えた。プロジェクター画面横で説明を終え、席に戻りスマートフォンを見た。

「やはり早く来て」

出張のついでなら、それほどタカオの負担にならないかもしれない。考え直した理由をそう書いていた。カオルのメールは丁寧な言葉遣いながらも、揺らぎと、どこか切迫感のようなものを感じさせた。了解。落ち合う場所を指定してほしい。タカオはまた簡潔に返信した。

翌朝、海に近いアパートを出て出勤するバスの中でポケットがまた揺れた。画面を見た。

「やはり、今は来ないで」

タカオはため息をついてバスの窓の外を見た。丘の上に銀色に輝くススキの穂が揺れている。小山に囲まれた研究所と気分を切り替えるために、あえて離れた海に近いアパートを借りてバス通勤をしている。丘の上の研究所前の停留所でバスを降りた。その直後だった。追いかけるように娘カサネのメールが来た。四歳で日本を離れて五年、今年九歳になるカサネのメールは母親のゆらぎを無視するように、屈託なくタカオとの再会を喜んでいた。

発端は五か月前にさかのぼる。

五か月前、フランツからタカオにメールが届いた。タカオの職業的な専門領域に関する質問だった。

「大画面の絵画を原寸大でデジタルデータで保存し、完全なレプリカを作成することは可能だろうか」

質問はそれだけだった。

何を意図した質問なのかわからなかったが、「光学画像としてなら記録と印刷の高精細化は人間の視覚能力をはるかに超えるレベルまで進んでいる。細部まで確認し分析することは実物以上に容易になる。データの分割記録と合成に手間はかかるが、三次元プリンティングによる忠実な物理再現は可能だ。三次元で製作すれば通常の視覚では実物と見分けはつかない」と職業的に答えた。

美術品のデジタル保存は多くの公的機関によって試みられ、すでに常識として定着している行為だ。

十九世紀なかばに銀塩写真が生まれて以来、今ほど光学画像が日々大量生産される時代はない。デジタル化によって画像の増殖は別次元に突入した。スマートフォンとソーシャルネットワークサービスによって、さらにその数は地球規模で爆発的に増殖しつづけている。

あるとき、会社の同僚と小さなプロジェクトの打ち上げで鰻を食べに行った。営業の若い女子社員が重箱に艶やかに敷き詰められた鰻のかば焼きに歓声を上げ、すぐさまスマートフォンを取り出して接写を繰り返した。

「なんで、そんなもの撮るの？」

タカオはたずねた。

「だって、食べちゃうと全部消えちゃうでしょ?」

重箱からはみ出さんばかりの鰻の姿に高揚した眼を輝かせながら若い営業ウーマンはうふふ、と笑って割り箸でいとおしげに鰻と飯をすくい、口に運んだ。

無意識の暗闇の中で人々は直感する。「今、この時」が流れ去り、消えていく。けっして忘れえぬはずの人生の宝石である自分の記憶があやふやになり消えていくことを。

その哀しみははっきりと意識されることはない。だが、喪失への無意識の恐怖と哀しみが人に際限なく画像を求めさせる。光学記録技術が生まれる以前、肖像画が大量に描かれたのも、その人物の栄光の称揚と記録よりも、今という時の喪失と記憶の劣化に対する言葉にならない人々の哀切な予感がその深い理由だっただろう。

デジタルデータによる大量の画像記録。そのかりそめの安心感と依存性は麻薬に似ている。そして、その麻薬を進化させることが技術者としてのタカオの仕事だった。記録と再現の精細性、忠実性、実在性、さらにそれを自在に加工する可塑性の追求と分析利用方法の追求は終わることがなかった。二次元から三次元へ、表層から深層へ、可視領域から不可視領域へと開発競争は現実との境を突破する次元に達しつつあった。麻薬が高度化すると現実と幻影の境を破るように。それらは印刷、通信、放送のみならず、医療、天体気象観測、セキュリティ管理の世界を変え、製造技術全般、そして軍事技術の劇的進化につながっていく。

その分野の専門家としての自分にフランツに初めて言及されたメールは、どこか唐突な印象をタカオに与えた。それまで、互いに仕事の話などいっさいしなかったからだ。何度か同じ用件でメールのやり取りがあった。

「近いうちに東京に出張する。そのとき会って相談したい。君の協力が必要だ」

そうフランツは書いてきた。

「いいね、とても楽しみだ。東京では、最近いい日本酒が飲める店が増えた。探しておく」とタカオは軽い調子で返信した。

事故の知らせがあったのはその三週間後だった。

フランツはスイスのバーゼル港のコンテナヤード内の殺風景な道路で、おそらくは貨物トラックに轢かれ死亡した。即死だった。

おそらく、というのは、事故現場はたまたま監視カメラの死角だったため、周囲のカメラの画像から推定されたにすぎないからだ。目撃者はいなかった。推定される中型のパネルトラックはそのまま逃走し、ひき逃げ犯の行方はつかめていない。監視カメラがモノクロームの前世代のもので、画像からはプレートは判別できなかった。バーゼルはライン川上流の河川港で、ドイツ、フランス、スイスの三つの国境が接する街だ。そこからはいずれの国へも簡単に移動できる。

バーゼルはフランツの生まれ育った街だった。亡くなった両親の実家も残っていると聞いていた。フランツにとって縁がない場所ではない。だが、なぜ、フランツはたったひとりでバーゼルにいたのか？　フランツは妻のカオルにさえ行先も何も告げていなかったという。業務出張でなかったことは勤務先の調べではっきりしていた。死体に手荷物はなかった。手ぶらで港のコンテナヤードのコンクリートの上でうつぶせになっていた。

おそらく、つるつるした冷たいコンクリートに頬をつけながらフランツが薄れゆく意識のなかで最後に見た風景は、果てしなく広がるとらえどころのない灰色の世界だったはずだ。突然覆いの下から姿を現した世界の真の姿のように、何の目印もないからっぽの灰色の平面のイメージがタカオの脳裏から去らなかった。

なぜフランツはそんな風景を見ながら死ななければならなかったのか。堅実な中堅企業に真面目に勤め、川釣りを愛し、ささやかだが美しい家庭を築き、つつましくも心豊かに暮らしていたごく普通の男が、そんな場所でそんな死に方をする理由はどこにも見当たらなかった。

スイスの警察はありふれたひき逃げ事故として処理した。仕事上のトラブル、家族内のトラブルに関してヒアリングはあったが、結局目立った問題は見当たらないとしてそれ以上深い調査は行われなかった。

「大画面の絵画を原寸大でデジタルデータで保存し、完全なレプリカを作成することは可能だろうか」

フランツとの最後のやり取りになったそのメールをタカオは見直した。闇に小さくライトが光り、遠い角を曲がって消えた。再び墨の海のような闇が世界を満たした。

カオルの相談とは何だろう。フランツがもちかけた相談と関係があるのだろうか?

カオルは今、幼い子供をかかえ、ひとり異国に残され、おそらく孤立無援と言ってもよい状況のはずだ。フランツは日本に赴任した後すぐに相次いで両親を亡くしている。フランツは一人っ子で、父親にも兄弟はいなかった。ドイツはもとより、スイスにもカオルが頼れるファウスト家の近しい親類はいない。

ほとんど類縁らしきものを持たなかったフランツは新たに自分の家族を築くことに人一倍強い願望を持っていた。カオルから聞いた話だ。カオルとカサネは彼にとって新たに築き上げたかけがえのない自分の家族だった。鎌倉に暮らしていたころ、フランツはカオルの実家の両親とも積極的に交流し、頻繁に瀬戸内の小さな島にあるカオルの実家に親子三人で帰省していた。瀬戸内の柑橘専業農家の実家への帰省を率先して促したのはフランツだったという。頻繁な帰省も、おそらくはフランツの新しい家族を求める願望から発した行為だった。

家族は自然発生的な事実である以上に意思と願望が支える物語であり、構想をもって描かれる絵画であることを、タカオはフランツ一家を見守るなかで知った。たった一つピースが欠けただけで家族の肖像は一瞬で消えることがある。支えを失ったジグソーパズルが瓦解するように。カオルはおそらく、いま、床に散乱したパズルのピースの中にいるのだ。

自分に何ができるのか。今の自分に人を助ける余力があるのか。とらえどころのない灰色の世界が頭蓋の中に広がるのを感じた。タカオはバスが去った後もバスの停留所に立ち止まったまま、晴れ渡った晩秋の朝空を映した研究所のガラス建築を見上げた。

オフィスの席に着いて、娘のカサネに「大きくなった姿を見るのが楽しみです」と返信メールを送り終わったとたん、携帯が短く震えた。もう返事が来たのか、と発信者を確認した。カサネではなかった。そのままメールを開くことなく、発信者の名をしばらく見ていた。発信者は何度か会ったシンガポールのヘッドハンターだった。

「早瀬くん、今度の欧州本部の件でちょっと」

タカオの耳元でささやく声が聞こえた。上司の部長の鶴岡がいつの間にか背後に立ち、肩に手を置いて無表情な顔を寄せている。

タカオはメール画面を反射的に消した。さりげなく振り返って黙ってうなずき、立ち上がってガラス張りの部長室に戻る鶴岡の背を追った。

3

二〇一X年　一一月六日　シンガポール

ハヤセタカオさま
　ＧＬＳマネージメントのウィリアム・チャンです。

　お世話になっております。

　前回はお忙しい中、貴重なお時間をいただき、まことにありがとうございました。たいへん意義深いお話合いを進めさせていただくうちに、このたびのご縁が、無限の可能性を秘める貴兄とクライアント企業さま双方の飛躍的発展につながるものであるという確信をさらに深めることができました。活躍の場を求める才能と、即戦力を求めるクライアント企業さま双方の利益を最大化することと。わたくしどもの使命はこれに尽きるわけですが、今回のお話がその最良のケースになることは間違いございません。

　今回、貴兄を指名し招聘を強く望まれているクライアント企業さまが、現在ご用意されている条件をあらためて整理させていただきます。

企業名　ＺＲＤオプトロニクス・ホールディングス
ポスト　イメージングカンパニー、研究開発部長
勤務先　シンセン経済特区工場内研究所、および香港セントラルオフィス
給　与　現状の倍額以上で応相談
ストック・オプション　応相談
その他　二五〇㎡の高層アパートメント、ハウスキーパー、自家用車支給

ご存知の通り、ＺＲＤオプトロニクス社はシンセン経済特区のベンチャー企業の中で最も将来の成長が期待されている企業の一つです。貴兄の持つ高い技術と情報は必ずや同社を、世界トップクラスの企業に飛躍させることでしょう。それはとりもなおさず、貴兄の輝かしい未来を約束するものであることは言うを待ちません。

前回のお打合せでうかがった貴兄の抱かれる懸念は充分に理解できるものです。待遇条件の信頼性に対する不安は雇用される側が持つ健全なセキュリティ感覚と申せましょう。移籍先が法体系、法意識の異なる国のベンチャー企業である場合、その不安はなおさらのことと想像いたします。その件に関しましては、わたくしどもの厳密な調査にもとづき、同社は数あるベンチャー企業のなかで最も現代的な、グローバル水準の雇用マネージメント制度を備えた先進的な企業であることをここに保証させていただきます。

しかし、貴兄が最も懸念されているのはそれとは別の問題でした。技術流出による祖国への裏切り、現在所属している企業への背任の問題です。貴兄の誠実さには深く敬意を表します。ただ、その心配がはたして必要なものかどうかに関しては、さまざまな見解がありうると当方は考えており

ます。

　真に革新的な技術は最終的には普遍性を帯び、人類全体への貢献となり、特定の企業や特定の国家の利益から離陸していくものです。その普遍的技術の誕生の場を提供できるかどうか。人類の歴史という長い目で見れば、企業に問われているのは、その普遍性を見きわめる眼力とビジョンであり、その孵化の役割を担える力量なのではないでしょうか。

　人類の資産となる真に創造的な価値は、そのときどきの最も勢力ある場所に保護されるべきである。そうわたくしどもは信じます。同様の観点から、人類に貢献するイノベーションを生み出す最良の場所を選ぶ権利は、技術者の側にこそあるはずです。

　人類への貢献という点で見た場合、芸術家のケースを考えると、わたくしたちは一つの示唆を得ることができると思います。

　あのレオナルド・ダ・ヴィンチの場合を思い起こしてみてください。

　レオナルドはフィレンツェ、ミラノ、ヴェネツィア、ローマ、フランスと仕える国と仕える主を転々と変えながら、人類史に残る遺産を生み出しつづけました。

　大作曲家ヘンデルはドイツのハレに生まれながら、生涯の三分の二をイギリスの宮廷作曲家として過ごし、イギリス人として大量のオペラ作品を残しました。

　これらは裏切りでしょうか、背任でしょうか？

　彼らは生涯、国を移り、主を変えました。そこにしか彼らの才能を発揮する最良の場所がなかったからです。そこにしか彼らの才能を支え、生かし、開花させる「力」がなかったからです。

　組織や国家の盛衰は常に変転します。歴史を顧《かえり》みますに、その変化の速度は速く、劇的な逆転劇がいたるところで起こってきました。変化が常である以上、変化への対応と自らの才を生かす最適の場所への移動は、才ある人間の人類世界に対する義務ともいえるものではないでしょうか？

貴兄が達成されてきた、そして将来達成されるであろう技術的革新は一企業や一国家の盛衰に左右されてはならないものと確信いたします。むろん、これまで活躍されてきた組織に対する貴兄の愛着、忠誠心は賞賛されることはあっても、けっして非難されるものではありません。しかし、残念ながら、現在お勤めの企業さまが将来の見通せない状況に陥っている現状をかんがみれば、貴兄のご判断の方向はおのずと明らかではないかと考えております。

シンセン特区のクライアント企業さまとの交渉は、さらなる条件の向上をめざして引き続き進めてまいります。条件の変化はすぐにお知らせいたします。こちらから貴兄を急かせるようなことはいたしません。熟慮のお時間をぜひお取りください。貴兄の決断と前向きなご返事を心よりお待ち申し上げます。

GLSマネージメント　ウィリアム・チャン。

二〇一X年　一一月七日　藤沢

4

巨大な客船がゆっくりと沈んでいく風景ほど孤独な風景はない。ほとんど感じ取れないかすかな傾きから始まり、次第に喫水線が上昇し、最後に残った船尾が海面に消えるまでの長い時間は、老いの時間に似ている。気づくことの難しさと、後戻りできない残酷さと、他の誰ともその体験を真には共有できない孤独で。

崩壊は静かに、そして唐突に始まった。決算発表が突然延期され、本社ビルの前に報道機関のテレビカメラが何台も並んだ。撤退、縮小、削減、分離、売却、吸収、募集。聞き慣れない言葉が飛び交った。事態が明るみに出るまで、一度も耳にしたことのない言葉だった。

浸水は密かに長い時間をかけて進んでいた。数百という隔壁に区切られた小部屋のそれぞれで起こっていた浸水は隠され、他の部屋には伝えられなかった。かばいあい、摩擦をさけあうほど腐蝕は覆い隠される。事実よりも空気が重んじられ、見て見ぬふりが大人のマナーとなった。本来、万が一の浸水の拡大を最小限に食い止めるために張り巡らされた隔壁が危機を見えなくし、恐怖を押し殺した優雅な微笑みがシャンデリアの輝くボールルームに集まり、ある日破綻した。

不気味な沈黙の中、浮力を維持するために船体の軽量化の作業が進められていった。貴重な積み荷が捨てられ、乗員が端から降ろされた。船から降りる乗員は三つに分かれた。ボートで海上に置き去りにされるもの、他の船に自力で泳いでいくもの、そして絶望して海に飛び込むものだった。

本来なら怒号と叫喚に満ちた時間になるはずだった。だが、乗員の誇りと、それ以上に互いを信用できない疑心暗鬼が異様なまでの静けさをつくり出していた。お前はどうする。その一言を呑みこんだ沈黙が船内を覆っていた。互いの表情を読みあう隠微な視線が飛び交う中、積み荷の廃棄と乗員の退船が目立たぬ形で静かに進んでいった。

いずれ順番が来れば、自分が退船の対象となり、最後まで残ったとしても船と共に深海に沈むか、なんとか沈没をまぬかれたところで船は全く違う方角を目指して漂流するだろう。

だが、もともと船は何処《どこ》を目指して航行していたのか。

その素朴な問いに自分でも明快に答えられないことに気づき、タカオは縹緲とした思いにとらわれた。突き詰めれば目指す目的地はなく、浮かび続け航行し続けること自体が目的だったとすれば、海を行くすべての船はいったいなんだろう？

勤務先の総合電機メーカーが瀬戸際に追い詰められていた。

巨額の粉飾決算が突然明るみに出て、事業の縮小、解体、売却の危機に瀕していた。カオルには伝えなかったが、今度のベルリン出張もじつは前向きなビジネスではない。ヨーロッパの事業拠点の閉鎖、完全撤退の手伝いが目的だった。

大型の積み荷の廃棄策として、ヨーロッパ市場全体からの撤退、支社網の全面閉鎖が決定されていた。タカオは同じ技術系社員として開発部門の閉鎖、解雇作業のサポートに急遽駆り出された。技術情報の流出対策と現地技術者の解雇者の選別、残すべきキーマンの説得、転出防止がタカオの役目だった。むろん本来、技術者の仕事ではない。

他の船に自分で泳いでいく者の多くは、競争力の根幹である先端技術情報とともに流出していく。それが他の船に乗るもっとも強力な通行手形だからだ。俺は救命ボートを下ろしながら、ボートに機密持ち出しがないように目を光らす船員のようなものだ。沈む巨大客船から救命ボートに乗せる人間を選別し誘導する。だが、誘導している自分の足元のデッキもすでに傾き、つぎつぎと荷物が海に転げ落ちて行っている。自分の属している東京本社の映像事業本部も部門ごと売却されるかもしれないという噂が社内に飛び交っていた。

ベルリン行きの準備を進めながら、タカオはヘッドハンティング・エージェントのウィリアム・チャンという男の流暢な日本語を思い起こしていた。

チャンは最初のミーティングでフォン・ブラウンの話を持ち出した。アポロを月に送り込んだ二十世紀の伝説的科学者だ。

ドイツに生まれたヴェルナー・フォン・ブラウンは少年の頃から月に人を送り込むという夢に取りつかれた男だった。夢の実現のために資金源となる己の雇い主を躊躇無く変えていった。売り込み先は常にその時の最強の権力だった。ヴェルサイユ条約に抗して再軍備を進めるドイツ軍に技術を売り込み、ナチスの親衛隊に入隊。ヒトラーの元でV2弾道ミサイルを開発し、ロンドンを焼いた。ナチスドイツの敗亡が決定的になると、ひそかにスタッフを引き連れてアメリカ軍に投降し、戦後アメリカで大陸間弾道ミサイルの開発の技術リーダーとなった。ナチス親衛隊は大戦末期、逃亡するロケット技術者全員の殺害を指令していた。西側に逃げ遅れた技術スタッフの半数はソヴィエトの赤軍に捕縛され、戦後、東側のミサイル、ロケット開発に従事した。

フォン・ブラウンは最終的にNASAに移り、アポロ計画に使用されるサターンロケットを開発し、積年の夢である人による月面着陸を実現した。フォン・ブラウンにとっては、それまでの軍事ミサイル開発はすべて有人月ロケットのための開発実験だった。

真の才能は最強の雇用者を選び、最終的に人類に多大な貢献をもたらす。裏切り、売国、変節、保身の批判はすべて才能に恵まれないものの中傷にすぎない。躊躇は不要である。不要であるどころか人類に対する不作為の罪である。チャンは淡々と語った。

タカオはむろん話半分に聞いていた。自分がフォン・ブラウンと同じ次元の技術者ではないことは自明だった。天才たちのたとえ話は、ヘッドハンティングの対象者の自尊心をくすぐる常套の語りくちなのかもしれない。チャンとはシンガポールの技術系ネットマガジンへの寄稿を依頼されたのが最初の縁だった。イメージング技術の将来展望について短いレポートを書いたときに一度会った。ネットマガジンはヘッドハンティング・エージェントと同じグループに属していた。ネットマガジンはハンティングのターゲットを探索する網の役割を果たしていたことになる。チャンは若く、長身で、落ち着いた物腰を持っていた。高ぶることなく淡々と話す口調に説得力があった。小学校を卒業するまで神戸で生まれ育ったという。自然な日本語には関西風のイントネーションが混ざっていた。一九五〇年代のハリウッド映画俳優のようにきちんと整えた黒い短髪、身体に沿った無地のネイビースーツ、真っ白なシャツにこれも無地のネイビーの細身のネクタイをさらりと締めただけの目立たぬ簡素なスタイルがあまりに洗練されていて、かえって目立った。

技術先進国から新興国への技術者の流出は止められない。成熟の果てに停滞し、資金を失い、制度が硬直し、引き止める能力を失った先進国の産業は惨めだ。新興国はターゲットを狙い澄まし、破格の待遇で技術者を引き抜きに来る。給与を二倍にするだけで機密の最先端技術情報を手に入れられるなら、タダのようなものだからだ。知財の流出は確実に先進国の衰弱を引き起こし、新興国の隆盛をもたらす。情報漏洩に気づいて訴訟を起こしたところで後の祭りだ。新興国の成長企業の競争力の根幹を、日本人技術者を主体とする外国人部隊が担っていることはほとんど表に出ることはない。安価かつ最先端の技術を満載した新興国製品によってグローバルなシェア競争に敗れた先進国企業は人を抱えきれず、さらに技術者は生きる場所を求めて流出していく。いったん始まった負の循環は加速度を増していた。

「裏切り者がこの会社を傾けた。いやこの国を傾けたんだ」

離反者を生み続ける自らの組織の欠陥を棚に上げ、苦々しげにののしる上司にタカオは黙ってうなずき続けるしかなかった。自分自身がその流出する当人になるかもしれないときに、欧州まで行って技術者の選別と流出阻止をサポートせよと命じられるのは皮肉な話だった。

だが、チャンにしろ、自分にしろ、実際に選別しているのは人ではなかった。人的資源の流動という乾いた世界では、技術、技能、才能、知識、情報が本体であり、人はその運搬車にすぎない。人に憑依した才能と情報が欲しいのだ。それゆえ、組織社会に生きる者は無意識のうちに人間を人とは呼ばず材とよぶ。貴重な人材と。

上司の鶴岡との出張の打ち合わせを終え、飲料の自動販売機の並ぶ明るい休憩室でひとりスマートフォンのケースを開いた。昨日開けなかったメールを呼び出した。白いプラスティック製の簡易テーブルに座り、画面を見つめた。

タカオはチャンからの長いメールを閉じた。ベンダーから注がれた紙コップのカプチーノはすでに冷たくなっている。天井から床まで全面がガラス張りの側の外を見た。丘陵地帯に同じような無機的な建材で組み立てられた低層の建物が並んでいる。さまざまな企業の研究機関が集積していた。晴れ渡った十一月上旬の空は高かった。タカオはしばらく空を流れる雲を見つめ続けた。

「おお、ハヤセ。ハヤセじゃないか」

張りのある声に振り向くと、同期入社の営業部の砥部が清涼飲料のベンダーの前に立っていた。学生時代にサッカーで鳴らした頑丈そうな身体と、初夏の青空のようにさわやかな人懐こい笑顔が印象的な男だった。新人時代にフットサルでよく一緒に遊んだ仲だったが、近年は接点が減っていた。

「新製品の技術説明会を聞きに来たんだ。もっとも、自社ブランドで発売できるかどうかちょっと怪しくなってきたがな」

砥部はミネラルウォーターのボトルを手にいつもの男臭い笑顔で近づき、タカオの横のプラスティック椅子を引いて座った。スーツのパンツの腿が鍛えた大腿筋ではちきれそうになっている。水を一口飲むと、急に顔を近づけてささやいた。

「ヘッドハンターからのアプローチ、ないか？」

「いや。知らん」

タカオは無表情を保って答えた。

「気をつけろ。トラップかもしれん」

「トラップとは？」

「好条件の誘い話でいい気にさせて、自主退職をさせる。喜び勇んでやめてみれば、誘った奴らは霧のように消えている。会社側が人減らしに仕組む罠だ」

「まさか」

「引っかかった方は、恥じて誰にも言いだせない。表ざたになりにくい。悪質だ」

「疑心暗鬼は妄想を生む。作り話の噂だろう」

「そうだといいが」

砥部は唇の片方の端をかすかに歪めるような笑顔を浮かべた。初めて見る笑い方だった。記憶にある若き日の砥部の笑顔は歪みのない真っ直ぐなものだった。

「おまえはどうなんだ」

タカオは平板な調子でたずねた。砥部は歪んだ笑みの残骸を漂わせたまましばらく黙った。

「さあ、どうするかな」

砥部は他人ごとのように下を向いてつぶやいた。アスリートらしく短く刈り上げた鬢に数本白い髪が交じっているのにタカオはそのとき気づいた。砥部はさっと顔を上げると、笑顔で一度うなずき、じゃ、打ち合わせなんで、またなと言い残して休憩室を出て行った。

砂時計がタカオの中にまた浮かんだ。砥部と新入社員同士としてはじめて顔を合わしてからいつのまにか十五年以上がたっていた。時とともにさけがたく忍び寄る牡どうしの嫉妬が男たちを音もなく引き離していく。遠い日の、まだ少年の面影をのこしていた若い砥部の濁りのない笑顔が脳裏を通り過ぎて行った。

チャンたちの申し出にプライドをくすぐられる者も多いだろう。傾いた船から退船の圧力をかけられ続けるベテラン技術者はとりわけにそうに違いない。プライドを満たすだけでなく、当面の収入の不安からの解放は、裏切り、売国の汚名、移籍先での使い捨ての予感も棚に上げる。技術系は食いはぐれがないというのは世間によくある幻想だ。技術の寿命は短く、陳腐化のスピードは速い。数年でパラダイムそのものが世代交代してしまうのだ。技術者は消耗品でもある。自分の商品価値も長くない。商品力のあるうちに、という計算が働くのを止めることはできない。沈没船の乗客は何でもする。

自分もそのなかの一人なのだ。安全な場所はない。すでに船の床は傾いている。それでも人は歩き、食べ、飲み、眠り、日々を生きなければならない。戦場となった街や天災に襲われた街で、住む家が崩れたその日でも、がれきのなかで人は日々の暮らしの営みを止めるわけにはいかない。

椅子から立ち上がり、窓辺に立った。太陽の光が欲しかった。ゆるやかに下っていく丘陵に銀杏《いちょう》の並木が黄金色に揺れている。タカオは再びスマートフォンを取り出し、メールの履歴を探った。無意識のうちにカオルからのメールを探し出し、開いていた。携帯端末は逃避の麻薬を振りまきながら目の前の現実から人を隔離し、避難させる。

カオルは危機のなかにある。勤務先が傾き自分自身が危機に直面しているときに、折り重なって降ってきた危機だった。本来なら余裕はなかった。だが、自分の危機が深まるほど、よけいにカオルの身の上を案じる時間が重みを増していった。畏敬する友人の未亡人の危機。タカオはそれがもう一つの逃避の麻薬でもある事に気づきながら、何が自分にできるのかを考え続けた。

カオルとはもう五年会っていない。カオルの風貌の記憶はその時で停まっている。

カオルの面影を記憶の中に探すとき、決まって思い出す絵があった。

当時、フランツは小さな絵ハガキを自宅として借りていた古民家に飾っていた。円形の絵画で、ミュージアムショップで売られているたぐいの縮小された複製印刷のものだった。タカオには、作者はおろか、いつごろの時代の絵なのかさえ見当もつかなかった。どういう絵なのかフランツにたずねた。

複製はルネサンス期の画家ボッティチェッリの描いた聖母子像だった。聖母子が美少年たちに囲まれている。憂い顔の美少年たちは洗礼者聖ヨハネ、大天使ミカエルとガブリエルであるとフランツは解説した。この絵が収められたフィレンツェのパラティーナ美術館にある聖母子像ではラッファエッロの「小椅子の聖母」が遥かに有名だけど、僕はこちらの方がなんとなく好きなんだ。工房作とされているが、僕はボッティチェッリ本人の真筆だと思っている。直感だけどね。フランツはそう付け加えた。

絵の中にはカオルがいた。制御された精神が作る顔だった。秀でた丸い額、弓なりに整った自然な眉、細い顎、小ぶりな鼻と口元、そしてどこか夢見るような目。思慮がもたらす明るい静穏とかすかな憂愁の気配。首を傾け、おさな子に頰を当てるどこか東洋的な面ざしをもつ聖母の姿は、カサネを抱き上げるカオルそのものだった。

記憶の断片が次々とよみがえってきた。

時はさらにさかのぼる。カオルと自分がそれぞれ自転車に乗っている。川沿いの土手の上の道を並んで走っていた。二人きりだった。たまたまフランツが本社出張でスイスに帰国しているときで、まだカサネは生まれていなかったころだ。引っ越したばかりの古民家の雨戸が動かなくなり戸締りができなくなったという電話がカオルからあったためタカオは急遽、救援に行った。戸板を蹴り、曲がったレールを木槌で叩いて何とか戸を外し、錆び取りの潤滑油と木の滑りをよくするシリコーンのスプレーを二人で買いに出かけた。タカオはフランツの自転車を借りた。

土手の上を二台の自転車で並んで走った。五月の風が薫り、光が踊っていた。新緑と川のきらめきが上流まではてしなく続いている。季節が世界を祝福していた。すぐ横を走るカオルは光に目を細め、うっすらと微笑んでいた。風に髪がなびき、丸い線を描く額が輝いている。走る自転車どうしは近づきすぎると、接触し互いに転ぶ。転ばないためには、並んで同じスピードで走り続けるしかない。土手の上の道を、甘美な心地よさと痛みに同時に胸を刺されながらタカオはペダルをこぎ続けた。事件といえることなどなにもない、ありふれた日常の風景にしかすぎない。思い出せるのは土手の上の光だけだった。

タカオは記憶の明滅の扉を閉じながら、カオルからのメール画面を閉じた。閉じると同時に手の中でボディが震えた。上司の鶴岡からの呼び出しの電話だった。一瞬の躊躇のあと、通話アイコンを指先でスライドさせた。

「はい。もうしわけございません。すぐに戻ります」

傾いた船の床を踏みしめて、タカオは休憩室を出た。

5　二〇一X年　一一月二六日　ベルリン、ポツダマープラッツ

ベルリンは晩秋の色に染まっていた。

石畳を覆った銀杏と菩提樹の落ち葉を足先でかき分けながら、タカオはカオルとの待ち合わせ場所の絵画館へ向かった。複数の美術館からなる文化フォーラムにある絵画館は、ポツダム広場近くの欧州本部オフィスから徒歩で二〇分ほどの距離にある。すでに冬の気配を感じさせる冷たい風が、足首まで埋まるほど積もった落ち葉を転がしていく。あざやかな黄に染まった枯葉のせせらぎが乾いた音を立てて街路を渡って行った。

直前までオフィスで打ち合わせをしていた。欧州本部が入居するビルのすぐそばの歩道の上には、かつて壁が立っていた跡がモニュメントとして点々と残されているのが窓から見下ろせた。まだやるべきことは山のように残っている。撤退戦は攻略戦よりも損耗が激しい。敗走する背後を衝かれるいくさほど惨めな戦いはない。敵に気取られぬうちにできるだけ速やかに兵を引く必要がある。欧州拠点閉鎖、撤退の業務は多忙を極めた。タカオのような技術部隊にしか取捨の判断ができないことも多かった。感情を捨て、タカオは機械的に煩雑な撤退業務を不休でこなした。感傷をもてあそぶ時間は残されていなかった。いったん、引くところまで引いて、行くべき場所へ再び出発する。

それしかないのだ。

金色のサーカステントのようなベルリン・フィルハーモニーホールの横を通過し、街路樹が整然と立ち並ぶ広々とした道路を右に曲がった。平日の昼間のせいか、人通りはほとんどない。教会の緑地の向こうに灰色のコンクリートの空間が見え始めた。低層の現代建築が灰色の広場を囲むように配置されている。待ち合わせ場所にした文化フォーラムのゾーンだった。周囲に高層建築はなく、晴れ渡った秋空の下、広々とした空間に立つ美術館建築自体が現代美術のオブジェのようだった。タカオは広い石の階段を上り、誰もいない前庭のスロープを絵画館の入り口に進んだ。

この待ち合わせ場所はカオルの提案だった。五年の月日は人をどれほど変えるだろうか。時間を止める魔術を使ったようにまったく変わらない者もあれば、別人のように姿を変成させてしまう者もある。変化は音もなく忍び寄る。打ち寄せる波が夜ごと岸辺をひっそりと削り、ある日、地形がすっかり変わってしまったことに突然気づくように、人はわが身に振り下ろされる時間の打擲に気づくことができない。

自分はどれほど変わってしまったのだろう。

タカオは出張前に会った同期入社の砥部の歪んだ笑顔と鬢に交じった白髪を思い出していた。世界はこの一〇年ほどの間で、別の地球へ変わった。世界をくまなく制覇するかに見えた日本のエレクトロニクス産業は波が引くようにひとつ、またひとつと市場から姿を消していった。気がつけば地球に住む人類のほとんどが、新興国で生産されたテレビとスマートフォンを一日中見つめ続けている。短時間に地球が別の星になるなかで、自分が変わっていないほうがどうかしている。カオルも時間の網の外にいるわけではない。

だが、なによりの変化はフランツが死に、もうこの世に存在しないことだった。

遠い場所に住み、看取ることのできなかった知人や縁者の死はつねに非現実的だ。数か月前、数年前に会ったときの記憶が生き続け、それと死の事実が結びつかない。今すぐにでもその笑顔が現れるような気分が持続し、永遠の消滅を現実と受け止め、受け入れることができないのだ。短い別れと長い別れの違いはじつは大きくはない。そのことに人はふだん深く気づくことはない。明日を疑うことなく、人々は軽やかに別れの挨拶を毎日繰り返す。またね、と。

タカオは絵画館の入り口のガラスドアを押し、広いロビーに足を踏み入れた。紺色の制服を着た女性警備員が遠くにぽつんと立っている。来場者の姿は数名しか見えず、ロビーはほぼ無人だった。声がこだまするほど広い。何もない薄暗い空間が、胸の中のぼんやりした灰色の広がりと重なった。その灰色のなかに染みだしてくる別の色があった。閉め切ったはずのドアから光が漏れていた。カオルの記憶がつぎつぎとよみがえり、暖かみのある色が胸に広がっていく。ゆらめく記憶の断片には、穏やかに微笑むフランツの姿が常に寄り添っていた。

カオルは尊敬する師匠であり親友であるフランツの妻なのだ。フランツはもうここに来ることはできない。フランツを失ったカオルと自分はいま五年ぶりに二人きりで会おうとしている。タカオはもう一度ここに来た理由を自分に言い聞かせた。自分は夫の急死という危機に陥った親友の妻を援助するために来たのだ。支社の撤退業務の修羅場からつかの間抜け出しているだけだ。記憶のドアをむりやり閉めると、甘い苦痛の感覚だけが残った。

ロビーの薄闇の奥に明るい円形のエントランスホールが浮かび上がっていた。がっしりした体格の女性警備員が後ろ手を組んでホールの入り口近くを門番のようにゆっくり行き来している。警備員に軽く会釈して、足早にホールに入った。弧を描く白い壁がまぶしいぐらいに輝いている。左右に一つずつ展示室へ入る入り口があった。「入ってすぐの展示室でお会いしましょう」カオルのメールにはそう指定してあった。だが、どちらの入り口なのかは書かれていなかった。約束の時間には、まだすこし早い。

タカオは左手の入り口へ向かった。そちらから見える部屋の方が明るく、光に導かれるように自然に足がそちらに向いた。背中に女性警備員から一声かけられたような気がしたが、振り返ってもすでに姿はなかった。気にせず、そのまま展示室に足を踏み入れた。明るく広々とした空間が広がった。

入ったとたん、足が止まった。

入り口の真正面、遠く離れたつきあたりの壁から強い光のようなものがこちらに放たれている。若い女の裸体が漆黒の闇に浮かび上がるように立っていた。

不意打ちを食らったように入り口に立ち止まったまま、振り返って部屋の番号を確かめた。ローマ数字で十八と読める。タカオは自分が順路とは逆回りに最終展示室の出口から入ってしまったことに気づいた。ルネサンス期のイタリア絵画の部屋だった。テニスコートのように広い展示室には誰もいない。無人の展示室はどこか夢のなかの風景に似て現実感が希薄だった。タカオは光に引き寄せられるように正面の壁に近づいた。

東洋の掛け軸を思わせる縦長のカンヴァスに全裸の若い女が、恥じらうように立っている。かすかに首を傾げ、右手で小ぶりな乳房を覆い、左手に持った長い髪で恥部を隠していた。黒く塗りつぶされただけの背景にスポットライトを浴びたように浮かび上がっている。足元に抽象化された灰色の床が一筋引かれているだけで他には何も描かれていない。微笑みとも悲しみともとれる静かな表情を浮かべ、わずかに伏せられた目は何も見ている様子はない。とらえどころのない視線は夢見るように中空に漂っている。脇の壁を見ると、白いプレートにサンドロ・ボッティチェッリ工房

「ヴィーナス」と記されていた。

タカオに絵画の知識はない。これまで特に美術に興味を持ったこともなかった。そんなタカオでも、これとほとんど同じポーズで青空の下、貝殻の船に乗るヴィーナス像は知っていた。バリ島の浜辺の露店で売られている五ドルのTシャツにまで印刷されている。作者や作品名は知らなくとも誰もが見たことのある、おそらく世界で最も有名な裸身像だろう。その裸身像といま目の前にしている裸身は一見同じに見えた。だが、暗黒に浮かび上がるヴィーナスはあの有名な絵画とは別の独立した力を放っていた。

漆黒を背景にした白い裸身から放たれる光のまばゆさに耐えきれず、タカオは何度か瞼を閉じた。裸身は記憶の闇から浮かび上がる幻影のようでありながら、いまそこに実在するみずみずしい肉体だけが持つ濁りの無い体温を感じさせた。タカオはしばらくのあいだ絵の前に立ちつくした。

我に帰った。展示室をぐるりと見回した。まだ自分以外、誰もいない。異様なまでの静けさが明るく広々とした空間を満たしている。夢を見ているような感覚が持続していた。カオルは順路の最初の部屋、第一展示室のほうで待っているのだ。はやく順路どおり第一展示室に移動しなければならない。

順路に逆らって逆回りに出口から入ったりするからだ。

タカオは自分のうかつさを口の中で小さく叱咤した。

かすかに風が動いた。間近に人の気配があった。ほんの数秒前まで誰もいなかったはずだ。打たれたように横を見ると小さな人影が隣に立っていた。

少女が並んで壁のヴィーナスを見ている。

どこから現れたのか。足音は聞こえなかった。背丈はタカオの肘の上あたりまでしかない。長い栗色の髪が天井からの光を反射し、せせらぎのようにきらめいていた。少女は黙ってタカオを見上げた。目が合った。胸つかれるほどの美貌だった。

「タカオ?」

小さな声が聞こえた。少女はわずかに寄せた眉のままタカオを見上げている。

「カサネ?」

少女は小さく顎を引いてうなずいた。カオルとフランツの一人娘、カサネだった。

まだ夢想のなかにいるのではないか。タカオは自分の覚醒を確かめるように何度もまばたきを繰り返した。ヴィーナスの残像がまだ網膜のなかにあった。残像と少女の顔が重なった。

四歳児の頃の記憶しかないタカオは、ただ魔法を見るように呆然と見つめるしかなかった。弧を描く秀でた額。切れ長の大きな目。かすかに先端が上に向いた細い鼻。形よく引き締まった唇。丸いむだのない曲線を描く卵のような顎。しなやかに伸びた長い手足。透明感をたたえたカオルの姿をそのまま引き継ぎ、フランツのヨーロッパ人の立体性が加味されている。カサネは美しい少女に成長していた。

「大きくなったね」

時の流れに狼狽した大人がとっさに動転を隠すためにかならず口にする言葉を、タカオも無意識のうちに口にしていた。カサネは黙ってタカオを見つめ続けた。どこかぼんやりした無表情のまま立つ姿は、精霊のように体重というものを感じさせなかった。記憶が確かであれば、九歳になったばかりのはずだ。

「お母さまはどこ?」

タカオは笑顔でたずねた。

カサネは答えなかった。身を寄せ、タカオのジャケットの袖をつかんだ。ジャケットをつかんだこぶしをかたく握り締めたまま下を向いた。

「お母さまといっしょでしょ？　おじさんも、はやくお母さまに会いたいな」

笑顔を保ったままタカオは言った。カサネはうつむいたまま答えなかった。

「どうしたの？」

「ママがいなくなったの」

見ると、ライトグレーのスパッツに包まれた細い膝が小刻みに震えている。

「はぐれちゃったのかな。ここは広いからね」

笑みを含んだ声でやさしく答えた。

「ちがう。昨日からいないの」

少女の日本語は、以前届いたメールの文面のようにまったく不自然さはなく、正確だった。幼児期に母国を離れた場合、多くの子供は母国語の能力を失う。幸い、カサネは例外だった。カサネは顔を上げ、硬い目でタカオを見た。大きな濡れた瞳が何かに耐えるように見開かれている。タカオは首をめぐらし、人影を求めて展示室を見回した。ボッティチェッリの作品が並んでいる。美少年たちに囲まれた聖母子像を描いた円形のトンドが見えた。その奥では、殉教する聖セバスティアヌスの若々しい青年の身体を矢が貫いている。あいかわらず誰もいない。タカオはようやくカサネの様子が普通ではないことに気づき始めていた。ジャケットの袖を握り締めるカサネの手に手を重ねてほぐし、片膝を床についてしゃがんだ。顔を同じ高さにする。

「どこに行ったのかな、お母さまは」

「わからない。急にいなくなったの。学校から帰ったら、おうちに誰もいなかった」

カサネはふいにうつむいた。床に大粒の涙が落ちる音が響いた。全身を震わせはじめた。カオルになにか急用でも発生したのだろうか。まず、子供を落ち着かせなければならない。

「そう。どうしたんだろうね」

意図的にのんびりした声色を保ち、カサネの肩に手を置いた。細い骨が掌のなかで小刻みに震えている。

「ひとりでここまで来たの？」

カサネはかすかに首を傾けて左耳をタカオに向けた。黙って見つめている。少女の片耳が生まれつき機能を失っていることをタカオは思い出した。さりげなく顔を近づけて同じ質問を繰り返した。

カサネは眉を寄せたまま小さくうなずいた。

「ママと前からこの日の約束してたから。タカオに会うからいっしょに行こうねって」

ひとりでここまで足を運んだのだ。小学生がひとりでここまで来るのは簡単ではなかったはずだ。

「お母さまから連絡はないの？　電話とか」

カサネは首を横に振った。昨日、念のために母親のカオルに翌日の再会を確認するメールを送ったが返事はなかった。そのときは、撤退業務の繁忙に紛れて特に気に留めなかった。だが、すでにそのときカオルはカサネの前から姿を消していたことになる。そのまま戻っていないという。幼い子供に連絡しないまま母親が姿を消すことは通常ありえない。三か月前に父を失い、今度は母親の姿が突然消えた。それが小さな子供にとってどれほどの恐怖か。想像するまでもなかった。

何かがあったのだ。

タカオはカサネに気取られないように注意しながら深呼吸した。深呼吸することでおのれの動転を抑えた。自分までパニックに陥ることは避けねばならない。

「昨日の夜、どうしてたの？」

「ひとりで寝た」

「ごはんは？」

カサネは小さく首を横に振った。

「ずっと？」

カサネは下を向いてうなずいた。タカオはカサネの小さな手を両手で包んだ。か細く、冷え切った指が掌の中で震えている。二日ほどなにも食べていないのだ。

「いけないいね。何か食べよう。とにかくそれが先だ」

タカオはカサネの手を引いて立ち上がった。カサネは顔を上げてタカオを見た。冷静な表情を取り戻している。鳶色の瞳は濡れたままだったが、涙はもう見せなかった。だが、その小さな手はタカオの手を強く握り返した。

タカオはカサネの手を引いてロビーに戻り、母親のカオルの携帯に電話を掛けた。呼び出し音が虚しく続いた。三十回鳴らして切った。カサネはじっとその様子を見ていた。

「大丈夫。心配しないで。きっと、もうしばらくしたらお母さまはここに来るから」

カサネは少し間を置いてから、硬い表情のままうなずいた。大人が当座をごまかす慰めの言葉に過ぎないことを承知したうえで、彼女が自制していることが無言のまま伝わってきた。相手の嘘の慰めを寛容に受け止めている。タカオはカサネを子供扱いした自分を恥じた。

手をつないだまま、ロビー脇のスロープを上って上層階のビュッフェに行った。トレイを二枚取り、順路に従ってセルフサービスで温かいパンプキンスープとゼンメル型のパン、チキンサラダ、ラザーニャ、梨のトルテ、ミネラルウォーターのボトルをカサネのトレイに載せて行った。タカオ自身は食べ物の皿は取らず、ガス入りミネラルウォーターだけにした。料理はみんなビュッフェとは思えないまっとうなものだった。席へ運ぶ間も、スープからは湯気が立ちのぼり、オーヴンで温め直されたラザーニャからは音を立てて焦げるチーズとトマトソースの香ばしい匂いが漂った。

カサネはテーブルに着くと、行儀よく「いただきます」とひとこと言ってから、黙々と食べ始めた。細く小さな身体のどこにこれだけの量の食べ物が消えていくのかわからなかった。本当に何も食べていなかったのだ。

タカオはグラスに注いだミネラルウォーターを飲みながら、規則正しく咀嚼し続けるカサネを見守った。スープとサラダをきれいに食べ終え、ナイフとフォークで、定規で測ったようにきちんと小さく切り分けながら端から美しくラザーニャを征服していく。

食べる子供の姿は、圧倒的な幸福感を見守る大人に与える。その幸福感には、こわれものを運ぶ危機感がぴったりとよりそっていた。漠とした危機の予感は、目の前の幸福の酒精度を何倍にも高める。ずるずると独身で過ごし、子を持つ機会を持たなかったタカオがこれまで知らなかった感覚だった。精霊のように美しい少女がもたらす幸福感と危機感。タカオは思わず目を閉じた。

フランツ、これが、君が俺に残したものか。なんと素晴らしく、なんと残酷な遺産だろう。黙々と食べ続けるカサネを見つめながら、タカオは胸の中でつぶやいた。君は突然向こうの世界に行ってしまった。愛する妻と子供を危機の中に置き去りにして。宝物を守る役目をまるごと俺に残して。君の妻がカオルではなく別の誰かで、君の娘がこのカサネでなければ、どれだけ俺はこの甘い苦痛から解放され、楽だっただろう。

カオルはどこへ行ったのか。フランツの不可解な事故死のあとだった。カオルの不在は不気味な感触を伝えずにはおかなかった。何事かが始まってしまっている。こうしている間にも、自分の知らない何事かがどこかで確実に進行しているのだ。暗い胸騒ぎを抑えながら、これからどう動くべきかタカオは必死に考え続けた。

6

一五一〇年　五月二二日　フィレンツェ

前略　アレッサンドロ・フィリペーピ様

心をこめて思い出すこと。それが亡き人への最善の供養なのだと信じて、わたくしはこの数日、貴方とすごした季節のことを思い出してはそれをこの手紙に書きとめようとしてまいりました。この受け取り手のない長い手紙は、切れ切れの思い出をどれほど寛大に受け止めてくれるでしょうか。人は都合よく思い出し、都合よく忘れます。そんなわたくしども人間の弱さを、この手紙はどれほど大きな心で許してくれるでしょうか。

わたくしたちが初めてお会いしたときのことを憶えていらっしゃいますか?

思えば、もう三十五年ほども前のことになります。

カレッジの別荘の裏庭で貴方が振り向かれたとき、わたくしは猫を抱いていました。

大きな茶虎の猫で、自分の身長の半分はあろうかという体を何とかつかまえて肩に載せ、勝手口から陽射しのなかに出たとき、貴方が離れた芝の方から振り向かれたのです。わたくしはまだ九歳の子供でした。

十二月のなかば、街がクリスマスの準備に華やぐ季節を迎えていました。冬の昼下がり、明るい光のなか、薄っすらと緑色を帯びた白いヘレボルスの花が地面一面を覆っています。花の中にひとり長い外套を着て立つ貴方は、遠い場所から帰ってきたばかりの旅人のような、どこかうつろな表情でわたくしの顔をじっと見つめておられました。やがて、片手に鉛のペンを持ち、もう一方の手で描きかけの大きな紙綴じ帳を水平におなかに押しつけたまま、ふっと微笑まれたのです。

「大きな猫だね」

ささやくような声で貴方は話しかけてくださいました。

「カルロというの」

わたくしも小声で答えました。

「雄なんだ」

「うん。わたしが名前をつけたの」

「そう。それはいいね」

長い髪をかきあげながら、目を細くして微笑むそのお顔はとても若く、少年のようで、三十歳になろうとする男性には見えませんでした。

「君はカッターネオ家の方？」

最初、何を訊かれているかわたくしは分かりませんでした。すぐに、貴方が大きな誤解をなさっていることに気づき、あわてて重い猫を肩から下ろし、出口の敷石の上に片膝をついて頭を下げました。

「いいえ、わたくしはこのお屋敷に仕える召使いでございます」

貴方は遠くに立ったまま、ひざまづいたわたくしをしばらく驚いたように見ておられたようですが、やがて近づき、わたくしの両肩に手を添えてやさしく立たせてくださいました。

「名前は？」

わたくしは答えました。貴方は間近で輪郭を確かめるようにわたくしの顔を見つめたままにっこり笑ってうなずかれました。

「ちょっと、こっちに立ってみてくれる？」

ヘレボルスの咲き乱れる場所に手招きされます。わたくしは言われるままに、すこし頭をうつむき加減に傾ける姿勢で花の中に立ちました。

「寒くないかい」

晴れた冬の日差しは思いのほか暖かく、巻き付けていた羊毛の肩掛けを外しても寒さは感じませんでした。貴方は立ったまま紙綴じにペンを走らせ始めました。さらさらというペンの音、林を飛び交う小鳥たちの声、低い日差しのぬくもり、足もとから立ち上がるヘレボルスの花の香り。今もその場に立つようにくっきりと思い出すことができます。

「足もとの花、ヘレボルスの名前の意味を知ってるかい？」

貴方は筆を動かしながらたずねました。わたくしは首を横に振りました。

「食べると、死ぬ」

ふふっと貴方は笑いました。

「怖い名前だろ？　大昔のギリシャの言葉だ」

後になって知ったことですが、この花の茎と根には強い毒があり、古来、狩りやいくさの時、矢先にその液を塗って使われたこともあったそうです。

あなたは生涯、このうつむき加減に咲く冬の花の姿を繰り返し描き続け、死と隣り合わせにあるこの可憐な花を愛しました。

「花言葉はあるの？」

わたくしは慣れないポーズをとったままたずねました。

「あるよ」

「なに？」

「私を忘れないで」

そのとき、見せていただいた素描をわたくしは忘れません。わたくしは驚きにつつまれておりました。それは絵が生まれ出る瞬間を初めて見た驚きであり、貴方の描く線の迷いのない力強さへの驚きでした。貴方だけが見ることのできる物体の輪郭を、鋭い刃先で一息に切り取るような的確さと潔さ。貴方の絵の優美さの中に漂う清々しさの秘密はこの勁さであることを知る人は少ないでしょう。何枚もいろんな形のヘレボルスの花の素描がありました。ヘレボルスの花とわたくしの姿が同じ画面に、同じ大きさで写し取られた素描をそのときいただかなかったことを後ですこし後悔しました。でも、その日の出来事はわたくしの生涯の宝物となったのです。その後、わたくしは何度も貴方の素描のモデルを務めました。子供の頃のわたくしは、さまざまな物憂げな天使の姿となってあなたの絵の中に生まれ直すことになっていったのです。

わたくしがそのメディチ家のカレッジの別荘に引き取られて、ちょうど四年が立とうとしていました。五歳の時、気を失って谷底に倒れていたわたくしを救い、別荘にあずけられたのはメディチの殿様、ロレンツォさまご本人でした。殿様は、後にイル・マニーフィコ（偉大なる）とも尊称されたお方ですが、わたくしを引き取られた一四七二年のその当時、まだ二十三歳の若さでいらっしゃいました。二十歳で家督を継がれて三年ほどしかたたぬ時です。家督継承以来、家業の銀行の維持と市政の指揮に奔走され、若くしてすでに何十年分ものお仕事をこなされた老練な政治家の風格を漂わせておられたとお聞きしております。

そのとき殿様はヴォルテッラ市内の明礬鉱脈の利権をめぐるフィレンツェ市とヴォルテッラ市の間のいくさが終わった戦場跡を、共連れで視察に訪れ、市中を見回っておられたのです。フィレンツェ市政府の雇ったウルビーノ伯、フェデリーコ・ダ・モンテフェルトロの傭兵団三千は包囲戦の末、降伏したヴォルテッラの街を襲い、略奪、強姦、虐殺の限りをつくし、街は滅亡しました。わたくしの両親、親戚も全員がそのとき亡くなりました。

わたくしは母に家の裏の谷を下って茂みの陰に隠れているように言われたことはぼんやりと憶えておりますが、その前後の記憶は何もございません。おそらく足を踏み外して谷を転げ落ちたものと思われます。死屍累々の酸鼻を極める焼け跡からたまたまわたくしを拾い上げ、引き取ったのは、泥にまみれて昏睡する幼児のわたくしを見たその一瞬、殿様が強い呵責の念に襲われた、ただそれだけのことだったのかもしれません。傭兵たちの行き過ぎた劫掠の謝罪に訪れたとのことですが、実際は徹底した報復と破壊を命令したのは殿様ご自身に他ならなかったのです。その後ヴォルテッラ市の指導層はすべて市外追放となり、明礬鉱採掘権はフィレンツェ市に帰属することになりました。明礬は言うまでもなく、羊毛の染色定着に欠かせない鉱物で、フィレンツェの主要産業である毛織物産業の生命線です。

それらはみな殿様がお亡くなりになってから知ったことばかりです。わたくしは拾われたとき、自分の名前以外の一切の記憶をなくしておりました。殿様のご配慮でカレッジ別荘住み込みの老執事、コレッツィオーニ御夫妻に預けられ、白紙から育て直されました。本来、税務署に申告するべきわたくしの身分は「奴隷」でしたが、資産としての課税を避けるためにも執事夫妻の養子扱いとしたようです。

殿様はわたくしに何人かの家庭教師をつけ、密度の濃い教育を施してくださいました。けっして特別なことではありません。奴隷身分の者に高い教育を受けさせ、子女の教育係や会計責任者など家政の中枢を担わせることは珍しくはありませんでしたが、わたくしの場合もそのなかの一人にすぎなかったものと思われます。同じ身分の方で、フィオレッタさまという美しい方がメディチ家の家政を支える働き手の方々のなかにいらっしゃいました。フィオレッタさまは、貴方もよくご存知のとおり、殿様の弟君のジュリアーノさまのお子様をお産みになり、パッツィ家の乱の凶刃に倒れたジュリアーノさまの後を追うように一七歳の若さでお亡くなりになりました。

ただの拾い子で、使用人の卵にしかすぎなかったわたくしでしたが、貴方と初めて出会った頃、殿様はわたくしにある才を見いだされ、その後、すこしずつ変わった仕事をお与えになるようになり始めていました。

最初は、遊びでした。

それは数を使った遊びです。殿様がわたくしに才があると思われたのは、算術の才でした。たしかに、わたくしは家庭教師について習い覚えたときから、なぜか計算が好きでした。数式を自分で作ることを教わってから、見えない物差しをあてたように自分の住む世界が急にくっきりとした姿を現し、雲が晴れたように感じたものです。最新の複式簿記の書き方もすぐに覚えました。家庭教師の驚きを込めた報告を聞いて、殿様はしばらく忘れていたわたくしにあらためて関心を持たれたそうです。

殿様は文字を数字に換える遊びをわたくしに教えました。最初は単純にアルファベットの一文字ごとに順番に数字を割り振るだけでしたが、やがて、あの雨樋のガーゴイルのような大きな口を左右に引っ張るようにして笑う人懐こい笑顔を向けて「別の換え方で遊べるかい?」とおっしゃいました。わたしは、その場ですぐに二重に数字を換える式を書いて見せました。それを見た殿様は紙を持って椅子から立ちあがり、驚いたように笑い声をたてて「もっと換えられる?」とたずねられました。

わたくしはその遊びに夢中になりました。二重、三重に文字を数字に換えていく複雑なしかけを何種類も作り、殿様と遊びに興じたのです。文字を式に当てはめて数字に換え、今度は延々と並ぶ無意味な数字を逆に一つずつ逆算式に入れて文字に戻していきます。

それは暗号でした。

殿様がヨーロッパ中に放った密使や密偵に託す暗号文書が、別荘の庭のテーブルの上で子供の手でつくられ翻訳されていたと知る人は今もほとんどいません。ポリツィアーノさんらラテン語、ギリシャ語使いの方々が外交文書の秀麗な修辞の仕上げをしておられましたが、密偵とのやり取りの文書は殿様自らがお書きになっておられました。三行分の文字を数字に変換し終えると、そのたびに殿様は街から持ってきた上等の焼き菓子を出してくださいました。殿様と二人きりでお庭のテーブルに座り、お菓子と香草や菊花を煎じた茶をいただくのがわたくしはとても楽しみでした。

殿様は月の半分は別荘で政務を執られるようになっていました。殿様はカレッジの別荘にいらっしゃるたびにわたくしを軽々と持ち上げ、膝の上に抱き上げられました。お髭でちくちくする頰をわたくしの頰にこすりつけて、新しい数式はできたか? また遊ぼう、と言いながら、いつも片膝の上にまたがらせるのです。「おしりが痛いよ、殿様」とむずかっても、殿様は笑ってわたくしを離しませんでした。

召使いとして掃除洗濯、給仕のお手伝いをし、家庭教師の先生方のご指導を受ける。毎日がその繰り返しの日々は平和でしたが、単調であり、奴隷身分のおのれが長じた先の運命も見定められぬ不安を秘めたものでもありました。そんな十代のわたくしの変化のない日々に生き生きとした句読点を打っていたのは、ほかならぬ殿様との言葉と数字の遊びの時であり、殿様のご滞在を見計らって月に一度はふらりと訪れていらっしゃる貴方の素描のモデルを裏庭で務めるひと時でした。わたくしは子供心にひそかにときめき、お二人の訪れるその時を心待ちにするようになっていったのです。

7

二〇一X年　一一月二六日　ベルリン、グルーネヴァルト

ベルリン市内のグルーネヴァルトは湖の傍の森の中にある古くからの閑静な住宅街だった。高級住宅街らしく、大きなヴィラが緑の木立のなかに点在している。とはいえ、政府高官の公館や豪邸ばかりというわけではなく、邸宅に交じって低層の一般的な賃貸アパートメントも少なくない。外国企業の駐在員家族が住むことが多く、フランツ一家が暮らすアパートもその中のひとつだった。

美術館を出て、タクシー乗り場のタクシーを使い、西に向かった。行先はカサネが告げた。運転手と細かく行き先をやり取りするドイツ語は、当然のことながら完璧な地元民のものだった。むろんタカオには何を言っているのかわからない。二十分ほど走ると、風景は一変した。大都市にいるとは思えない緑あふれるみずみずしい空気に包まれた。そこは森と湖に住宅街がすっぽりと包まれたような場所だった。

美術館のビュッフェでカサネに食事を取らせている間、何度かカオルの携帯に連絡してみたが、反応はなかった。自分が誤って最終展示室に入ってしまったために落ち合えなかったのではないかと思い、カサネを食事の席に座らせたまま、ひとりでスロープを駆け下り、第一展示室を駆け足で探した。だが薄暗い部屋にはゴシック期のドイツ宗教絵画がひっそりと並んでいるだけだった。

「お母さまは、きっと急な御用があって出かけたんだろう。もう、ひとりでおうちに戻っているかもしれない。いったん、おうちに戻った方がいいと思う」

梨のトルテも綺麗に平らげ終わったカサネは、座ったまま黙ってタカオの顔を見上げた。

「心配しないで。おじさんも一緒に行くよ。僕もおうちに行ってかまわないよね」

カサネはかすかに微笑んで、うなずいた。

タクシーを降り、並木道を少し歩いてたどりついたアパートの外装は、白いタイツを履いて髷をつけたバロック期の作曲家が出てきそうなほど古びて見えた。かつては貴族の別荘だったらしい石づくりの二階建てで、外壁に彫りが施された装飾用の円柱が並んでいる。二百年以上前の建物であることはまちがいなかった。

だが、一歩中に入ると、内装は軽快な現代の建材で改装され、簡素で明るい空間が広がっていた。入り口のホールを抜け、階段で二階まで上がった。広い階段ホールの周囲に四戸ずつドアがあった。

表札はない。ドアの一つにカサネは近づき、タカオを振り返った。

タカオはドア横のチャイムを鳴らした。しばらく返事を待ったが、反応はなかった。

「入ろうか」

タカオは緊張をほぐすようにわざと微笑んでカサネを促した。カサネは鍵を開けた。

入り口ドアの左手に明るい板敷の外廊下が建物の端まで延びている。高窓から光の降り注ぐ外廊下からそれぞれの部屋に入れるようになっていた。十九世紀以前に建てられ、使われなくなった邸宅をアパートに改装したアルトバウと呼ばれる物件は多く、もともとは廃屋のため家賃は驚くほど安いのだと以前カオルから聞いたことがあった。時代がかった外観と打って変わって、ありふれた現代の工業建材で改装を施された内壁や床は、装飾を排した質素なものだった。

「ママ」

カサネは廊下で母を呼んだ。カサネに導かれて外廊下から居間に足を踏みいれた。入り口に立ち止まり部屋全体をながめた。主人のいない他者の部屋に入ることは、ありそうでないことだ。悪意はなくとも罪の意識が刺激され、無意識のうちに足が止まった。

高い天井の下に広いリビングルームが広がっている。天板が細かい傷で覆われた無垢材の大きなダイニングテーブル。テーブルの中央に小さなボウルに活けられた生花のブーケが置いてある。花はすでにしおれていた。白いカヴァーリングに包まれたソファ。ソファも古い時代の中古のものらしく、人が座った形に沈み込んでいる。入り口わきの壁際に鍵盤の奥行しかないデジタルピアノが置かれている。楽譜が開いたままになっていた。楽譜はモーツァルトのピアノソナタBフラットメジャーK281と読めた。カサネは居間を走り抜け、リビングと壁で分離されたキッチンの方へ駆け込んでいった。母を呼ぶ声が壁の向こうで聞こえた。

タカオは注意深く観察しながら部屋の中ほどまで足を進めた。すべてが飾り気のない、簡素な生活の様子を伝えていた。ダイニングテーブルの上に開いたままのノートパソコンがあり、その脇にペーパーウェイトで押さえた領収書の束が置きっぱなしになっていた。コーヒーの泡のリングが内側に付いた白い無地のマグカップがコースターの上に載っている。座面がくぼんだソファの上に雑誌が数冊置かれ、開いたままの科学雑誌があった。カオルが領収書の整理に疲れ、ソファで休み、読みかけの雑誌を脇に置いて立ち上がったときのまま時間が止まったかのように見えた。そのときのカオルの動きが目の前にはっきりと感じ取れた。長期間留守にするために整理した様子はない。

ソファの前に、細身のフロア型スピーカが目立たぬオブジェのように二本立っている。テレビやオーディオ機器は壁面の棚に収納されているらしく見当たらない。造り付けの棚に大型の書籍が並び、ブックエンドで区切られた隙間に写真立てがいくつか置かれていた。モノクロームプリントの家族写真が丁寧に額装されている。フランツ、カオル、カサネの三人が顔を寄せて笑顔をこちらに向けていた。タカオはフレームを手に取った。カサネの姿から考えると最近撮影されたものらしい。フランツの額の生え際は記憶よりずっと後退している。だが、カオルはまったく変わっていなかった。タカオは無意識のうちに写真から視線を外していた。首を上げて、古い建築ならではの漆喰の高い天井を見渡しながらゆっくり深呼吸した。つつましく平穏な幸福の残り香が、薔薇の棘を呑みこんだようにタカオの胸を刺した。

カサネが奥のドアをつぎつぎと開けていく音が聞こえた。タカオは音の方へ進んでいった。中廊下の脇に二つの書斎とカサネの部屋らしい小部屋があり、バスルームを過ぎると廊下の突き当りのドアが開いている。明るい部屋の入り口にカサネのシルエットが見え、その奥に白いシーツが陽の光に輝いていた。夫婦の寝室らしかった。タカオの足が廊下の途中で止まった。

「お母さまは？」

カサネにたずねた。逆光のシルエットが首を横に振った。タカオは黙ってうなずいた。それ以上、足は前に進まなかった。タカオはひとり廊下を引き返した。

フランツの書斎の前を通り過ぎようとした時だった。ふと違和感を覚えた。書斎は外廊下からの明るい光で満たされている。何かが揺れていた。

壁紙が剝がれている。

部屋の隅の天井部分から三十センチほどお辞儀をするように壁紙が剝がれていた。飛び込むように部屋に入って書斎を見回した。部屋は広かった。窓際に机が置かれ、机の下にキリムが敷かれている。壁は一面が天井まで書棚になっている以外は、壁紙が張られたなにもない壁が広がっている。壁ぎわにガラス戸の飾り戸棚が置かれ、中にヴィンテージもののフライフィッシング用のリールのコレクションが飾られていた。だが、中のリールは散乱していた。床を見ると、棚を引きずった傷痕が残っている。その奥の壁紙の上部が剝がれ、ゆらゆら揺れていた。

冷たいものが背を走り、震えが足もとから這い上がってきた。

誰かが壁紙を剝がして、元に戻そうとして失敗したのだ。よく見ると、書棚の本が上下さかさまに入れ直されている。床板が要所、要所剝がされ、こじ開けた部分の塗料の剝離をのこしたまま打ち直されていた。疾風のような作業で壁や床を剝がし、中を捜索し、元に戻す情景が浮かんだ。

居間に駆け戻り、壁や床をよく見た。目立たないが、同じような作業の跡があった。ほとんどわからないほどきれいに元に戻されている。痕跡はかすかだった。かすかであるがゆえの不気味さが膝を震わせた。息が細くなり、心臓の音が耳のなかでザクザク鳴った。いっそのこと無茶苦茶に荒らされている方が単純で、恐怖は薄いだろう。最低限の破壊で効率的に目的を達する手際の良さが、得体のしれない恐怖を増幅させた。ただの空き巣がこのような手の込んだことはしない。

現実感が希薄だった。暴力がすぐそばに及んでいることを即座に理解し、受け入れることができなかった。日常への信頼は強固であり、それが破られることへの想像力はなかなか働かない。日常への信頼が強固でなければ、人は生きてはいけない。日常への信頼。テロの最大の標的はおそらくそこにある。

留守の間のわずかな時間に侵入と捜索が行われたのだ。

だが、いったい何を探していたのか？　そして、誰が？

カサネが美術館にひとりで出かけた後のこの数時間のことなのか、それとも前日にカサネが学校から帰宅する以前だったのかはわからなかった。床にしゃがんで、床板の間のかすかな傷を触って確かめていたタカオの背後にいつのまにかカサネが立っていた。

「どうしたの？」

カサネは平板な声でたずねた。カサネは留守中に部屋が探索されたことに気づいていなかった。

「いや、なんでもないよ」

とっさにタカオはそう答えていた。暴力が間近に迫っていることをそのまま子供に伝えることはできなかった。カサネは前に回り、タカオの目の前にしゃがんで傷ついた床板をしばらく黙って見つめた。さっと顔を上げ、タカオの眼を見た。

「あたし、カフェー淹れる」

カサネは立ちあがり、無表情にキッチンに移動した。棚をさぐり、コーヒー豆を電動ミルで挽く音が聞こえた。タカオはカサネを追ってキッチンに回った。カウンターに背伸びするようにして腕を伸ばし、コーヒーメーカーに挽き豆をセットするカサネを黙って見守った。

カサネがコーヒーを淹れることで冷静さを維持しようとしているのがわかった。薄皮の葡萄の実のような横顔には何の表情も読み取れない。すべてを直感した瞬間に、自分を制御する方向に頭を切り替える姿に母親のカオルの姿が重なった。その洞察と制御が、出会ったときからこれまで自分たちの均衡を守ってきた。それと同じ力を九歳のカサネも引き継いでいた。

煎り豆の芳香が立ちのぼった。夢の中に香りはない。現実だけが香りを持っている。コーヒーの強い香りはタカオに現実をあらためてつきつけた。これは現実なのだ。自分たちは何らかの事件に巻き込まれている。脅威にさらされている当事者にほかならない。そして、それは、おそらくフランツの事故のときから続いている何事かだ。漠然とした不安にしかすぎなかったものが、いま動かしがたい現実として目の前にあった。

そのとき、スマートフォンがポケットの中で短く震えた。

静かなキッチンのなかで着信振動音は異様なまでの大きさで響いた。見ると発信元の表示はウィリアム・チャンと読めた。ヘッドハンターからのメールだった。「クライアント企業側からの新たな条件提示があった。さらなる厚遇が期待できる。だが、期限も同時に示してきた。詳細をお伝えするため、できるかぎり早急にミーティングを持ちたい」

別の現実が平行して自分を追いかけていた。タカオは止めていた息をゆっくりと吐き出してから、画面を消し携帯をポケットに戻した。仕舞ったとたん、見計らったようにそれは再び激しく震えた。今度は音声通話の発信だった。発信者は上司の鶴岡だった。数時間前まで狭い会議室で現地解雇者リストを前に打ち合わせをしていたのだ。

「はい、ハヤセです」

声がうまく出なかった。

「鶴岡だ。いま、どこにいる？」

「ベルリン市内におります」

「あたりまえだ。他におられちゃ困る。すぐ戻れるか？　トラブルだ。すぐ戻って欲しい」

「トラブルとおっしゃいますと」

「電話では話せない。人がからむ。もう一度慎重な判断が必要になった」

タカオは息を吸い込んだ。

「かしこまりました。ただ、わたくしごとでまことに恐縮ですが、いま、すこし手が離せないことがありまして。すこしお時間ください」

「家事都合のことは聞いている。だが、急ぐ。技術情報漏洩に関わる」

一瞬の沈黙が流れた。

「了解しました。急ぎ調整します。おりかえしご連絡いたします」

「エーエスエーピーでたのむ」

電話は切れた。

情報漏洩に関しては、実は最も危険な人物は自分なのだ。鶴岡も決して口にはしなかったが、そのことを鋭く意識しているのは手に取るようにわかった。

白いマグカップに淹れたてのコーヒーが湯気を立てている。カサネが冷蔵庫から紙パックのミルクを出し、ミルクピッチャーに入れてレンジで温め始めた。そのとき、舌が上あごに張り付くほど自分の喉が渇いていることに気づいた。耐え難いほどの渇きだった。

「先に水をもらっていいかな」

答えも聞かずタカオは流しのタップのレバーを回し、蛇口から落ちる水に唇を突出して直接むさぼった。カサネは静かな目でタカオの様子を見ていた。

「タカオ。カフェー」

カサネはマグカップをトレイにのせてカウンターに運んできた。

「ありがとう」

カサネは黙ってうなずいた。透き通った水面のような顔をしている。さらに冷静さを増しているように見えた。

「電話、だいじょうぶ？」

「だいじょうぶだよ。たいしたことじゃない。心配しないで」

タカオは、湯気の立ち上るマグカップからコーヒーを一口飲んだ。鼻に抜ける芳香と血管を巡るカフェインが脳を落ち着かせた。カサネはコーヒーを飲まず、あたためたミルクだけをすすった。カサネはまだカフェインに親しむ年齢ではない。タカオはあらためてそのことに気づいた。子供に救われている場合ではない。この状況をどう切り抜けるべきか、この自分が考えなければならないのだ。だが、どうすればよいのか。どちらに向かって動き出せばよいのか。何も思い浮かばなかった。

「ママは、だいじょうぶ？」

しばらくしてカサネがたずねた。我慢していた言葉を口にしたという響きがあった。

「だいじょうぶだよ。何も心配ない。すぐに戻って来るから」

タカオは笑顔で答えた。キッチンの窓から裏の林と青空が見えた。明るく開けた木立のなかに紅葉が散っていく。静かだった。これまで、ここでカオルたちはどれだけ平穏な暮らしを営むことができていたことだろう。タカオはマグカップを胸元に持ったまま、窓の外に舞う紅葉を見つめた。

カウンターに置いたままだった携帯が一度短く揺れ、一瞬の間を置いて激しく身もだえするように板の上で踊った。また上司の鶴岡からにちがいない。ため息をついて画面を見た。

見知らぬ番号だけが表示されている。震え続ける画面を見つめた。間違い電話ではないか。いや、カオルが自分のものではない携帯から連絡してきているのかもしれない。悲観と希望が交錯するとき、人は希望の方を選ぶ。それが悲観に耐える苦痛から逃れる唯一の道だった。カオルからの連絡という希望のライトが脳裏に光った瞬間、反射的に応答アイコンをスライドさせていた。

「はい」

「ハヤセ、タカオ、さまでいらっしゃいますか?」

男の声だった。カオルの姿は瞬時に消え、物柔らかな中年の営業マンの姿が脳裏に描かれた。職業的になめらかに制御された「よそゆき」の声だった。それは名前を確かめる短い言葉だけで伝わった。

「そうですが」

「突然お電話差し上げましたこと、お許しください。わたくし、クアトロ・キャピタルマネージメントの葛西と申すものでございます」

男はカ、サ、イと一音ずつ区切って発音した。こんなときに投資案件のセールスか。一呼吸おいてから、タカオは忍耐力の入った最後の引き出しを開けながら、できるだけ穏やかな声になるように注意して言った。

「どういったご用件でしょうか。たいへん申し訳ないのですが、ただいま手が離せない状況でして、お急ぎでなければご遠慮願いたいのですが」

「それが、急を要することでして」

どこか笑みを含んだような声だった。

「売り込みの方は、たいがいそうおっしゃる。失礼いたします」

タカオは通話を切ろうとした。

「ファウストさまの奥様のご様子をお伝えしたく、お電話差し上げております」

重なるようによそゆきの声が慇懃に響いた。携帯を耳から外そうとする手が止まった。

「冗談はやめていただきたい」

「大切なお客様にご冗談など、申し上げるはずもございません」

沈黙が流れた。タカオはふいに笑い出しそうになる自分を抑えた。現実として受け止めるにはあまりに過酷な事態を、人は戯画か冗談としてしか受け止められない。

「フランツ・ファウストさま、奥様のカオル・ファウストさま。お二人から伺いましたところ、ハヤセ・タカオさまは双方の古くからのご友人でいらっしゃる。このたびは、カオルさまのこと、さぞご心配のこととお察しいたします」

「どこでこの番号を？」

「わたくしどもは仕事柄、有望なお客様のリストを多数持っておりまして。詳しくはご説明できないのは恐縮ですが」

「まさか、彼女からむりやりこの番号を聞き出したんじゃないでしょうね？」

カサネが顔を上げた。

「滅相もございません。カオルさまとはビジネスのご相談をさせていただいております。少々、長いご相談になるため、ゆっくりお話しできる場所にご案内申し上げておるところでございます」

「ビジネス？」

「さようでございます。ご主人のフランツ・ファウストさまと長く交渉させていただいておりましたが、残念ながら不慮の事故でお亡くなりになりました。いまだご心痛のなかとは存じましたが、取り急ぎ奥さまに同じ案件の引き継ぎをお願いしている最中でございます」

「彼女は何処にいるんですか？」

「わたくしどもの会社の保養所においでいただいております。じつは先ほどお写真をハヤセさま宛てに送らせていただきました」

タカオは何も言わず、耳からスマートフォンを離し、受信メッセージの添付画像を確認した。

画像がタカオの胸を貫いた。カオルだった。五年前とまったく風貌は変わっていない。白い半袖のポロシャツを着ている。風通しのよさそうなベランダの椅子に座り、無表情にこちらを見ている。青空にヤシの大木が揺れている。遠景に白砂と透明度の高い真っ青な海があった。熱帯のリゾート地に見えた。

「どこに連れて行ったんですか」

「連れて行ったとは剣呑な。ご招待です。わたくしどものケイマンの保養施設にご招待いたしました」

「ケイマン？」

「さようです。ケイマン・アイランズ。カリブ海に浮かぶ大変美しい島でございます」

「目的は何ですか」

「美しいリゾートでおくつろぎいただきながら、ファウスト家のご資産の売却に関してじっくりご相談させていただくためでございます」

拉致した。そういうことだった。九歳の子供を一人置いて母親が単身で大西洋を越えて南国のリゾートにくつろぎにいくわけがない。すぐ傍に立つカサネの顔を見た。冷静な表情のままタカオを見上げている。これ以上、通話の様子を聞かせるわけにはいかない。葛西にそのまま待つようにひとこと断った。

「仕事の話なんだ。長くなりそうなんで、すまないけどここでしばらく待っててくれる？」

端末の通話口を抑えて、小声でカサネに告げた。カサネは黙って小さくうなずいた。タカオはキッチンを出て居間を走り抜け、明るい外廊下に出た。

「子供がいます。聞かせたくないので場所を移しました」

「お子様の件、承知しております」

「わかっているなら、なぜ母親を連れて行ったのか理解に苦しみますね。子供を放置して飢え死にさせるつもりですか」

「お話合いを迅速に進めるためには、決断を促進する環境を整える必要があるときがございます。お子様にご同行いただかなかったのはご決断のための環境のひとつです」

「脅しですか？」

「とんでもございません。選択の幅を絞り込んで選びやすくすることは、わたくしどもがお客様にご提供するべき大切なサービスの基本です。スムーズな選択のお手伝いをさせていただいているだけでございます」

ふざけるな。罵声をタカオは飲み込んだ。相手はまちがいなく職業的な恫喝者だった。へたに刺激しない方が得策という直感に従った。

「お子様には少々ご迷惑をおかけしたかもしれません。ただ、数十時間後にはハヤセさまとお逢いになり、かならずハヤセさまがご保護されるとわかっておりましたので」

「なぜ、そんなことがあなた方にわかるんです。たまたま落ち合えたからよかっただけでしょう」

「いいえ。たいへん恐縮ですが、通信はわたくしどもと契約している専業チームの手ですべて傍受させていただいておりました。ここ数か月のハヤセさまとファウストご夫妻のメールと通話から判断させていただきました」

タカオは黙った。背中が棒を入れたように固まった。外廊下の一面の高窓から外の遊歩道が見下ろせた。淡い色の髪の中年女性が大きなラブラドール犬を散歩させている。黄色い銀杏の葉が積もった道を明るい茶色の犬が嬉しそうに踏み分けていく。

「わかった。用件を聞きましょう」

「ありがとうございます。さすがにご理解がお早い」

「褒められてもあまりうれしくない」

「失礼いたしました。お留守のあいだに、ファウストさまのお宅で少々探し物をさせていただきました」

「あなた方の探し物というのは壁紙を引っぺがし、床板をこじあけるのが流儀ですか」

「おやおや。それは聞いておりませんでした。そんな頼み方はしておりません。現場で乱暴な連中が失礼したのかもしれません。乱暴な連中は手前どもでも制御できないことがございます。手違い、お許しください」

婉曲な恫喝だった。

「本題はその探し物です」

葛西の口調が変わった。

「探し物は絵画です。フランツ・ファウストさまに、ご本人が相続し所有なされているある絵画を買い取らせていただくお願いを続けておりました。残念ながら、ご本人は所有を否定し続けられました。しかし、わたくしどもの長年にわたる調査によりますと、その作品がある時点でファウストさまの祖父にあたられるエルンスト・ファウスト氏の管理下に移ったことは確実だとされています」

「管理下というと？」

「はい。管理です。通常の所有とは少々異なる場合、そう呼ぶのが適切となります」

タカオは数か月前にフランツが絵画のデジタルコピーに関して問い合わせてきたことを思い出した。それとこの件はなにか関係があったのだろうか。

「フランツ・ファウストさまは終始所有の事実自体を否定されたまま、不幸な事故でお亡くなりになりました。しかし、わたくしどもは引き続き奥さまと交渉を続けさせていただくことにいたしました。しかし、奥さまもその絵画の存在自体をご存知ないとおっしゃる。そこで、ハヤセさまにご協力いただけないかと、お電話差し上げたしだいです」

「僕に何をしろと」

「その物件をご提供いただきたい。適正価格で買い取らせていただきます」

「なんのことかさっぱりわからない」

「いえ、きっとおわかりのはずです。フランツさまと絵画の保存の件で何度かメールをやり取りされていたことを我々は把握しております」

「覚えがないですね。僕はそんな絵のことなど聞いたこともないし、なにもしらない」

「そうでしょうか。皆さま、そうおっしゃいます。フランツさま、カオルさま、ハヤセさま、皆さまなにもご存知ないと。そこまで全員の証言が揃うと、通常は逆の事実が存在するとわたくしどものこれまでの経験が証明しております」

「いいがかりだ」

「奥様はケイマンにご招待しています。このまま南海の島に永遠にご滞在願いますか?」

外廊下から内窓を通してフランツの書斎の中が見えた。剝がされた壁紙がつるされた死体のように揺れている。

「ハヤセさまとは早急にお会いして、詳しいお打ち合わせをさせていただいた方が良いかと思います。ご承知とは存じますが、くれぐれもご内密に。万が一、公的な第三者機関に通報されると、この件はあまり愉快な道筋を歩まない可能性があります」

「会おう」

反射的にタカオは答えた。君たちがフランツを殺したのか? と問うのは愚問だった。答えるはずもないし、今となっては詮索しても得ることはない。カオルを一刻も早く救出しなければならない。その他のことはもうどうでもよかった。

「ありがとうございます。やはりご決断がお早い。これからのお話合いもこのスピードで進むものと確信いたしております」

「カオルには手を出すな」

「とんでもございません。どうか誤解なされませんよう。最高の環境でおもてなしさせていただいております」

翌日の交渉場所と時間を決め、電話は切れた。

タカオは安物のテレビドラマかコミックスを見ているような気分のなかにとりのこされた。暴力は安っぽいフィクションのように現実化する。それはどこまでも陳腐で、どこまでも非現実的だった。なぜ、ここまで安っぽいのだろう。むろん、複雑な論理を積み上げたはてに発動される暴力もある。テロや戦争という組織的大量殺戮も発動前には正当性を主張する奇怪な論理が精緻に積み上げられる。だが、あらゆる暴力はじっさいに発動されてしまえば、すべて同質の戯画的なまでに安っぽい野蛮にすぎない。

これからどう動くべきか。タカオは外廊下に立って落ち葉で黄色く染まった遊歩道を見下ろしながら懸命に考えた。しびれたように頭が動かなかった。拉致犯との会談を即断したのは合理的な判断というよりも身体的反射にしかすぎない。深く考えたわけではなかった。本当にそれでよかったのか。悔恨とも不安ともつかないものが腹を焼いた。絵画の引き渡しを相手は要求している。だが、自分はフランツから一度も絵画の存在すら聞いたことがない。そんな自分にいったい何ができると言うのか。いずれにせよ、カサネをこのままこのアパートにひとり残していくわけにはいかなかった。母親は戻らない。今の段階で警察に相談する危険は冒せない。この拉致事件を誰にも説明できない以上、自分が子供を保護し続けるしかない。タカオは、はじかれたようにキッチンに駆け戻った。

「ごめん。待たせたね」

「カフェー冷めちゃった」

カサネは冷静な表情のままタカオの置いて行ったカップを上げた。

「そのままでいい。いただくよ」

カサネは首を小さく横に振り、黙って流しにマグカップのなかを空けた。保温ポットから温かいコーヒーを注ぎ直した。

「ねえ、心配しないで聞いてほしいんだけど」

タカオは流しの方に向いたカサネの背に声をかけた。

「お母さまは、急なお仕事でしばらくおうちに帰れないんだ。さっき連絡があった」

カサネはゆっくりとした動作で振り向いた。首をわずかに傾け、左耳をこちらに向けている。

「お母さまが仕事から戻るまで、カサネは僕と一緒にいることになった。お母さまから頼まれたんだ」

カサネは黙ってタカオを見つめ続けた。

「そんなに長いことじゃない。すぐにお母さまは戻ってくる。お母さまが戻ってくるまでおじさんのそばを離れないでいてくれる？　カサネをきちんと安全に守る約束をしたんだ、お母さまと」

「ママはどこにいるの？」

「海外出張中なんだ。カリブ海の島でお仕事があってね」

「カリブ海ってどこ？」

「アメリカとメキシコの間の海だよ」

カサネはしばらくタカオの顔を見つめていたが、黙って下を向いた。

焦燥の極にある上司の鶴岡の待つオフィスに戻らなければならなかった。支社解体の最中に子連れで会社に登場するのは正気を疑われるのは確実だったが、なんとか差しさわりのない説明をして乗り切るしかなかった。

スーツケースを探し、カサネに自分の着替えを詰めさせた。子供を育てた経験のないタカオには、九歳の子供に必要なものがどういったものなのか見当もつかなかった。一週間ほど留守にするだけだから、と説明したが、はたしていつこのアパートに戻ることができるかわからなかった。カサネが荷造りしている間に、自分が宿泊しているホテルに連絡し、カサネ用にもう一部屋確保した。

アパートを出る前に、もう一度すべての部屋の戸締りを確認して回った。いくら確認してもプロの手にかかれば簡単に侵入されてしまうと考えると、虚しい行為のようにも思えた。あらためて廊下も含めてあらゆる壁を確認したが、どの部屋にも絵画らしきものは飾られていなかった。家族写真の入った写真フレームだけがすべての部屋に置かれていた。

外に出ると金色の光に包まれた。紅葉に染め上げられた林の中の道を、スーツケースを引いて駅に向かって歩いた。途中で見つかればタクシーを拾うつもりだった。犬を散歩させている住民が多い。人間の数より犬の数の方が多いのではないかとさえ思えた。カサネは天辺にボンボンのついたライトグレーのニットキャップをかぶり、小さなバックパックを背負ってタカオのすぐ横を歩いている。旅行に出かける平和な親子に見えるかもしれない。実際は会社解体の危機に直面した失職寸前の独身中年技術者であり、かたや父を失い、母を拉致され孤児となった聴力に不安を抱える少女にしかすぎない。世界は語られない事情に満ちている。タカオは黙ったまま顎を引き、金箔を敷き詰めたような銀杏の落ち葉の道を踏みしめて行った。

結局グルーネヴァルトの駅まで歩きとおした。Sバーンの東西高架線でポツダムに戻ることにした。時計を掲げた木組みの三角屋根を冠したおとぎ話に出てきそうな小さな駅舎を通り、構内に入った。黄色いレンガ積みの構内は陽射しが天井から差し込み明るい。ところどころに十七番線を示す矢印と白い表示板がある。かつて一九四一年から一九四五年のあいだ、十七番線が強制収容所への始発駅として使用され、数万人の人々がここからガス室に向けて搬送されたと解説が記されていた。駅の端に位置し、現在は使われていないそのプラットホームへ上る無人の階段が陽射しに明るく浮かび上がっている。上から差し込む光に足が止まった。タカオは通路の暗がりから地上に登る階段を見上げた。晴れ渡った秋の青空がまぶしく目を射た。

片手に何か触れた。カサネが黙ってこちらを見上げている。手を引っ張ってカサネは先を促した。タカオはうなずいて、カサネの手を握り返した。片手でカサネの手を引き、もう一方の手でスーツケースを引いてそのまま都心へ戻る通常のホームの方へ向かって足を速めた。

二、絵画

8

一五一〇年　五月二四日　フィレンツェ

前略　アレッサンドロ・フィリペーピ様

前回のお手紙でわたくしの殿様、ロレンツォ・イル・マニーフィコ・デ・メディチさまのことを長々と書いたのは、貴方と殿様がとても似ていらっしゃったからです。

そんなことを言うと、貴方も殿様も天国で声をあげてお笑いになるでしょうね。むろん、お姿はまったく違います。でも、お二人の胸の内の風景は同じ人といってもよいほど似ていたことをわたくしは知っています。

あのころ、カレッジの別荘にはギリシャ語の学者先生がたや詩人の皆さんが集まり、プラトンの著作の読書会、談論、自作の詩のお披露目、楽器の演奏の集いを頻繁に開き楽しんでおられました。殿様もそのアカデミーの一員として参加され、よく自作の詩に曲をつけて皆さんの前で竪琴を演奏し、弾き語りで歌われました。殿様はギリシャ風の竪琴、リラの演奏がとてもお上手でした。今も眼を閉じると、その音がよみがえり、優雅な宴の様子がまるで昨日のことのように思い出されます。貴方もいつも殿様に招かれ、素描用の紙綴じ帳を片手に集まりに加わっておられましたね。わたくしは、毎回お飲物や食事を運ぶお手伝いをしながら、大人たちを間近に観察する機会を得ました。そのなかで、ひときわ陽気で、明るく、人をそらさぬ冗談で場を盛り上げていたのは他ならぬ殿様と貴方でした。そして、胸の内に最も暗い苦しみを秘めておられたのもお二人だったのです。それはわたくしの思い過ごしだ、と貴方はあの笑顔でお笑いになるかもしれません。でも、わたくしにはわかっておりました。

それは、痛々しい明るさでございました。緊張をもって演じられる明るさは、ご本人にとってもほとんど意識されない振る舞いだけに、それに気づく人はほとんどおられなかったのです。

殿様はもともと自由な詩人として生きることを望まれていた芸術家肌の若者でしたが、二十歳のときに父君ピエロ・デ・メディチさまを亡くされ、立場上仕方なく家督をお継ぎになり、若くして実質的な君主の立場を引き受けられた方でした。家長であり君主である日々とは、権力の美酒を味わうものとは程遠いものでした。それは、国内では絶えざる内紛や疫病、外では諸外国とのはてしない暗闘と武力紛争、そして自ら経営する銀行の経営破綻に向き合う日々にほかなりませんでした。薄氷の上に立つ恐怖、破滅の予感に震える焦燥を押し隠しながら、殿様は絶望的な格闘を続けておられました。でも、そのことをみじんも感じさせない陽気で快活な人柄と、気取らぬ男性的な優雅さは敵方でさえ魅了するものだったのです。

パッツィ戦争のさなか、敵国ナポリ王フェランテ様の懐に殿様が単身乗り込み、事実上人質になりながら決死の和平交渉を行ったときのことです。数か月の間、昼間は宮廷の廷臣たちに気前よく金をばらまき、快活陽気な振る舞いと当意即妙のユーモアでナポリ王の心を獲りながら、夜になって宿舎に戻ったとき、殿様はひとり、声の洩れぬようにベッドの枕に顔を押し付け、一晩中、屈辱と恐怖と不安に震えながら、獣のような叫びとうめき声をあげ続けたという話を側近の一人からわたくしは漏れ聞いたことがあります。

詩を心に秘めながら現実を切り抜ける男たちはみな同じなのでしょうか。殿様同様、貴方が夜ひとり、枕のシーツに顔を押し付け、怒りと恐怖と苦痛のうめきをあげる姿をわたしは容易に想像できます。誰も知らない貴方のその姿を。

メディチ家の発注を一身に集めるかのような貴方の活躍は、どれほど貴方に緊張と演技を強いたでしょうか。殿様の側近の一人と見なされた貴方の最も危険な敵は、ほかならぬ世間の嫉妬でした。誇り高いフィレンツェ人の、我こそはと思う自負心の強さからくる嫉妬深さはこの街の宿痾であると嘆いたのは殿様のおじいさま、コジモ・デ・メディチさまでした。老コジモさまは政庁のすべての実権を手にした後も、人々の嫉妬を招かぬよう細心の注意を払い、表に立つ華やかな地位や場を避け、質素な粗衣に身を包み、目立たぬようひっそりと街を歩いたそうです。

貴方が人々の前で演じる道化た冗談やいたずらの数々をわたくしは見てきました。数か月間の稼ぎを一晩で使い果たしてしまう、桶の底が抜けたような花街での放蕩ぶりの噂もしばしばお聞きしました。でも、そのおもての姿と、ひとり裏庭で素描をされている時の静かな素の顔の落差をわたくしは知っています。わたくしには、愚か者を演じる演技の蔭の貴方の恐怖と緊張がどれほどのものであったか、手に取るようにわかるのです。

おのれの運命を受け入れる覚悟をした人間は、生き抜くためにどのような演技もいとわないものです。殿様の悩みも知らぬげな陽気さや、貴方の一見愚かな行為も、周到な演技と言うよりは、政敵や同業者の避けがたい警戒心、嫉妬、中傷を少しでも和らげやりすごすために身につけた、ほとんど本能的な振る舞いだったのかもしれません。

この世の争いごとのほとんどは、一見利益を争うように見えながら、その実、誇りを争うことに根を持っています。命より誇りを守ろうとする。それが人間です。浮き世の事は我関せずという顔をされながら、その実、権威好きで嫉妬深いうぬぼれ屋の人文学者のみなさんたちも、おどける貴方を見て笑い、さぞ安心されたことでしょう。むしろ技芸や権力の頂点におられた貴方と殿様こそが、うぬぼれや虚勢から最も遠い場所にいらしたのは不思議なことです。そんなお二人と間近に接し、素顔のお二人から可愛がられたわたくしは幸せな子供でした。

殿様のお仲間の権門の子弟や文人たちの集まりに加わるときも、同業のマエストロのみなさんと交わるときも、教皇庁のお役人たちの居丈高な依頼をさばくときも、お弟子さんたちに指図されるときでさえも、貴方はおどけた身振りと冗談に身を隠しつつ、軽い人間を演じる緊張を解かれることはありませんでした。ただ軽いだけの人間が、あのような絵を描けるはずもないことは少し考えればわかることなのに、皆、貴方の愚を装う演技を信じ、安心しました。

貴方が緊張を解かれたのは、ただひとり、別荘の養い子で使用人だった子供のわたくしを相手にするときだけだったのかもしれません。たわいのない話をし、殿様の領地の果樹園でこっそりもぎ取った無花果のまだ青い実をふたりきりで木の下でかじり、野の花の名をわたくしに教え、白いシーツの前でわたくしの姿を素描される時、貴方は素顔でいらっしゃいました。その一方で、どれほど打ち解け、どれほど顔を寄せようと、野の花を決して摘まずそのまま野原に咲くままにされたのと同じように、花の自然を損なわない距離を置くことを貴方はわすれませんでした。野の花が咲く裏庭とわたくしは、貴方にとって同じ場所だったのかもしれません。それは、殿様がわたくしを扱う作法とまったく同じでした。わたくしは我が身が野草にすぎなかったことの幸運をいまになって理解しようとしています。

貴方は美に魂の底まで奪われた真の芸術家でした。殿様は人並みはずれて感情豊かな真の詩人でした。そんなお二人が共になさったただ一つの公的な仕事が、あの事件の直後、パッツィ家の人々が絞首刑に処された姿を政庁のヴェッキオ宮殿の壁一面に等身大のフレスコ画として残すものだったというのはなんという皮肉でしょう。後ろ手に縛られ、首に縄をかけられ、目の前に揺れている、血の臭いがいまにも鼻先を打つような、生々しい死体の数々を一体一体克明に、あの刃物で一息に切り取るような強い描線で描ききったとき、貴方はどのような思いでおられたのでしょうか。政庁の公式の記念行事としてそれを発注したロレンツォの殿様は、どのような思いで貴方にその仕事をゆだねたのでしょうか。

ほんとうはそんな醜い仕事はしたくはなかった。

お二人とも、きっと本心ではそう思っておられた。お二人の素顔を知るわたくしは、そのことだけははっきり言えます。しかし、その仕事はお二人が生きていくうえで、どうしてもやらなければならない仕事でもあったのです。

殿様は詩人であると同時に一国の事実上の君主であり、多くの人々の運命に責任を果たさねばならぬ立場から解放されることはありませんでした。血塗られた事件を国難として記念碑に残し、日々公衆にさらすことで殿様は第二の騒乱を抑え、国内の安定をゆるぎないものにする必要があったのです。そして、貴方は芸術家であると同時に、工房の弟子たちを食べさせ、自らも口に糊する工夫を続けねば生きては行けぬ一介の生活人のひとりでした。その仕事で、貴方の工房はまとまった画料を手にし、次々と公的な仕事を任される立場を確かなものにし、メディチ家筆頭の絵師としての名を内外に轟かせたのです。

貴方が本当に描きたかったものは何だったのでしょうか？

いまもよくそのことを考えることがあります。

貴方はダンテの詩を愛唱し、その響きの美しさをしばしばわたくしに語って聞かせてくださいました ね。詩の言葉はひととき美しい響きとなって漂い、馨りだけを残してまたたくまに虚空に消えていきます。貴方が描かずにおれなかったものは、そんな消えゆく響きや馨りのようなものだったのではないか。最近になって、ようやくわたくしはそう思い至るようになりました。

貴方は子供のわたくしの姿を出会うたびに裏庭で素描してくださいました。またすこし、背が伸びたね、と笑顔で言われるたびに、わたくしは恥ずかしく、それとともになぜかうっすらとした悲しみに襲われたことを思い出します。わたくしの姿はそれとははっきりわからぬように工夫されて貴方の工房の作品のなかの登場人物に生まれ変わっていきました。さまざまなポーズをとる少年天使の姿となって絵の中に生きなおす自分の姿を見た時、子供心にも貴方とわたくしだけの知る時間が人目にさらされたような女の子らしい面はゆさを感じると同時に、説明のつかない寂しさにわたくしは襲われるのでした。

その寂しさは、背が伸びたね、と言われたときに感じる淡い悲しみにどこか似ていました。ひととき漂い、瞬く間に消えてゆく詩の響きのように、あの裏庭の時間はもう消えてしまった。そのことを、貴方の絵は夢見るような美という形でわたくしに突きつけるのです。

それは絵にとどめられたがゆえにおこることなのかもしれません。絵にとどめられなければ、失われた時間に気づかぬまま、わたくしたちはただ雑事に追われ、なにごとを感じることもなく日々を過ごしていくでしょう。

人は図相にさまざまな意味を、含意や象徴や物語を読み解こうとします。この絵は何を表しているのだろうと。ほんとうは、ただ愛するが故に描き止めた、とは思いも寄らないようです。描く当人の絵師の方々でさえ、おのれの絵作り、物語作りのたくらみにとらわれ、その単純な真実に目をつぶろうとします。人はなぜ素朴な愛をすなおに感じ取り、認めることができないのでしょう。事物の説明や物語の伝達のために描かれた絵と、我知らず愛する物を時の力から救い、その姿をうつろう世界からなんとか手元に引きとどめようとして描いたものはまったく別種のもののようにわたくしには思えてなりません。いま、わたくしの眼から見る時、貴方の絵から寓意や象徴や物語のようなものはすべて抜け落ち、わたくしたちが過ごした裏庭の草花の匂いだけがよみがえるのです。

愛を感じなければ、人は自分からすすんでそれを描こうとはしません。瞬く間に飛び去り消えてゆこうとするものを引きとどめ、残そうとはしません。

なぜ気づけず、なぜ目をそらすのでしょう。

おのれの感情の恐ろしい力をわたくしたちは本能的に察知し、なかったことにしてやりすごします。なかったことにする。思えば、わたくしもそうやって、ようやくこれまでなんとか生きてこられたような気がいたします。

素描のペンを取られた途端、貴方の顔からおどけた表情が消え、遠い音に耳をすますような静けさが広がるのを幾度も見ました。わたくしを描きながら、貴方は消えていく響きをずっとお聞きになっておられたのでしょうか。たとえ、それが消えゆくものであろうと、いいえ、消えゆくものであるからこそ、貴方は目の前の一瞬一瞬を受け止め、とどめようと全力をつくされました。それはロレンツォの殿様がメディチ家とフィレンツェの破滅をはっきりと予感しながら、終わりのない戦いを黙って戦い続けられた姿と同じにわたくしには見えたのです。

わたくしが殿様に引き取られたころから、すでにメディチ銀行の経営は悪化の一途をたどっていたようです。イギリス王家、ブルゴーニュ公、ミラノのスフォルツァ家ら各国の王家への巨額の融資が不良債権化し、ロンドン支店、ブルージュ支店を始めとしてヨーロッパ各地の支店はつぎつぎと閉鎖されていきました。借金は踏み倒され、回収不能となったのです。さらに、殿様と対立した教皇シクストゥス四世さまが教皇庁会計院の管理権、トルファの明礬鉱の専売権をメディチ銀行から取り上げ、同じフィレンツェのパッツィ銀行に移したことで、銀行の経営はさらに危機的状況を迎えたのでした。

殿様が長く保護者役を務めておられた一四歳年下の又従弟《いとこ》のロレンツォ・ディ・ピエルフランチェスコ・デ・メディチ、ジョヴァンニ・デ・メディチ兄弟様の継承された遺産を無断で転用し、政庁の公金を違法に銀行資金に流用し始めたのはそのころでした。わたくしは子供ながら、殿様の各地への秘密連絡文書を暗号に翻訳するなかで、その事態をおぼろげながら理解していました。

パッツィ戦争ののち、ナポリ王フェランテさまとの和議が成立し、教皇様との和解がなったのは一四八一年の春のことでした。その年の数字をはっきり覚えているのは、その年、貴方との長い別れを覚悟するという、孤児のわたくしには忘れがたい事件があったからです。

教皇様との和解はフィレンツェの教皇への謝罪と教皇から与える罪の赦しという形をとったそうですが、実際は不安定なものでした。トルコ軍の突然のナポリ領侵攻という国難に対処するために内戦の停戦に迫られた教皇様が妥協し、フィレンツェに対する罪の赦しはいやいやながら与えられたものだったからです。

実際には、トルコ軍の侵攻は見せかけでした。以前からメディチ銀行と通商関係のあったオスマンのスルタンと密約し、対外危機を演出するため、トルコ軍による見せかけのイタリア侵攻を工作したのはロレンツォの殿様でした。カレッジの別荘で、わたくしは殿様と二人きりでスルタンへ派遣する密使に持たせる密書を、意味もわからぬまま暗号に翻訳いたしました。殿様がお土産に持ってきてくださった焼き菓子と菊茶をいただきながら、書斎で二人きりのゲームを楽しむように長い午後を過ごしたのです。「この店のビスコッティは美味いであろう。遠慮せず、好きなだけ食べろ」そう言って、ご自分も焼き菓子をつまみながらやさしく微笑まれる殿様の笑顔が今も目に浮かびます。

教皇様と殿様との敵対は一年ほどでぶり返し、実際には形を変えたいくさは教皇様がその三年後にお亡くなりになるまで続くのですが、かりそめの和解の儀式が成ってわずか数か月後、教皇様から殿様に思わぬ要請が舞い込みました。

ローマ、ヴァティカンのシスティーナ礼拝堂の壁画制作のために、フィレンツェの画家の派遣が要請されたのでした。

殿様は、すぐさま貴方をはじめ、ペルジーノ親方、ギルランダイオ親方、ロッセリの親方を推挙され、派遣されました。街の宝ともいえるマエストロの皆さんを他国に放出することは危険な行為でした。芸術における優位は国の威信そのものでもあるからです。でも、教皇様の無茶な要請は、殿様にとっては渡りに船のお話だったかもしれません。国の文化力を誇示し、惜しげもなくそれを与える立場に立つことで、芸術家を外交の武器として活用するという面もあったでしょう。しかし、それ以上に、メディチ銀行にはマエストロの方々に仕事を与える資金がもう一銭も無かったのです。

ほぼ時を同じくして、ヴェロッキオ工房で修業されていたころの貴方の弟弟子レオナルドさんは、ミラノのルドヴィコ・イル・モーロ・スフォルツァ公に派遣され、そのままミラノ宮廷に一七年間とどまりました。ヴェロッキオの親方も騎馬像建立のためにヴェネツィアに移り、そのまま亡くなるまでフィレンツェに帰ることはついにありませんでした。長い経済制裁と債権回収不能によって、フィレンツェはわが街の天才たちに仕事を与える力を失っていました。銀行の資金は底をついており、殿様が生前ヴェロッキオ親方に私的に依頼された多くの仕事の代金のほとんどは結局不払いのままであったとお聞きしております。

殿様がフィレンツェの威信のために気前よく自国の芸術家を派遣したというのは表向きの姿で、実際には親方たちは生きるために国を捨て、仕事を求めて自ら外国へ移って行ったというのが真相だったかもしれません。教皇様の要請はきっかけにすぎず、貴方も生きるために、工房の弟子たちを食わせるために、やむにやまれずローマに出稼ぎに行く決意をなされたものと思います。

それは宿敵の仕事を請け負うことにほかなりませんでした。教皇庁会計院の主幹銀行としての利権をメディチ銀行から取り上げ、パッツィ家をたきつけてジュリアーノさまを暗殺し、街を破門に処して経済制裁を加え、大軍で包囲し、フィレンツェを瓦解寸前まで窮乏させた張本人は教皇様でした。和議が成ったとはいえ、教皇シクストゥス四世さまの、トスカーナの地をわがものにし領土とする野心は生涯なくなることはなかったのです。敵地に行き、その地に奉仕することを喜ぶ者はいなかったでしょう。敵地というだけでなく、そのころのローマはまだ再開発の途上にあり、教皇庁以外は古代の遺跡に盗賊と浮浪者と野犬が住み着く荒廃した廃墟でした。

画材一式を積み込み、馬に乗って弟子たちとローマに出発する貴方を見送りました。貴方は出発の途中、わざわざカレッジの別荘に寄ってくださいましたね。お弟子さんたちは皆不安げな硬い表情をして押し黙っておられました。帰りの予定のない旅立ちでした。いつごろ帰ってくるという約束はどなたの口からも出ることはありませんでした。そのときのフィレンツェの街に芸術家が戻る場所はもう残されていないことは誰の眼にも明らかでした。

いざとなると、わたくしはのどがつまり、うまくお別れの言葉が出てきませんでした。おそらく、もう二度と貴方がフィレンツェに戻ることはないと思うと、なんと申し上げればよいかわからなかったのです。

気づいてみればわたくしは十四の娘となり、もうすぐ十五歳を迎えようとしていました。もう子供ともいえない、かといって大人でもない歳になって、わたくしは、はじめて動揺しました。貴方が定期的にカレッジの別荘においでになるのが当たり前と思い込んでいたからです。貴方が軽妙な冗談を言われ周囲を笑わせる風景は、わたくしの日常であり、変わりようのない空気のようなものになっていたのです。

しかし、いつのまにか時は過ぎておりました。

突然ふりかかる激しい事件による劇的な別れよりも、時の流れがもたらす静かな別れの方が深い痛みを人に与える。そのことを、わたくしはそのときはじめて学んだような気がいたします。

わたくしは遠ざかっていく貴方の背中にいつまでも手を振りつづけました。貴方も何度も馬の上から振り返り、笑顔で手を振ってくださいました。遠くから何か大きな声でわたくしに叫んでおられたのですが、よく聞き取れませんでした。貴方のことです。そんなときにもきっとなにか冗談でおどけ、まわりの空気をなごませようとされていたのでしょう。

丘の向こうに小さく姿が消えた時、急に頬に涙が流れだしました。誰もいなくなった土埃の舞う道にひとりしゃがみ、しばらく顔を覆ってわたくしは泣きました。いつもひとりふらりと別荘に立ち寄り、家事を手伝うわたくしの姿をさっと素描すると、ひとこと、ふたこと冗談を言って笑わせ、焼き菓子や飴の入った小さな紙包みを置いてまたふらりと姿を消す。貴方とのそんな時間はもう二度と訪れないのだということがわたくしを打ちのめしました。

いつまでも続くかのように思えた夏が終わろうとしておりました。

9　二〇一X年　一一月二七日　ベルリン、ティアパルク

本来、出会うはずのない者同士が、互いの額をつけるようにして同じ池の水を飲んでいる。鮮やかなピンク色のフラミンゴが集う池の奥には広い草地と森が広がり、放し飼いにされたラクダの群れがフラミンゴのすぐそばで水辺に首を伸ばしていた。

ベルリンには動物園が二つある。東西両陣営が張り合うように設立したものが統合されたあとも維持されたのだ。タカオとカサネは東側のティアパルクのフラミンゴ池の前にいた。西側のクーダムにあるドイツ最古の動物園に対抗して、東ドイツが一九五五年に広大なフリードリヒスフェルデ宮殿を改装し設立したものだ。冷戦時代から時間が止まったようなこちらの動物園には、まず地元民しか来ない。

初冬の動物園は、その後の人類の夢と困難の縮図のように、世界中から本来出会うべくもないものを一か所に集め、共存と平和の風景をつくり続けている。フラミンゴとラクダが隣り合う風景は、それが抱える矛盾とはうらはらに、どこまでも穏やかで長閑《のどか》だった。フラミンゴの池の前に立つカサネの背中が見える。片手にアイスクリームのコーンを握り、ときおり横顔を見せて高く盛り上がった頂上を小さな舌でなめた。それまで、池の奥に散らばっていたフラミンゴはいつのまにかカサ

ネの周りに集まっていた。まるでカサネと秘密の対話集会をするかのように何十羽というピンク色の水鳥がカサネに向かって上下に首を振り続けている。

タカオは広い回遊路の対岸にあるベンチから、カサネとフラミンゴたちの集会を眺めていた。

「美しいお嬢さんですな」

隣に座っていた中年男が言った。

「お母様も大変お美しいかたですが、いや、なんとも、お子様は幻を見ているようだ」

タカオは黙って隣の男を見た。明るい灰色の髪、ありふれたミディアムグレーのスーツ、白いワイドカラーシャツに黒に近いダークグレーの無地ネクタイ、黒のストレートチップの革靴。黒のセルフレームのウエリントンタイプの眼鏡。全身、モノトーンの諧調見本のような男だった。服装は清潔に整えられていたが、他の色を消去した姿は統一を計算したというより、何かを放棄した諦念のようなものを感じさせた。年齢は五十歳前後に見えた。背は高くもなく低くもない。体型にも特徴はなかった。見た瞬間に顔を忘れてしまいそうな、ありふれた日本人の中年勤め人の姿をしている。脇に置いた黒いブリーフケースが戯画に点睛を打つように制服じみた格好を完成させていた。東京にいれば空気のように風景に溶け込んでしまう風体も、この長閑な動物園のなかではかえって宇宙人のように目立った。

「動物園を交渉の場所にするのは、あなたの業界の場合、いつものことですか」

人妻を誘拐し脅迫している相手の職業を名付けようもなく、業界と言ってから、タカオは自分の言葉の滑稽さに小さくため息をついた。

「いえいえ。ハヤセさまがお子様連れであることを配慮させていただきました。なによりここでは誰にも話を聞かれる心配もございません」

「そうかな。かえって目立っているようにも思えますが」

クアトロ・キャピタルマネージメントの葛西と名乗るこの男の指定に応じて、旧東ドイツの遺跡ともいえるこの動物園までトラムに乗ってやってきた。カサネをひとりホテルに置いておくこともできず、休暇中の親子のように出かけたが、安物の芝居を演じさせられている非現実的な感覚を拭い去ることができなかった。

まるで休園日のように来園者は少ない。サファリパークを思わせる広大な園内には人間より動物の数の方がはるかに多かった。初冬の動物園を平日に訪れる人間は限られている。ときおり思い出したように通りかかる入場者は孫を連れた退職老人がほとんどだった。

「いや、正直申しますと、わたくし、個人的に動物園が好きでございまして。幼いころ母親に連れてきてもらった記憶がくっきりとよみがえるんです。そのときの動物の鳴き声や空気のにおいまでが。母が朝早く起きて作ってくれた弁当のサンドウィッチの具の種類まで憶えています。親に動物園につれてきてもらった子供は一生そのことを忘れません。ただ、この歳になるまでその思い出が宝物であることに気づかないものです。ようやく気づいて、遅ればせながら母に感謝の言葉を伝えようとしたときには、残念ながら母親の方が息子の顔も思い出せなくなっている」

葛西はうっすら笑ってフラミンゴの上の空を見上げた。

「失礼ですが、ハヤセさまは、お母様はご健在で？」

「ええ。おかげさまで。まだ、僕の顔は憶えていてくれています。憶えているどころか、はやく結婚しろとしつこく電話してきます」

「さようですか。いいですね。それはいい。心配してくれる人がいるというのはいいものです」

葛西は目を細めてタカオにうなずくと、梢にわずかに残った紅葉が散り続ける森をぐるりと見回した。

「動物園のもうひとつ良いところは、ひとりで来る人間がまずいないということです。ひとりでうろうろしている人間がいれば、わたくしのような変わり者か、行動確認業務をしている警察だと思ってまちがいありません」

油断のない視線で周囲をうかがいながらも、葛西の声はどこまでも紳士的で穏やかだった。

「あちらのベンチにひとりで座っている若い男がいる」

タカオは回遊路の並びにあるベンチにいる首の太い男を顎先で示した。

「どうぞご心配なく。わたくしどものボディガードです」

さりげない調子で葛西は答えた。

「ご用件をうかがいましょう」

タカオはカサネのアイスクリームの減り具合を遠目に確かめながら、短く言った。

「かしこまりました。わたくしどもは特別なお客様に限定して、さまざまな資産運用サービスをグローバルに提供させていただいておるものでございます。このたびも、カオル・ファウストさまに資産運用のご提案をさせていただいておりました」

「拉致監禁が提案とは驚きですね」

葛西は黙ってタカオの眼を見た。

「いえ、ご招待です。なにとぞ誤解なされませんよう、お願いいたします」

タカオの眼を見たまま、葛西は静かな声で言った。

「今回こういう形でハヤヤさまにご足労いただいたのは、ファウスト家の資産売却の引き継ぎをハヤセさまにお願いしたいのです」

「なぜ、僕に」

「フランツさま、カオルさまからお話はお聞きだと思いますが」

「何のことか、まったくわかりませんね」

葛西はまたしばらくタカオの眼を黙って見ていたが、やがて小さくうなずいた。

「お電話でもすこしお伝えしましたが、フランツ・ファウストさまご所有の絵画の売却をお手伝いさせていただきたい。端的に申しますとそういうお願いでございます」

タカオは黙ったまま反応しなかった。

「繰り返しになりますが、わたくしどもは、資産運用の手段の一つとして美術品売買のプライヴェートサービスもグローバルに展開させていただいております。プライヴェートサービスというところがポイントです。つまり、プライヴァシーを確保した状態で、表に出ない資金移動、資産形態の転換、および資産保全を必要とされるお客さまのお手伝いをさせていただくということです。そういったまとまった資金の匿名性を確保した移動と管理を必要とされるお客さまが世界中いたるところにいらっしゃいます」

「僕やフランツのような普通の勤め人には関係のない話だと思いますが」

葛西はベテラン営業マンが取引相手をなだめる時にしばしばやるように、こっくりとうなずいた。

「お聞きください。近年、金融の世界で急速に失われた最大のサービスはプライヴァシーです。普段の生活でも実感されていると思いますが、電子化によってすべての取引は記録され、匿名性は失われ、分析と監視の対象となりました。国税回避として指弾されるオフショアセンターに対する規制と監視は強化され、名だたるスイスのプライヴェートバンクも、地下経済を監視する国際社会からの情報公開の圧力に抗しえなくなっています。匿名性を求められるお客様との商売が成り立たず、ここ数年でプライヴェートバンクの数は大きく減少いたしました。匿名性をうたう新興の仮想通貨にしても管理主体の無いその将来は未知数ですし、中央銀行発行通貨に換金する瞬間に匿名性は失われます。しかし、匿名性へのニーズは地球から消えることはありません。富は巨額になればなるほど匿名性を求めるという法則があります。なぜなら、巨額の富には必ずついて回るものが二つあるからです。一つは税です。もう一つは、桁外れの富が生まれた語りえぬ事情です。ところで、この世で最も匿名性の高い資産は何だと思われますか」

「少なくとも紙幣には名前を書く欄はありませんね」

「そう、現金通貨です。そして、有限資源であるゴールド。記録の残らない現物交換以上のものはありません」

葛西はポケットからスマートフォンを取り出し、掌の上に載せた。

「しかし、電子決済の標準化によって地球規模でその現金が消滅しようとしています。スウェーデンでは現金による決済はすでに全体の二パーセントにまで低下しています。中国では屋台で串焼きを買うのもスマートフォン決済に入れ替わりました。いま、電子決済比率が世界で最も高いのはチベット自治区です。偽札、脱税、ブラックマネーの排除を目的として高額紙幣を廃止する動きはインドを始め、各国でつぎつぎと現実化しようとしています。いずれ、地球のあらゆる場所で現金が通用する場は限られたものになっていくでしょう」

「でも、かりにそうなっても僕にはとくに問題もないし、関係がないな」

タカオは無関心を示すために、わざとため息を交えて言った。

「いえ、それが大いに関係がおありになる」

「どういうことでしょう」

「消滅に向かう現金通貨の代わりに匿名通貨として機能する現物高額資産へのニーズはますます高まる一方なのです」

　遠くでカサネがこちらを振り向いた。アイスクリームコーンを持った両手を胸の前で組んでこちらを見ている。かすかに腰をひねったコントラポストの姿勢で立つ姿は、フラミンゴの侍従たちにかしずかれた幼いヴィーナスのようだった。

「それが、今回の、ファウスト家が所有しているとあなたがおっしゃる絵画、ですか」

　葛西は黙ってゆっくりとした動作でうなずいた。

「近年、古代オリエントの彫像、装飾品の闇マーケットが沸騰しました。けっして表に出ませんが、ひそかに争奪戦が演じられ、価格が急騰しています。不幸にして紛争地となった地域の遺跡や博物館から、人類の遺産ともいうべき貴重な古代美術品が略奪され大量に持ち出されているのです。なぜなら求める需要があるからです」

「それが、あなたの言う匿名通貨としての美術品、ですか」

　葛西は再び黙ったままうなずいた。

「履歴を消去しようとするマネーの動きは増えることはあっても、なくなることはありません。むろん、これは、一部の富裕層、権力者、犯罪者、無法者の身勝手な資産防衛という面は否定できません。しかし、同時にこれは惑星の自転や地球規模の海流の循環のように押しとどめようのないものなのではないか。あるときから、わたしはそう感じるようになりました。元素の特性は変えようがありません。水銀が常温常圧では決して凝固しないように、あらゆる資産はおのれの履歴を消し、匿名性を得て自由を獲得したいという衝動を失うことはないのです。それは所有者の意思とはかかわりのない現象です。わたくしはいつもそれを思う時、盤面の上を転がりながら一つにまとまっていく水銀の姿を思い浮かべます」

「美術品が匿名通貨だと言われるが、高額な美術品の売買は派手なオークションで、ショーのように世界中の注目を浴びるでしょう。匿名にならない」

「ええ、近年、クリムトやレオナルドの肖像画が五億ドルに近い史上最高額で落札され話題になりました。古典作品の落札価格は年々上昇しています。しかし、実際は非公開の取引の需要のほうが多いのです」

「非公開の取引、というと?」

「さきほど、資産は本能的に匿名性を求めると申し上げました。履歴を消去しなければ流動化できない事情を抱えた資金を交換可能なクリーンな資産に転換する中間担保物件として、非公開の歴史的美術品が必要とされているのです。高い価値を持ちながら、当座のあいだ軽々には表に出ることはできない事情を抱えた美術品があります。それこそが今、高額匿名通貨として求められているのです。しかし、非公開の高額物件が公開市場に出回ることはありません。表に出られない事情があるからこそ非公開なのです。物件はつねに枯渇しています」

「オークションは活況のようにニュースでは見えますが」

「公開市場においては常に現代美術というかたちで大量に新作が供給され続けています。しかしながら現代美術は流行に左右され、未来の価値は確定的ではありません。それでさえ、競売会で奪い合いになるのです。避難場所を求める余剰マネーが後を絶たないからです。巨大なゴミが奪い合いになっているとしか思えないケースも多いと正直言わざるを得ません。同時代アートの新作があふれる一方で、一千万ドル、一億ドルを超える巨額のマネーの担保となりうる高額の歴史的美術品の非公開物件は当然ながら極めて希少です。個人所有物件でも、公開できるクリーンな素性のものは売却の際、価格をつり上げやすい名門オークションに出てしまうからです。表に出たがらないマネーは近づきません。湾岸の紛争地から盗まれ、不法に持ち出された古代の傑作たちが地下市場で奪い合うように取引されていったのは、そういうことです」

「すみません。避難場所とか、中間担保とか、正直、何をおっしゃっているのか、僕にはさっぱりわからない」

「ごもっともです。くわしくは申し上げられませんが、実際には少々複雑なしくみを使います。複数の架空の会社を経由させて美術品を媒介として複数回の資金の移動が行われます。わたくしどもはお客様にそのトータルなサービスをご提供しております」

資金洗浄、という言葉がのどもとまで出かかったが、タカオは危険な断崖の端から後ずさるように言葉をのみこんだ。

「一方に処理の難しい美術資産をお持ちの所有者の方がいらっしゃる。かたや、巨額の資金の形態と履歴の転換を、非公開市場で匿名性を保持したまま行いたい方々がおられる。わたくしどもはその非公開取引のお手伝いをすることで相応のマージンとフィーをいただく。まさに三方良しの理想的なビジネスであると言えると思うのですが、いかがでしょうか」

葛西は紳士的な口調を保ったまま淡々と語った。闇資金の資金洗浄マーケットを理想的ビジネスと言ったのは本気なのか、暗いジョークなのか、タカオには判断できなかった。

「つまり、僕に何をしろとおっしゃるんでしょう」

「お亡くなりになったフランツ・ファウストさまの名代として、その絵画をわたくしどもにお売りいただきたい」

葛西は薄いブリーフケースから透明な書類ファイルを取り出した。古いモノクローム写真のコピーが一枚だけ挟まれている。黙ってタカオに差し出した。

「何ですか、これは」

「ご存知のはずですが」

若い女の裸像の絵画だった。すらりと伸びた両腕で胸と恥部を恥じらいながら隠す姿勢をとっている。昨日、カサネと会った絵画館で最初に目に飛び込んできた黒一色を背景としたヴィーナス像に似ていた。しかし、別の作品であることはぼんやりした画像からもわかった。絵は壁に立てかけられ、脇に検分するような様子で古い時代のスーツ姿の人が立っている。モノクローム写真は露天の骨董市に並ぶアンティークはがきに似た色調と霞をおびていた。おそらく何十年も昔にスナップ撮影されたもので、銀塩カメラに不慣れな人間の手で適正な露出を計算されずに撮影されたものらしく、コントラストが低く、不鮮明だった。タカオは職業柄、デジタル修復すれば細部までクリアになるのに、と反射的に思った。

「知らないですね」

葛西は小さくうなずいた。

「わたくしどもは世界中に調査のネットワークを持っております。公開できない事情を持つ美術品の情報をつねに探索し、非公式の情報を得るためにあらゆる努力をおしみません。事情を抱えたまま個人に死蔵されている作品の所在をつきとめ、『救出』するためです。第二次大戦時にヨーロッパ全域で行方不明になったままの美術品は十万点にのぼるといわれています。『救出』という言い方をお笑いになってはいけません。過去の事情から、まさに身動き取れない傑作が人知れず死蔵されているのです。サザビーズ、クリスティーズなどの著名オークション機関がオークションにかける作品を選定する際、まっとうな画商や公的美術館が作品購入を検討する際、最も慎重になるのはむろん作品の真贋査定ですが、それと同等に問題になるのが売買履歴です。履歴に事情を抱える疑いのある作品はまず、穏便に取り扱いを拒否されます。たとえ寄贈であったとしても、係争に巻き込まれることを恐れるのです」

「履歴の事情というと……」

「盗難、もしくは略奪です」

葛西は静かな表情を変えずにさらりと言った。

「傑作を所蔵する野心に負けて、曖昧な履歴を疑いながらも、意図的に見なかったことにして購入してしまう美術館が後をたたないのも事実です。何十年も前に盗難略奪された作品が、半世紀の時を経て忽然と著名美術館の新たなスターとして現れることも、ままあることなのです。驚いたもとの所有者の子孫に告発されて初めて暗い履歴が明るみにでるケースもあるのですが、子孫もお亡くなりになったり、家系が途絶えたりして不問に付され、うやむやになることが多くなっていることも事実です。暗い履歴の最大の味方は時間なのです」

タカオは手元のモノクローム写真をあらためて見た。

「ファウスト家の所有されている作品の噂は以前からスイスの画商たちの間でささやかれ続けておりました。その不鮮明な写真資料もある画商から入手いたしました。ただ、誰も実物を見た者はおらず、その作品の管理をフランツ・ファウストさまの祖父に当たられるエルンスト・ファウスト氏から請け負っていたと言われる画商も第二次大戦終結の直後の混乱のなかで亡くなり、画廊は同時に廃業しています。死因は射殺でした。森の中で死体が発見されたそうです。その時点で作品の行方が消えているのです。同業者の間で作品の存在だけが幻の傑作の伝説としてひそかに語り継がれてきただけでした」

「まさか。フランツはただの製薬会社の勤め人だったんですよ。たんなる噂でしょう」

「いえ。長年慎重に調査をつづけてまいったわたくしどもは確信しております。わたくしどもの調査によりますと、祖父のエルンスト・ファウストさまは第二次大戦前、ハンブルクの美術館で学芸員として勤務されておりました。戦後しばらくしてから、ご家族の疎開先だったバーゼルに移り住まれ、小さな画商にお勤めになっております。ファウスト家がいつどのような事情でその作品を所有されることになったのか、詳細はあきらかではありませんが、作品自体は証言と資料写真から判断するかぎり美術史上の事件ともいえる発見であり、値段もつけようのない破格の価値を持つ歴史的作品であることは疑いありません。十五世紀のルネサンスを代表する巨匠、サンドロ・ボッティチェッリによる未発見作品です」

タカオはしばらく黙ったまま葛西の顔を見ていた。

「あなたはなにか勘違いをされている。僕はその絵のことを何も知らない。フランツから聞いたこともない、むろん見たこともない、そんなものをフランツが持っていたことさえ知りません。そんな僕に、どうしろっていうんです。あなた方が自慢される調査能力以上のものが僕にあるとお考えなんですか。銀行の保管庫や倉庫サービスの情報もあなた方なら手に入るでしょう」

「残念ながら家族と公的検察機関以外に銀行や倉庫会社との取引内容を調査することは不可能です。メールの送受信にも保管契約を示唆する形跡はございませんでした。仮に保管場所が第三者機関だとわかったところで、ご本人、ご家族様、ないしはご家族の委任を受けた保護者さま以外に出庫手続きをすることはできません。ファウストさまご一家が否認、拒否される以上、お願いできるのは委任保護者となりうるハヤセさまだけなのです。残るは家族、知人しか知りえぬ個人的な場所での保管、秘蔵ということになります。これも調査をお願いできる近親者はハヤセさまだけとなります」

「僕は何も知らない。本当に初めて聞くことばかりです」

タカオは両手を広げ、空に向けてみせた。

「奥様もおなじことをおっしゃいました」

葛西はスマートフォンの写真を呼び出した。ケイマン諸島の青空の下のカオルが表示された。

「何もご存知ないと。とても冷静で毅然とした態度を保って一貫してそうおっしゃる。わたくしどもを恐れる様子はいっさいありませんでした。美しく気高い女性の無表情には男どもをたじろがせる力があります」

葛西は顔を上げ、遠くのカサネの方を見て、焦点を合わせるように何度かまばたきした。

「しかし、お話合いの最中、その奥様が一度だけ冷静さを失われたときがありました。取り乱されたといってよいかもしれません。わたくしどもがハヤセさまの名前を出したときです」

葛西はカサネの方を見たまま、言葉を切った。

「知らせないでほしい、ハヤセさまを巻き込まないでほしい、ハヤセさまは関係がない、と」

タカオは葛西の顔から視線を外し、下を向いて小さくため息をついた。

「懇願されました。わたくしどもは確信いたしました。本丸はハヤセさまだと。すべてをご存知で、この件をすみやかに処理していただけるのはハヤセさまだと」

タカオは下を向いたまま黙っていた。

「ハヤセさまはお幸せな方です」

「なぜですか」

葛西は答えなかった。

タカオは再び下を向き、深いため息をついた。

「美しく気高い女性が第三者を守るために我が身を捨てて取り乱される時、男どもは無力感の滝壺に突き落とされます。美しいものと自分の絶望的な距離を思い知らされるからです。自分たちが本当の悪党のように思えてきて、みじめさに耐えがたくなるほどです。自分はいったい何をやっているのか。ほんとうに三方良しなのか、これは、と」

「なら、いっそ、おやめになったらどうですか。こんなことは」

タカオは井戸に小石を投げ込むように言った。葛西は前を向いたまま沈黙した。やがてタカオの方に顔を向けなおし、穏やかに笑った。

「そうですね。やめる。それもいいかもしれません」

葛西は不意にベンチから立ち上がり、両腕を頭の上に上げて伸びをした。しばらく黙ってタカオに背を向けたままフラミンゴの池を眺め続けた。

「わたくしは最初からこのような仕事をしておったわけではありません。三十代の終わり頃まで米国の投資銀行に籍をおいておりました」

背を向けたまま、葛西は語り始めた。

「文字通り二四時間働きました。しかし、ある日突然自分の荷物を詰めた段ボール箱を抱えてビルの外に追い出されるまで、自分が何をやっていたのかを真剣に考えたことはありませんでした。疑問に思ったこともありません。金融工学の高度化を競う日々にそのような思考が入り込む隙間はなかったのです」

葛西は言葉を切り、しばらく沈黙した。カサネがアイスクリームを見つめてコーンの縁を栗鼠《りす》のようにかじっている。

「思えば、近代以降わたくしたち人間の社会をここまで運んできたのは広い意味でのサイエンスですが、サイエンスはどのようにそれを成し遂げるか、その道筋と方法を探求し洗練させることはあっても、なぜそれをやるのかという理由を探求することはありません。なぜ、何のためにと立ち止まるのはある流れが崩壊し、氾濫し、わたくしたち自身を押し流したときだけなのです」

葛西はふたたびゆっくりとした動作でベンチに腰を下ろした。フラミンゴの池の方に顔を向けたまま話し続けた。

「午後四時に突然呼び出され、二時間以内に私物をまとめてビルから退去するように通告されます。席に戻ると、すでにパソコン、電話は全て撤去されていました。もちろんデータや資金の持ち出しを防ぐためです。段ボールの箱を両腕で抱えて、マンハッタンの高層ビルにはさまれた谷間の底のような歩道を歩きながら考え続けました。人間にはコントロールできないほど複雑な、手品のような金融商品を開発してきた自負がわたくしにはありました。しかし、それまで、どれだけ効率的に利益を得るか、その方法を考えても、なぜそれをするのかを考えることはありませんでした。利益のその先の、どこに行こうとしているのか。そんなことは考えたこともなかったのです」

葛西は組んだ両手をじっと見た。

「投資はすべての成長の源でありガソリンでありエンジンオイルだという常識的な答えがあります。しかし、なぜ永遠に富は膨張し続けなければならないのかという問いの答えではありません。なぜと問うても、そんなことに答えはないのです。それは、なぜ血が体の中を流れているのか、なぜ流れ続けなければならないのか、と問うのと同じだからです」

二人の座る足もとに茶色の鳩が数羽近づいて、地面に落ちたビスケットのかけらをついばみ始めた。

「歩道にはこちらに肩をぶつけるような勢いで多くの人々が途切れることなく歩き、車道には黄色いタクシーがどこまでも数珠つなぎに流れていました。これまで感じたことのない感覚が自分を襲いました。大きな河に浮かび、ただ流されていく葉っぱのように自分が思えたのです。それは恐怖に近い感覚でした。宇宙の果てまで飛んで来た宇宙飛行士が、地球が見えなくなった瞬間、何のために、何を求めて自分はこんなところまでやって来たのか、たった一人暗闇の中で自問するようなものです。わたくしは答えのないまま、重い荷物で腕がしびれるまで延々とマンハッタンを歩き続けました」

葛西は遠い風景を思い出すように前を見たまま語り続けた。

「自分が降りたところで、この流れ続けるものが流れを止めるわけではない。街をあてもなく歩きながらそう気づいたとき、自分が感じた孤独と恐怖は何だったのでしょうか。失業から来る困窮という目先の具体的な恐怖ではなく、それは、この世に存在することじたいがふいにつきつけてきた得体の知れない恐怖だったように思います。生まれてきたことが運命である以上、生物におのれが生きる意味を問うことは許されません。運命は受け入れるものであって、問いの対象ではないのです。血液の循環の意味を問うことは生きる意味を問うのと同じです。なぜ飛ぶのか。答えのない問いに苦しむより、鳥は飛び続けることを選びます。わたくしは、無駄な問いをやめました」

葛西はタカオを振り返り、ふっと笑みを浮かべた。

「悪党が哲学するとは笑止千万ですね。お笑いになられてもしかたありません」

「いえ」

「そんな時、さる筋から仕事を手伝ってみないかとお声をかけていただきました。存在は知っておりましたが、通常のビジネスを続けている限り接点のない世界からのお声がけでした。生き物の身体には血液と同様にリンパ液も流れ続けています。リンパ液は透明で目立ちません。しかしリンパ液は地下水脈のように免疫を維持しています。血液と並んで生命の維持にはともに不可欠な体液です。リンパ液がわたしの能力を必要とするなら、よろこんでお役に立とうではないか。この世界からお声がかかったとき、わたくしはそう考えるようになっていました。世界の血流に終わりはありません。良い流れも悪い流れもない。止まることのない流れがあるだけだ、と」

獣の鳴き声がラクダの群れの奥の草原に響いた。獣たちの声は互いに競い合うように大きくなり、動物園全体の空を渡って行った。

「自分の投資銀行時代の知識経験、ネットワークを必要としているもうひとつの世界がある。自分の能力が求められている。誰かが自分を必要としているという感触はモルヒネのように人を酔わせ、痛みを和らげ、安心させます。この世にいる以上、痛みが消えることは永遠にないのにもかかわらず、わたくしたちはみな、そんなふうに求められることで痛みを麻痺させながらこの世界の流れに飛び込み、終わりのない川を流れていくのかもしれません。自分が世界の血液を流しているつもりでしたが、自分自身が血球の一つにすぎないのです。血球はいつか役目を終えるまでただ流れ続けるでしょう」

タカオは、葛西の独白を聞きながら、シンガポールのヘッドハンターのチャンの磁器のような顔を思い出していた。

「失礼ですが、ご家族はいらっしゃるのですか」

タカオの質問に、葛西は一瞬沈黙した。

「そうは見えないかもしれませんが、おります。こんな仕事ですので、今は離れて暮らしておりますが。妻や子供というものは、経済的にゆとりのある暮らしが途切れないかぎり、男が何をやり、何を考えているかにそれほど関心を持つことはないものです。それでよいのではないか。最近はそう考えています」

葛西は遠くに立つカサネの方を見て、なにか思い出すように小さく溜息をついた。

「さて、話を本題に戻しましょう。かれこれもう十年以上、世を忍ぶ美術品をめぐる仕事をしてまいりました。われわれの生きるこの世界は止めようのない流れであり、わたくしたちの誰もがその流れの一つであるとすれば、やはり美も流れに運ばれることで永遠の生命を維持するものであると、そう確信する十年でした。美は力に守られるべきものです」

「チカラ？」

「はい、力です」

葛西は確信を込めた口調で断言した。

「美は美そのものとして絶対的価値をもつものです。価値はそれを美と感じ取る人の心のなかにのみ存在するもので、ほんらい市場価値に置き換えられるものではありません。しかし、美は金銭的価値をまとうことによって、富と権力による保護と時を超えた継承という環境を手に入れるのです。人が美を手に入れるのではありません。美が人を手に入れるのです。美が人の差し出すその環境を手に入れ、我が身を守り、不死の生命を生き続けるのです」

「どういうことでしょう」

「行き場に惑う日陰のビッグマネーの世話をし、美術品を媒介として資産を大きな流れの中に載せ直すお手伝いをする仕事である。わたくしはこの仕事をそうとらえていました。もうひとつの世界経済の血流を日陰で支援する仕事なのだと。しかしあるときから、見方が一八〇度変わったのです。自分が生きた世界の流れに載せているのはビッグマネーではなく、美の方なのだと。表に出られぬ事情を抱えて窒息した美を救い出し、永遠の生命を生きる道に戻る手伝いをする仕事なのだと。美術品の引き渡しのとき、買い手はみな一様に興奮を隠しきれません。マネーの履歴転換と運用の手段を手にしたこと以上に、たとえ転売目的であっても、取り換えようのないこの世でたった一つの美を自分のものにしたことの陶酔感に理性を失うのです。しかし、ひそかに成功の笑みを浮かべているのは美の方なのです。次の人に移るまで、しばらくのあいだよろしく、と嫣然と微笑む顔が見えるようです。真の勝者は美なのです」

「なるほど。そういう見方もあるかもしれない。まるで、あなた方が美を救うボランティアのように聞こえます。しかし、失礼ながら、僕にはあなたのおっしゃっていることは、持ち主の弱みに付け込んでわけありの絵画を二重に奪い、闇マーケットで売却する盗品泥棒としか思えませんが」

タカオは相手の逆上を覚悟のうえで指摘した。葛西は静かな表情を一筋も動かさなかった。

「ハヤセさまのお力が必要です。これまでファウスト家がその作品を秘匿せざるをえなかった、ある語りえぬ事情が、わたくしどもがお手伝いすることで解消されます。おそらく、そのことはファウスト家にとって家系に長くささった棘を抜くことになるでしょう。そして、人類の遺産ともいえる美を生きた世界の流れのなかに救い出すことになります。フランツさま、カオルさまは決断できなかった。しかし、ハヤセさまなら、思い切ってファウスト家を長年の重荷から救うことがおできになる。そう信じます。残念ながら、身動きの取れない事情を抱えた作品ですので、通常の買い取りのように想定評価額をそのままお支払いすることはできません。捨てられない不燃物の廃品回収と同じ扱いになるべきところですが、わたくしどもはまことにささやかではございますが八〇万ドルの礼金を現金でお渡しいたします」

「八〇万ドルの礼金がささやかだという世界は僕の想像の外にある世界ですね」

日本円で一億円に近い金額だった。葛西は恩着せがましく言ったものの、金銭の授受があれば、こちらも闇取引に関与した同罪者となる。事実上の口止め料だった。

「それだけの価値ある作品だとご理解いただき、ぜひご協力いただきたい」

「オークションは一作品一千万ドル、一億ドル、つまり何百億円というカネが行き来する世界だとおっしゃいましたが、その作品に実際どの程度の資産価値を見積もっているんですか」

「それは、お答えしにくい領域のお話になります」

葛西は窓を閉じるように口をつぐんだ。

「ほんとうに、僕は何も知らない、と言っても信じていただけないんですね」

「奥様はわたくしどもがご招待しております」

葛西はすっと背筋を伸ばして、改まった口調で言った。

「いつまでも、いていただくことも可能です」

葛西は唇を固く結んでタカオの眼を見た。

「カオルの解放が何億ドルもするかもしれない絵画の代金ですか」

タカオは葛西の眼を見返して、言った。

「まさか。そのお言葉は誤解を招きます。繰り返しますが、奥様には長いおもてなしを楽しんでいただいているだけです」

互いの顔を睨んだまま、長い沈黙が流れた。

「一日も早くカオルを取り戻す」

「ご決断、ありがとうございます」

葛西は膝の上に両手を置いて小さく頭を下げ一礼した。

そのとき、水鳥が一斉に飛び立つ羽根音が響き、ピンク色の集団が沼の上に舞った。沼の前でカサネが片腕を空に向かって上げている。フラミンゴの群の動きを指図している幼い王女のように見えた。カサネが半円を描きながら腕をゆっくり下げると、フラミンゴの群は沼の奥に次々と着水していった。タカオと葛西は思わず目を見合わせた。

「やはり、幻を見ているようです」

葛西はカサネの姿を眺めながら、ふたたび感に堪えぬようにため息をついた。

10

二〇一X年　一一月二七日　ベルリン、グルーネヴァルト

旧東側の動物園でクアトロ・キャピタルマネージメントの葛西と別れ、その足でカオルたちが住むグルーネヴァルトのアパートにタクシーを飛ばした。葛西の要求する絵画の手がかりは全くなかった。しかし、絵画の所在のヒントを探すとすれば、アパートしか思いつかなかった。

たとえ手がかりはなくとも、ひとまずあの場は絵画を探し、引き渡す姿勢を示さない限り、カオルを取り戻す契機も得られないのは明白だった。葛西たちの組織は独自の調査の結果、絵画の存在に確信を持ったうえで、家族の事情を知り捜索能力のある近親者としてタカオを特定しカオルの拉致脅迫に及んでいる。当て外れだと事実を主張しても、葛西が引き下がる気配はゼロだった。無視

したところで、カオルを窮地に放置することにしかならない。実在するにせよ、しないにせよ、絵画の所在に関する何らかの結論を一刻も早く手に入れ、カオルを救出しなければならない。

「さっきのおじさんは誰?」

アパートに戻るタクシーの中でカサネがたずねた。

「お母さまと一緒に仕事をしている人だよ」

タカオはとっさに微笑みを作りそう答えた。

「ふーん」

カサネはそう言ったきり前を見て黙った。

「お母さまが仕事に必要なものを忘れ物したんで、そのことを伝えに来てくれたんだ。いまからおうちに帰って忘れ物を探さなくちゃならない。お手伝いしてくれるかな」

「うん。わかった」

カサネはしばらく間をおいて小さな声で答えた。

タカオは葛西の話を思い起こしていた。身勝手で奇怪な論理だった。矛盾が溶解し凝固した樹脂のような男だ。だが、葛西は特殊な男ではなかった。岸辺の見えない海に小船を浮かべ続けている人間の一人にすぎない。矛盾だらけだが葛西の話には奇妙な説得力があった。

ルネサンス期の大家ボッティチェッリの手による美術史を塗り替える未発見作品。フランツとカオルからそんな話はむろん聞いたこともない。葛西たちの調査ミスによる誤認の可能性も高い。だが誤認だとしても、どうやってそれが誤認であることを証明すればよいのか。どんなものであれ、その存在を証明するより、存在しないことを証明することのほうがはるかに困難だ。葛西らは確信し、絵画の存在を前提としてこれだけの活動を組織として発動している。それに値するだけの莫大なマネーが動く案件なのだ。探したが、絵は見つからなかったと言ったところで、葛西らが素直に納得してカオルを解放するとは考えられなかった。

袋小路に追い詰められたとき、人は両極端の反応を示す。恐慌に陥るか、無反応に陥るか、どちらかだ。恐慌と無反応。いずれも現実から逃げる方法の違いにすぎない。追い詰められれば、人も組織も同じかもしれない。解体の危機にある自分の勤め先の風景が頭をよぎった。タカオは干上がりそうな理性の一滴を絞り出しながらなんとか両極を回避した。

自分は何も知らない。本当にそうなのか。

自分は無関係なことに巻き込まれた。本当にそうなのか。

タクシーの中、もう一度冷静に自分を問うことからタカオは始めた。事故で死ぬ直前、フランツから絵画のデジタルコピーに関する質問を何度か受けていた。葛西たちはメールを傍受して把握していることをにおわせた。だが、自分はメールのやりとりの事実を葛西には明示しなかった。フランツのメールが絵画の存在を語るものであることを直感しながら、それに蓋をした。フランツは救援要請のシグナルを発信していたのだ。気づかぬうちに自分は逃避し、無いことにしていた。無反応の方を選んでいた。タクシーの外を流れる緑地の風景を見ながらタカオは唇を噛んだ。

絵画は実在する。自分はそれをつきとめ、カオルを救出しなければならない。そして危機に陥った勤務先に一刻も早く復帰し、すべての支社網を閉じる撤退戦を収束させなければならない。逃げる場所などどこにもないのだ。

覚悟を決めて、タカオは可能性をリストアップした。

葛西たちの調査によると、これまでオークションに出品されたことはむろんなく、表に出ない画商間の取引に登場したこともない。つまり、ファウスト家から売却された形跡はなく、秘匿されたまま一度も表に出たことがないのは間違いないということだった。

高額の絵画を保管する場合、まず考えられるのは専門性の高い第三者機関に保管を依頼する方法だ。プライヴェートバンクの金庫、大手画商の保管庫、貴重品専業の倉庫サービス会社。それらは、葛西たちの調査ネットワークの力をもってしても家族以外には守秘の壁に阻まれ、外部からの調査は事実上不可能だ。葛西たちが自分たちから直接銀行等へのアプローチを取らず、いずれも富裕層でないかぎり利用が難しい方法だった。フランツが実は潤沢な流動資産の持ち主で、それを隠しながら質素な生活をしていた、と考えることもできる。だが、生前、数えきれない釣行を共にし、家族ぐるみで交流を重ね、禁欲的ともいえる暮らしぶりとフランツ本人の誠実で寡欲な人柄をよく知るタカオの直感はそれを否定した。

所有を放棄し公的な美術館に寄贈するという道がある。仮にルネサンス期の巨匠の未発見作品の寄贈がもしあったなら、それは美術史上の大事件であり、すぐにメディアに公開されるだろう。むろんそんなニュースがメディアを賑わせたことはない。

第三者機関の線がないとすると、あとは私的な保管場所だった。自宅、別荘、親類宅、知人宅のいずれかに保管する。美術品である以上、腐蝕、昆虫や小動物による被害を避けられる場所を確保しなければならない。むろん、発見、盗難を避ける工夫も必要だ。部屋に飾ることなく、はたして個人宅にそのような保管場所、と言うより隠し場所を確保することが可能だろうか?

フランツはスイスのバーゼルに生まれ育った。バーゼルとミュンヘンの大学に学び、バーゼルに本拠地を置く製薬会社に就職した。祖父の代にドイツから移住した家系だったと聞いている。地元の高校の教師をしていた両親が若くして相次いで心臓の病で他界したこともあり、スイスにもドイツにも付き合いのある親類はいない。カオルと築いた家庭への愛、日本への愛着の背景には故国での孤独な環境があった。フランツ本人から聞いた話だ。そんなフランツが私的な保管場所を確保できる場所は限定されてくる。ベルリンの自宅アパート、バーゼルに残された実家、知人友人宅だ。一度スイスに遊びにきてほしいと言われ、タカオはバーゼルの実家の住所を生前フランツから教えられていたが、結局これまで一度も訪ねることなく時間は過ぎた。友人知人宅も候補になるが、複雑な事情を持つらしい物件を預けられる知人友人は親族に近い親密さが必要となるだろう。だが、家族ぐるみの付き合いをしたタカオにさえフランツは絵画の存在を明かさなかった。

クアトロ・キャピタルマネージメントの葛西の話によると、フランツの祖父にあたるエルンスト・ファウスト氏が絵画の管理に関わったことが分かっていた。祖父エルンスト氏はハンブルクの美術館の学芸員を務めていたという。戦中、スイス、バーゼルに疎開していた妻と一人息子のもとに戦後移り住み、地元の画商の職員として働いた。バーゼルはライン川の河川交易の拠点として、またグローバルな活動を展開する製薬企業の本拠地として知られているが、公立、私立の美術館が四十近くあり、欧州で最も多くの画商が集積する街でもあった。近年は世界最大のモダンアートの交易会が毎年開催されて巨額の投資資金がやりとりされている。祖父エルンスト氏が美術史専門家としてバーゼルに職を求めたのは自然な行為と思われた。フランツはエルンスト・ファウスト氏の孫としてそこで生まれ、そこで死んだ。

タクシーを降りると、カサネは銀杏の葉が敷き詰められた小道をアパートに向けて駆け抜けて行った。母親が帰っているかもしれないという期待が少女を走らせていた。タカオは子供に拉致の真実を伝える勇気はなかった。カサネへの配慮と言うよりも、恐慌に陥った子供を連れて歩く自信がなかったからだ。

部屋に入った。自分の棲家でもないにもかかわらず、タカオはあるべき場所に帰ってきた安堵感に包まれた。落ち着いた生活習慣に繰り返し櫛をあてられ、毛並を整え、丹精された空間だけが持つ安堵感だった。どんな高級ホテルも快適は与えられても、真の安堵を与えられないのはそれが習慣を消去する空間だからだ。

キッチンの流しで水を一杯呑み、カサネにはキッチンで待つように言った。荒っぽい捜索を見せるのは忍びなかった。カサネはすなおにうなずいた。

すぐにフランツの書斎に入った。一秒の時間も惜しかった。書棚の書類ファイルのチェックを始める。得体のしれない罪悪感に胸がつまった。異常な状況に迫られているとはいえ、亡くなった友人の私物を捜索するのは激しい自己嫌悪に襲われる行為だった。警察のような公的権力行使という鎧兜をかぶらなければ、普通の人間にできることではない。

プライヴェートバンク、倉庫会社、画廊との契約書や連絡文書のハードコピーが存在しないか、書棚のファイルや机の引き出しのファイルボックスをすべてチェックしていく。可能な限り速度を上げて、スキャンするように文字を追った。

第三者機関とのやり取りを示す書類は何も見つからなかった。あったのは、光熱費の領収証、クレジットカード会社からの使用明細書、自動車ローン会社からの残高報告、少額積立株式口座からの報告書、生命保険会社からの定期連絡文書、薬剤開発関連の学術論文のプリントアウトといったものだった。つつましく、堅実な暮らしを語るものばかりだ。そのなかに、カサネの進学を検討するための中高一貫校の資料があった。スイス、ドイツそして日本の学校の資料が集められている。スイスの全寮制ボーディングスクールの資料が最も多かった。世界中から生徒が集まるインターナショナルスクールだった。高額な学費が必要なため富裕層の子弟が多いとはいえ、門戸は開かれている。金融機関の教育ローンの資料が別のファイルにまとめられていた。

フランツはかねて複数の文化の狭間で生まれ育ち強い帰属先を持たないカサネの将来を考え、どのような環境でも生きていける教育を与えたい、それしか自分にできることはないと話していたことを思い出した。カサネは傍目からはわからない聴力の不安を抱える。せめて高い水準の教育がその不安から身を守るすべのひとつになってほしい、とも語っていた。父親だったのだ。宙づりのまま独身生活を続けてきた自分が持てなかった暮らしの重みがあった。学校の資料が語る父親としての着実な時間の積み重ねの感触に、タカオは自分が空費した時間を突きつけられたような痛みを憶えた。だが、反射的に痛みの残響を封印し、手を休めることなく捜索を続けた。

飾り棚に現代美術作品がプリントされたカードが立てかけてあった。大判のクリスマスカードだった。送り主はバーゼルの画廊になっている。シュピールマン画廊と読めた。クリスマスカードとはいえ、それじたい充分作品として通用する精巧な印刷だった。カードの横のファイルを開いた。同じ画廊からの美麗なカードが一枚一枚丁寧にファイルされている。毎年、年末に送られてきたカードが六十枚ほどあった。ここまで集まるとちょっとした美術館だった。一番古いものは一九五二年と読めた。フランツはまだ生まれていない。ファウスト家と長い付き合いのある画廊であることは間違いなかった。保管協力者として有望な候補となる。タカオはカードに記載された画廊の住所、電話番号、メールアドレスをスマートフォンのカメラで記録した。

机、棚の引き出しをすべて開けた。鍵はかかっていなかった。文房具以外はほとんど薬品開発の学術論文の入ったボックスファイルだった。ひとつだけ、書類にはさまれて焼き菓子の空き缶が入ったボックスファイルがあった。空き缶を開けると、スペア用に保管された鍵束が出てきた。何処の鍵か識別できるようにそれぞれにタグが結び付けられている。タグの中にバーゼルという文字が読めた。タカオは一瞬瞑目し、息を吸い込んでから鍵束をまるごとポケットに押し込み、確保した。

疾風のような速度で書棚と机をすべて捜索し終えた。開ける端から元通りに戻していったため、部屋は散乱するものもなく、きれいなままだった。腕時計を見ると十八分しかたっていない。うっすらと汗をかいていた。

上着を脱いで、バッグからスマートフォンに接続するＤＩＹ用のアタッチメントを出した。競合商品研究サンプルとして会社で購入してあったものを、ベルリンのオフィスから持ち出してきた。アタッチメントにはセンサーが組み込まれ、壁に押し当てれば、壁の内部の配管を鮮明なシルエットとして透視できる。壁面リフォームのときに内部配管を回避して工事できるよう、一般向けに安価に販売されているものだ。壁板、床板はすでに葛西たちの別動隊が巧妙にはがして捜索し、断念した形跡があったが、すべてを確かめることはできなかったはずだ。念のため、透視アプリで再確認した。絵が隠されていれば、フレームが映し出されるはずだった。壁の内部の電気配線、配管のシルエットが携帯画面にくっきりと映し出された。しかし、どの壁や床にも絵画のフレームのようなものは発見できなかった。

夫婦の寝室、廊下、バスルームのあらゆる壁と床板を駆け足でスキャンした。居間のスキャンをあらかた終えたとき、背後に人の気配がした。反射的に振り返った。カサネがキッチンのドアから顔を覗かせていた。あわてて透視アタッチメントを背中に隠した。

「ママの忘れ物、見つかった？」

カサネが落ち着いた声でたずねた。いつから見られていたのか。タカオはなんとか笑顔を作った。

「いや。残念ながらここにはないみたいだ」

「お茶、淹れたけど」

「ありがとう」

カサネの背に手を添えて、二人でキッチンに戻った。カウンターのスツールに並んで座り、淡い色のハーブティを呑んだ。湯気が立ち、枯れた菊の花の香りが漂った。

タカオはカサネの横顔を見た。カサネは背筋を伸ばし、右手でカップを持ち、もう一方の手を底にあてがい、まっすぐ前を向いて茶をすすっている。落ち着きはらった姿は九歳の少女とは思えなかった。両親が相次いで姿を消し、たったひとり残された子供が普通抱くはずの不安や恐怖の影がほとんど見えなかった。まだ幼女の面影を残す面立ちに、七十歳の老成が折り重なって見えるような不思議な感覚をタカオは覚えた。カサネはカップをカウンターに置き、顔をタカオの方に向けた。

「どうしたの、タカオ」

「僕はスイスに行かなくちゃならない」

夢幻から覚めたように、タカオは言った。カサネはタカオの眼を見て、黙ってうなずいた。

「スイスのお家には、パパにつれていってもらったことある?」

カサネはこっくりとうなずいた。

「君のパパのお父さまやお母さまが住んでいたスイスの家か、お付き合いの深い画廊にたぶんママの忘れ物はあるはずなんだ。一日で帰ってくる。一晩ここでお留守番できるかな?」

ひとりで動きたかった。子供を連れて捜索旅行をする自信はなかった。

「一緒に行く」

間髪をいれずカサネは言った。

二人は黙って見つめ合った。

「わかった。そうだね。一緒に行こう」

一呼吸おいて、タカオは答えた。

11　二〇一X年　一一月二八日　バーゼル

「ファウスト様ご一家とは、長くお付き合いさせていただいております。わたくしの先代と先々代が、あちらのお嬢さまの曾祖父に当たられるエルンスト・ファウストさまとお仕事をご一緒させていただいていたと聞いております。さ、どうぞ」

上質なネイビースーツに明るいオレンジ色のエルメスのネクタイを締めた小柄な銀髪の老紳士は、若い女性秘書が置いた白いカップをタカオに勧めた。濃いコーヒーと泡立ったミルクが渦を描いている。深煎り豆の芳香が漂った。タカオたちのいる場所から対角線上に遠く離れた場所にある長椅子に座ったカサネの前にはオレンジジュースのグラスが置かれていた。おとなしくひとりで大人たちの話が終わるのを待っている。話し声は届かない距離だった。カサネには心配をかける話を聞かせたくなかった。バーゼルのシュピールマン画廊の商談室は室内楽のホールとしても使用できるほど広かった。最近は大型の現代美術作品が増えたため増設したのだと経営者のヘルマン・シュピールマンはなめらかな英語で語った。奇抜な形の建築自体が現代美術作品のように見えた。

その日の朝、タカオはカサネを連れて早朝の直行便でベルリンからバーゼルまで飛んだ。一時間半ほどで到着した。前日の夜はフランツのアパートの居間のソファで寝たため、背中が痛んだ。カサネがホテルに戻りたがらなかったからだ。タカオは痛む背中を無理に伸ばしながら微笑を作り、コーヒーを勧めるシュピールマンに会釈した。飛び込みで訪ねる日本人をどこまで信用するか不安だった。幸い、シュピールマンは親子三人で画廊に遊びに来たことのあるカサネを大喜びで迎えた。カサネをベルリンに残して一人で動こうとしたが、実際にはカサネが最良の信用証書として機能した。

シュピールマン画廊は第一次大戦後に初代が店を開き、ヘルマンで三代目になるという。ヘルマンの話によると、エルンスト・ファウスト氏がシュピールマン画廊に現れたのは第二次大戦が終結し三年が経とうとしていたころだという。ヘルマン自身が生まれた年だった。戦前ハンブルクで美術館学芸員として働いていたころ、展示物の賃貸契約業務で初代シュピールマンと交流があり、その縁を頼って訪ねてきたらしい。十年ぶりほどの再会だったが、初代シュピールマンは若き日のエルンストの学識の深さと行動力に強い印象を持っていた。エルンストはそのままシュピールマン画廊に勤務した。すでに戦中に、夫人と幼い息子が先にスイスの山間部に疎開していたらしいが、戦中の詳しい話は何も語らなかったという。一家はそのままバーゼルで暮らし始めた。

「わたくしはまだ幼児でしたので、エルンスト・ファウスト氏のことはまったく存じ上げておりません。当時、小さな、はっきり言って弱小な泡沫画廊にしかすぎなかったこの店をなぜ氏が訪ねられたのか、いまもよくわかりません。ただ、エルンスト氏が戦後この画廊に参加されたことで、一級の古典作品が急に集まり始め、この画廊の成長の礎が築かれたのだと父から聞いております」

シュピールマンはホールの壁に掛けられた二枚の肖像画を見上げた。歴代の画廊経営者の肖像だった。

「エルンスト氏は、真面目で、勤勉で、なにより寡黙な方だったそうです。どれほど大きな取引をまとめても、その仕事の成果を誇ることもなく、目立つことを嫌い、静かな暮らしを続けることを望まれました。その氏が突然の交通事故でお亡くなりになったときのわたくしの父の、つまり二代目社長ですが、落胆は大きかったようです。エルンスト氏はまだ四十代半ばの若さでした。父は氏の私的な人脈のおかげで急成長した画廊ビジネスの将来に不安を覚えたのでしょう。幸い現代美術の国際市場が本格的に立ち上がる時期と重なり、父はうまく新しい時代の波に乗ったようです。わたくしはまだ小学校にあがる前の話で、ぼんやりした記憶なのですが」

「交通事故?」

タカオは聞き直した。

「ええ、そう聞いています。なんとも不可解なひき逃げ事故で、ひと気のない峠道で遭難された姿を発見されたそうです」

フランツの祖父にあたるエルンスト・ファウスト氏もひき逃げで、しかもフランツと同じ四十代で亡くなっていた。奇妙な符合にタカオは臓腑がかすかに揺れるのを感じた。クアトロ・キャピタルマネージメントの葛西の話によると、エルンスト氏が未発見絵画の管理を託したと噂される画商は、第二次大戦終結直後に森で射殺されていたという。エルンスト氏がシュピールマン画廊に現れるまで、数年の空白がある。そのため、シュピールマン画廊の初代店主は同じ町の同業者の射殺事件を知っていたかもしれないが、その画商とエルンスト・ファウスト氏の関係を認知していない可能性が高かった。ヘルマンが触れない以上、タカオは自分からそのことを口にすることを控えた。

「わたくしの父は、画廊経営を続けながら、残されたファウスト家の奥様と息子さんの支援を続けました。終身遺族年金をお渡しするという形をとったようです。それほどエルンスト氏の画廊への貢献は大きかったのです。ご子息のグスタフさまは画商を継がれませんでした。長じて物理学の教師の道に進まれました。エルンスト氏は美術史家でしたし、ファウスト家はもともとアカデミックな家系なのです」

「フランツも製薬会社の開発部に勤めていましたが、事実上、研究者でした」

「ええ、そうでした、そうでした。お孫さんのフランツさんですね。お子さんの頃、ご両親と一緒によくここに遊びに来られていました。その後、長らく日本で勤務されておったとか。奥様が日本の方で、あのお嬢さまがエルンスト氏のひ孫に当たられるわけですな。今年の夏、ふいにご一家でお寄りいただいたのが最後となるとは思いもいたしませんでした。こちらのご両親も病で相次いで亡くなられ、そのフランツさんもこのたび事故でお亡くなりなったとは、なんともお気の毒なお話です」

老紳士は視線をカサネのほうに移した。

「そんなこんなで、もう、クリスマスカードのやりとりだけになっておりましたが、わたくしどもシュピールマン画廊とファウスト家のおつきあいは三代にわたってずっと続いております。今年のカードは、四代目にあたられるあのお嬢さまに届くことでしょう」

視線に気づいたカサネは遠くから老人と目を合わせ、微笑んだ。シュピールマンはゆったりとうなずいてカサネに微笑み返した。

「で、お尋ねの件ですが……」

老人はタカオに向き直った。

「ええ、お電話でお伝えしました。ファウスト家がお宅に絵画の保管を依頼していないか、ということを確認したいのです。フランツは家族にはっきりした話をしないまま突然、事故に遭ってしまったものですから、家族が遺産の確認に手間取っています。僕はフランツの未亡人のカオルさんに頼まれて代理でうかがっています」

「なるほど。突然のことで伝える間もなくということですね。ごもっともです、ごもっともです」

シュピールマンは古い革張りの帳簿をファイルボックスから引き出した。まだビジネス文書がデジタル化される以前の優雅な骨董品だった。

「ご質問をいただいて、先代、先先代の残した帳簿をすべて調べてみました。わたくしが把握していない時間のほうが当然長い訳ですから」

シュピールマンは製本された大判の帳簿を開いて見せた。黒インクと細いペンで丁寧に記された文字が整然と並んでいる。帳簿自体が抽象絵画のような美しさを持っていた。

「売買記録、保管目録です。記録が電子化された以降のデータもすべて検索いたしました」

タカオはシュピールマンの顔を注意深く見つめながら答えを待った。

「結論から申しますと、ファウスト家からお預かりしている作品はございませんでした。もし、そのようなことがあったら、ファウスト家とのおつきあいから考えて必ず先代からわたくしに申し送りがあるはずです。ひょっとして、引き継ぎから漏れたものがあったかもしれないと調べたのですが、やはり存在しませんでした」

シュピールマンの表情は緊張の影のない穏やかさを保っていた。ブローカーにありがちな抜け目のない鋭さや、それを隠すための過剰な慇懃さもなかった。安定した経営のゆとりがもたらす飾り気のない淡白さが立ち居振る舞い全体に漂っていた。タカオは黙って何度かうなずいた。

「わかりました。調査のお手間をおとりいただき、恐縮です。じつは、もうひとつ教えていただきたいことがあるのですが。それはある噂のことです」

「ほう。噂とは」

シュピールマンはかすかに目を細めた。

「ルネサンス期の巨匠ボッティチェッリの未発見作品をファウスト家が所有しているという噂です」

タカオはあえて直球を投げ込んだ。

沈黙が流れた。

「それは、フランツ・ファウストさまから直接お聞きになったことですか？」

間を置いてから、シュピールマンはたずねた。

「いえ。本人からいっさいそういう話はありません。とある人物からです。スイスの画商の間で長年密かにささやかれ続けているという話でした」

シュピールマンはホールの虚空に視線を外してしばらく沈黙した。

「そのお話をあなたにされたのは、おそらく画商だと思いますが、画商という商売は、ときに妄想に取りつかれるものです。それは自分が美術史を書き換えるような作品を扱う機会がいつか訪れるのではないかという妄想です」

老人は視線を外したまま、小さく溜息をついた。

「大きな仕事に関わりたいという気持ちはよくわかります。人間だれしも成功と達成を夢見るものですから」

タカオは虚空を見つめる老人の顔を注意深く観察しながら答えた。老人はうなずいた。

「そう、大きな仕事。人はそれを求めずにはいられないもののようです。その妄想には、むろん大きな金額が動くことの興奮がないといえばうそになります。金の亡者のような画商も中にはおります。しかし、すべての画商がたんに莫大な手数料収入だけを夢見ているわけではありません。その妄想は、ある種の純情でもあるのです」

「純情、ですか」

「ええ、私欲とは異なる感情をあえて言うとそうなります。それは、人類が作り上げてきた美の王国の重大な欠落を埋める役割の一端を担えるのではないかという、忠実な廷臣の滅私奉公の心情からくるものなのです。美に魅せられた誰もがその美の王国の中枢に関わりたがります。なぜだか、わかりますか？」

「いえ、どういうことでしょう」

「われわれ人間は現実の王朝の盛衰と交代を見過ぎたのではないか。わたくしはそう思うことがあります。権勢を誇った者もいつか滅び、めまぐるしいまでの変転のなかで、気がつけば生きのこった王朝は美の王朝だけでした。思えば、人々の魂を奪う美術作品というものは、この世界を残酷な移ろいから救い出そうとした試みの記録であるのかもしれません。たとえ作者がそう意図したものではなくとも、そういうものとしてわれわれがとらえずにはいられない、そんな物のような気がいたします。わたくしたちは興亡の虚しさに疲れ、無意識のうちに不滅の夢を美の王朝に託すのです。人間の王朝を捨ててでも美の王朝に馳せ参じ、永遠の国の廷臣として役目を果たしたいと願うのです」

　タカオは黙ってうなずいた。

「何が申し上げたいかと申しますと、噂は確かに存在します。しかし、わたくしの考えでは、それは永遠の国の廷臣たちが手ごたえのある仕事を求めて夢見た妄想です。わたくしは、噂はあくまで噂だと思っています」

「しかし、なぜその噂がファウスト家だけにつきまとうのでしょうか」

タカオの問いにシュピールマンは、それは、と言ったきり口ごもった。

「エルンスト・ファウスト氏が貴方の画廊にもたらした活況と、その噂は関係していると考えられませんか。氏の参加によって急に一級の作品が集まり始めた事情とその噂につながりはないのでしょうか」

「それも妄想です。商売敵の嫉妬、中傷はどこの世界でもつきることはありません。商売の成功になにか特別な秘密があるように思いたがるのは人情です」

「エルンスト氏のひき逃げ事故はその噂と無関係でしょうか」

思い切ってたずねた。フランツ・ファウストのひき逃げも、という言葉をタカオは呑みこんだ。シュピールマンはじっとタカオの顔を見つめた。

「もう七十年近く前の出来事です。父や祖父が存命なら、なにかお役にたてたかもしれません。わたくしがまだ幼児のころのご不幸です。残念ながら、わたくしにはお答えしようのないご質問と申し上げざるを得ません」

シュピールマンは慎重に言葉を選びながら答えた。

「ひとつだけお知らせできることがあるとすれば、フランツさんが事故に遭われる一年ほど前、貴方と同じ用件でここを訪ねた人がありました」

「日本人ですか?」

葛西らのグループがここまで動いていたのか、とタカオはとっさに思った。

「いいえ。ドイツ人です。たいへんご高齢の方で、すでに足が不自由におなりでした。画廊の名刺をお持ちでした。ほんものかどうかわかりませんが。ご自分の画廊のコレクションと取引の歴史のご自慢をなされ、戦時中、エルンスト氏の知人だったと言うのです」

「そのとき、どうされたんですか？」

「同じお答えをいたしました。あくまで噂にすぎないと。ファウスト家の親類縁者、ご子孫の行方をしつこく聞いてきましたが、知らないと言ってなにもお知らせしませんでした。若い男二人が車いすに乗った老人の後ろにじっとひかえておりました。老人の態度は慇懃でした。しかし、口元は微笑んでも目の周りがまったく動かないのです。警戒心が強く、権力をふるうことに慣れた人間によく見られる顔です。さいわい、ご説明すると何事もなくお引き取りくださいましたが」

ヘルマン・シュピールマンからそれ以上の情報は得られなかった。悪意の影のない淡白な表情は終始変わらなかった。だが、シュピールマンがどこまで真実を知り、何を隠しているかは確かめようもないことだった。そのあと、現代美術の小品への投資運用のメリットを長々と聞かされ、売出し中の作家の掌に載るオブジェの何作かを売り込まれた。笑顔で丁重に断り、シュピールマン画廊を後にした。

タカオとカサネは住所を頼りにフランツの育った実家に向かった。カオルと結婚する前に両親とも亡くなり、その後空き家になっていると昔フランツから聞いていた。画廊までタクシーを呼び、住所を告げると、運転手は車載ナビゲーションシステムに住所を打ち込んだ。タカオは自分のスマートフォンのGPSマップにも住所を打ち込んだ。フランツの机の引き出しで発見したスペアキーの束をまるごと持参していた。

フランツが遭難する一年前にシュピールマンを訪ねたというドイツ人の老人のことが頭から離れなかった。フランツは葛西らマネーロンダリング業者だけではなく、祖父エルンスト氏の古い知人というその老画廊主らにもつきまとわれていたのだろうか。いつか、長引いた職場の飲み会の後、静まり返った深夜の街を歩いたとき、地下水路を流れる水の暗い音を聞いたことを思い出した。一皮むけば、世界は思いもしない姿を現し始める。

タカオは思考を遮断した。今は絵画の発見が全てだ。シュピールマン画廊の線が消えた以上ゴールは近い。フランツはバーゼル港で遭難したとき、実家に戻る途中だったとタカオは確信を深めていた。おそらく、空き家となった実家に保管した絵画に何らかの処置を施すために目指していたはずだ。安全を守るためにさらなる絵の移動を考えていたのか、それとも葛西たちに引き渡す決意を固めていたのか。いまとなっては確かめようもない。

だが、もうすぐ終わる。一刻も早く片付けて、カオルを取り戻すのだ。焦燥が楽観に逃げ場を見出すことを知りつつも、タカオはあえて自分を楽観に傾けずにはいられなかった。引き渡すその絵画が美術史上の事件とまで言われる貴重なものだとしても、それを守るのは自分の役目ではない。ヘルマン・シュピールマンの言う美の王国の廷臣たちがいずこからともなく湧き出てきて、争ってその絵を守るだろう。だが、カオルを守れるのはもう自分しかいない。カオルの無事さえ確保すれば、あとはどうでもよかった。そして、自分は会社に戻らなければならない。家事都合を理由に職場放棄同然で修羅場を抜け出した失態をこれ以上続けるわけにはいかない。

シュピールマン画廊の現代建築のホールがあった新市街から橋を渡り、ライン川の対岸の旧市街を抜けて線路を越え、十分ほど走ると緑豊かな住宅街に入った。二階建てのメゾネット式アパートメントの間に大きな一戸建ての邸宅がぽつぽつと建っている。ナビゲーションシステムが到着を告げた。

「番地でいうと、ここですが」

車を止めたタクシードライバーが振り返った。タクシーは駐車場の前に停車している。一戸建ての邸宅に挟まれたアスファルトの空き地で、車が二十台ほど入るスペースが白いラインで区切られている。


「いや、違う。古い住宅のはずなんだ」

タカオはメモの番地を読み上げた。車載ナビゲーションに表示された番地と一致していた。自分のスマートフォン上でもぴったり同じ場所に旗が立っている。

喉が固まった。

タカオは黙ってドアを開けて外に出た。カサネが脇をすり抜けて駐車場の中に駆け込んでいった。カサネは縄跳びを跳ぶように、両足をそろえて白いラインを左右にぽんぽんと飛び越えた。

「もともとは何か建ってたんでしょうね」

背中の方で若いドライバーの声が聞こえた。タカオは黙ってしばらく駐車場の前に立ち尽くした。

「いつから駐車場に？」

「さあ。わかりませんね」

建物は撤去された翌日から人々の記憶から消去される。一度破壊された風景は現実世界から消え、同時に記憶というもう一つの故郷からも消えるのだ。

遊んでいたカサネが戻ってきた。

「ここにお父さまと来たことある？」

タカオはカサネにたずねた。カサネは左耳をわずかに前に向け、首を横に振った。

「ここは知らない。パパとママと行ったのは、湖のそばのお家だった」

タカオとカサネは互いの顔を見合わせた。呆然と立ち尽くすタカオに、カサネは自分のスマートフォンの画面を見せた。タカオは子供にネット端末を持たせることに一抹の危惧を覚えるほうだったが、世界はお構いなしに変わっていく。聴覚を補完する意味で、手元で文字情報を表示する装置はカサネにとっては必需品であるとも言えた。

湖と白い家の画像が見えた。カサネが指を動かすとフランツ、カオル、カサネが並んで写るセルフィーが現れた。

「いつ？」

「今年の七月」

「場所はわかる？」

「うん、憶えてる。ルツェルンの湖」

タカオはバッグから鍵束を出した。フランツの書斎の引き出しから持ち出したものだ。ルツェルンと書かれたタグがすぐに見つかった。

「わかった。今からすぐ行こう」

カサネの返事を待たず、そのまま同じタクシーで中央駅まで舞い戻り、列車に飛び乗った。

12

一九四五年　五月三日　フュッセン

わたしのテレーザへ

遠い砲撃の音が聞こえる。米軍の前線は間近に迫っている。この城に到達するまであと数時間だろう。

砲撃の音の中で手紙を書くのはむろん初めての体験だ。そして君に手紙を書くのはこれが最後になるかもしれない。だが仮に、今回わたしが生き延びたとしても、遠からずまた別の場所でこのような手紙を書く機会が訪れることになるに違いない。人類は同じことを飽かず繰り返す。これまで、どれだけ多くの人々が砲撃の中で最後の手紙を書き、死んでいったことだろう。わたしもその繰り返される歴史の一ページに加わるのだ。

テレーザ。妻である君にこの手紙を残すのは、ほかでもない君と、わたしたちのたった一人の息子にこの惨事を生き延びて、これからも力強く生きて行ってほしいからだ。そして、わたしが生きるために行ったこと、この数年従事した任務について君に知っておいてほしかったからだ。

これから書くことはわたしの告解なのか、弁明なのか、それとも自負なのか。自分でもはっきりとはわからない。ただ、エルンスト・ファウストというひとりの男が、どのようにある時代を生き延び、どのように罪を犯したかを書き記しておこうと思う。悪党になる大胆さもなく、聖人になる覚悟もない、どこにでもいるありふれた人間の記録を。

ここノイシュヴァンシュタイン城には、数週間前まで城全体にあふれるほどヨーロッパ中の名だたる歴史的美術品、工芸品が集められていた。すでにそのほとんどは移され、総統の命令によってオーストリア山中の塩山坑の奥深くに隠された。場所は詳しく記すことはできない。隠された二万点以上にのぼる美術品はすべて、党機関が帝国占領地から管理下に置き、選別した名品ばかりである。保護した美術品は実際には六十万点以上に上る。保護は一九四〇年一一月から、一九四四年八月にわが軍がフランスから離脱するまで続いた。

保護。言葉は時として事実をゆがめるために使われる。「放置」された文化財を「保護」するのがわたしたちの任務とされた。実際には、ユダヤ人の富豪や画商が個人所有する美術品が、本来あるべき正当なアーリア民族によって管理されていない「放置」文化財と見なされ、それを没収、略奪することが「保護」と言い換えられただけだ。

わたしが美術品没収の仕事に携わることになったのはいつごろからだったろう。

テレーザ、わが妻の君にあらためてわたしの経歴を書き残すのは滑稽だと思うだろう。だが最後の手紙に免じてわが人生を振り返ることを許してほしい。

わたしは一九〇八年バイエルン王国、ローゼンハイムの中学のラテン語教師の家に生まれた。物心つき始めた頃に先の欧州大戦が始まった。一九一八年に大戦が終結し、バイエルン王国が滅亡したとき、わたしはまだ一〇歳だった。戦後の混乱が続く中、長じてルートヴィヒ・マクシミリアン大学で美術史を学んだ。大学を卒業するころ世界は恐慌のどん底に突き落とされていた。証券と紙幣は紙くず同然となり、街は失業者であふれ、仕事はなかった。家庭教師で食いつなぐ浪人生活のすえ、つてを頼ってようやくハンブルク市の美術館の学芸員の職を得た。わたしは二四歳になっていた。ちょうど国会選挙でナチ党が第一党となり、ヒトラー内閣が成立しようとするころだ。わたしの生まれた地や学んだ大学はあの帝国元帥を称するヘルマン・ゲーリングと重なるが、それは偶然にすぎない。一九四〇年十一月まであの男とわたしの間に一切の関わりはなかった。

世界は根底から大きく変わろうとしていた。民主的な選挙が底なしの暴力を権力の座に合法的に押し上げた。われわれが彼らを選んだのだ。デモクラシーがデモクラシーを葬ることがあるということを人類は長く記憶することになるだろう。

ときに自尊心は自らの命よりも大切にされる。自らの誇りを取り戻すためなら、人間はどんなことでもやってのけることをわれわれは忘れてはならない。人の誇りを根底まで奪い去ってはならないことを、蛮行の歴史は教えてくれる。最後の一線まで自尊心を奪われた屈辱感情は野蛮の蓋を開ける。野蛮の発動の奥には、傷ついた自尊心が濡れたまま傷口をさらしている。傷ついた自尊心は憎悪と嫉妬を育て、蛮行は憎悪と嫉妬を燃料に燃え上がる。民衆の傷ついた自尊心こそが自分たちを権力の座に押し上げる燃料だと、褐色の制服を着た彼らは明確に理解し、利用しつくした。

そのころ、そのことにわたしは深く気づいていたのだろうか。ただ、その変化から遠くにいようとしていたことだけは確かだ。人々の感情が引き戻しのきかない地点を超えてしまったことに気づき過ぎるほど気づいていたがゆえに、あえて耳目を閉ざしていたというのが正確かもしれない。憎悪を正視するのは苦痛なことだ。燃え盛る炉心を長く見つめることに人の目は耐えられない。わたしは逃げていたのだ。知性や理性の堤防がいったん決壊させてしまった憎悪の洪水は、それがすべてを流し去るまで止めるのは困難だ。だが、そのことをわたしは本当には理解していなかったし、分かろうともしていなかった。野卑な大衆の熱狂に対する嫌悪と軽蔑が野蛮から自分を守るとうぬぼれていたにすぎない。野蛮に対する嫌悪と軽蔑が倫理的無関心に過ぎず、結果的に共犯者となることに気づくことはなかった。

知識人や専門家は壁の中に逃げる方法を知っている。あらゆる領域の専門家は専門知識の壁が世間の暴風から己を守るという素朴な信仰を無意識のうちに持っているものだ。だが、専門家も同じ時代を生きる一人の生活者であることからは逃げられない。

わたしは美術史の世界に閉じこもろうとしていたのだと思う。ルネサンス期の美術研究がわたしの専門領域だった。十五世紀、十六世紀のイタリアおよび北方諸国の人文主義の勃興と衰退を研究していた。もし、わたしの専門領域が東洋美術であったならば、自分の運命はどう変わっていたか。そう考えることがいまもある。だが、たとえそうであったとしても残念ながらわたしの運命に大差はなかったであろう。帝国美術館総局長をつとめていた東洋美術史の権威オットー・キュンメル博士でさえ、ヒトラーからの命令を逃れることはできなかったのだ。思えば、わたしが、この一連の流れに本格的に巻き込まれていったのは、まさにキュンメル博士からの調査協力依頼からだった。

それまで、自分に時代の暴風が吹き付けてくるなど夢にも思わなかった。むしろ意識的に熱狂や野心から距離を置き、慎重に時代の風を避けるようにつとめていた。学業を修め、適正な職を得て、仕事を通じて世間に対しささやかな貢献をしつつ、穏やかな暮らしを築く。破竹の勢いで膨張するナチスの熱狂に乗じて周囲の誰もが入党を申し入れ、猟官に走るのを横目に、わたしは人生の目標をあえてそう絞ろうと考えていた。それを世間が小心と呼ぼうと、小市民根性と呼ぼうとわたしはかまわない。わたしは静かな生活を守りたかっただけだ。なぜならわたしは守るべき人に出会ってしまったからだ。

テレーザ。君と出会ったことでわたしはどれほど心の平安のよろこびを学んだことだろう。歴史の研究者にとって、振り返って眺める世界は深刻な転機とそれをもたらす大きな社会的事件に満ちている。歴史家の眼は、誠実に視野を広げようとすればするほど人間を俯瞰し眺め下ろす視線となり、ある種の尊大さから自由になることは難しい。わたしはそんな歴史家の一人だった。だが一人の人間にとって、人と出会い、愛すること以上の大事件は存在しないということをわたしは君と出会うことによってはじめて知った。それは眺め下ろすことのできない世界だ。わたしは自分が何も知らなかったことを深く知ったのだ。

それを偉業大業の前では些末なことと軽蔑する考え方があることもむろん承知している。だが、わたしはほかに交換しようのないもの、交換価値を無意味にするものを知った。愛する人々や家族との日々、日常のとるにたらない些細な出来事、つまり人生の全てだ。

わたしはハンブルクで君と出会い、結婚し、やがて男の子に恵まれた。わたしたちはその子にグスタフと名付けた。どんな名前にするか悩んだり、君と意見が違ってちょっとしたけんかをしたりしたことも、いまとなっては楽しい思い出だ。

ミュンヘンで「退廃芸術展」が開催されたのもちょうどその頃だった。一九三七年の夏だったと思う。

表現主義を中心とする近現代美術を民族の伝統を破壊し退廃させるものとして排撃する運動が猛威を振るった。ゲッベルスの発案のもと開催された「退廃美術展」が全国的に巡回され、ハンブルクでも開催されたことを君も憶えているだろう。そのときドイツ各地のすべての美術館の所蔵品のスクリーニングが行われ、「退廃芸術」の押収が行われた。イベントの発案から大々的なマスメディアを使った国際的な宣伝、公開処刑的な展示までたった三週間で行われた現代美術狩りはまさに急襲と言える早業だった。そのとき、わたしも作品の選別に駆り出された。それがわたしと党との初めての接触の機会となった。

当時、元ハンブルク美術館館長であった画商グルリットが「退廃芸術」品没収計画の責任者の一人に選ばれていた。ヒルデブラント・グルリットはドレスデンの著名な学者、芸術家一家の出身だったが、祖母がユダヤ系のため、ナチスの圧力で館長の職を追われた。そのグルリットが、豊富な美術史知識と人脈を評価され、皮肉にもナチスお抱えの画商の一人にのし上がったのだ。ハンブルク美術館長時代の最後、つまり一九三三年にわたしが就職面接を受けた際、グルリットとわたしは面識を持っていた。

わたしは淡々と党の指令を処理する態度に徹した。息子のグスタフが生まれたばかりだった。職を失うわけにはいかない。そのことが頭の大半を占めていた。その保身をわたしはむろん誇ることはない。だが、いまもそのときの自分を責める勇気はないのだ。

学芸員の中には作品を倉庫に秘匿して守ろうとする抵抗派も存在した。だが、カタログ資料をもとにポスト印象主義以降の作品はそのほとんどが押収されていった。マルク、ノルデ、キルヒナー、ココシュカから表現主義とよばれる作家たち、カンディンスキーらバウハウス系の作家たちの抽象作品が根こそぎ持ち去られた。ドイツ全土から押収された作品は絵画、版画合わせて総数約一万六千点に上った。その中にはゴッホ、セザンヌ、ムンクらの作品も含まれていた。思想的な吟味があったわけではない。たんに健全な写実とはみなされなかったからである。

最近になって知ったことだが、そのとき押収されたゴッホ、セザンヌ、ムンクの作品のうち十数点はゲーリングが私的に別荘に持ち去ったと聞いている。あの男の私的持ち去りはすでにそのときから始まっていたのだ。ゲーリングは壊れた男だ。だが美術品の真価を見抜く審美眼は卓越していた。公私混同という道徳的退廃とイデオロギーに毒されない的確な美的批評眼はともに隠された。ちなみに、退廃芸術展を発案し、推進した宣伝相ゲッベルスは個人としてはノルデ、ムンクの絵画を好み、自ら創刊した新聞「デア・アングリフ」で数年前まで表現主義、未来派を賛美、擁護し続けていた。だが、党内の権力闘争のなかでの不利を悟り、一八〇度態度を転回させた。

焚書、退廃芸術展、ヒトラーユーゲント。ルネサンス美術研究者のわたしには、すべてが十五世紀末のフィレンツェにおける修道士ジロラモ・サヴォナローラの恐怖政治を想起させ、滑稽なまでの反復に見えた。サヴォナローラも市民の奢侈や堕落を摘発する狂信的少年隊を組織し、昼夜市中見回りを命じた。白い制服を着た少年隊は人家に無断で押し入り、裸体画を没収し、持ち主に公開でむち打ちのリンチを加えた。人文主義の裸体画を集め、退廃芸術として市庁舎前の広場で「虚飾の焚刑」とよばれる大規模な焼却集会を二度にわたって行った。同じ愚行がまた繰り返されようとしていた。

作品の判別会議の末席に出席していたわたしにグルリットが意見を求めた。収蔵されていたムンクの作品を退廃作品と指定するかどうかが議題だった。わたしは質問に答えた。健全な民族精神を反映したものでないことは確かだが、それを意図的に破壊し攻撃するものでもない。そのため判別は難しい。だが、それ以前に、作家がベルリン居住の時期に制作された作品とはいえ、ノルウェイ政府の反応が読めないのが懸念事項で、判別の前に外交的検討がなされるべきではないか、と述べたことを憶えている。緊張を隠しつつ、慎重に中立的立場を維持する発言を心掛けた。脇に冷たい汗が流れた。わたしの発言をグルリットは黙って聞いていた。そのときはそれで嵐は去るかに思えた。わたしはまた何事もない日常に帰っていった。

だが、まさに「退廃芸術展」が全国を巡業しているころ、党の指導部ではひそかに戦争計画の立案が進行していたのだ。翌一九三八年三月オーストリアが併合され、十一月に「水晶の夜」暴動が起こり、一九三九年九月の電撃的なポーランド侵攻、英仏の宣戦布告に至る。あっという間の出来事だった。そして、それらはどこか遠い世界の出来事のようでもあった。多くの人々にとって歴史的事件は他人事のように進行する。日常の暮らしの反復は変化を跳ね返す強固な鈍感さを持っている。だが、ある日突然、人は得体の知れない冷たさをつま先に感じ、すでに自分の足もとに洪水が迫っていることを発見するのだ。

帝国美術館総局長オットー・キュンメル博士の下僚からの連絡はそんな冷たい水のように突然届いた。わたしのような名も無い学芸員に帝国美術館総局長の地位にあった高名な美術史家からの協力要請があったこともさることながら、その内容が驚くべきものだった。

端的に言えば、それは　ドイツ遺産奪還計画だった。ドイツで生まれ、世界中に分散している芸術作品をすべて帰還させること。そのため国外流出の経緯を調べ詳細な目録を作成する。ヒトラーがキュンメル博士に下した命令だった。

国外流出の事情が平和的な購入か暴力的なものかは問わず、帝国外にあるものはすべてドイツ民族から略奪されたものと見なされた。むろん、そのほとんどは被害妄想である。十六世紀以降の「略奪」の記録を調べ詳細なリストを作成し、奪還作戦の基礎資料とする。その下調べ要員の一人としてわたしは駆り出されたのだ。おそらく「退廃芸術展」事件の際に再会したグルリットがわたしを推奨したものと思われたが確かめようもなかった。ただ、足もとに迫る洪水の感触だけがわたしの背骨を震わせた。わたしはかつてグルリットに協力したように、淡々と協力に応じ、前回と同じように風が吹き過ぎるのを待った。

絵の来歴を追跡調査し、リスト作成するうちに、わたしには本当にどちらが奪い、どちらが奪われたのかがわからなくなった。それは端的に言って、何千年にわたる略奪の応酬の歴史であり、いわば「お互い様」の歴史だった。

流出先の探索はヨーロッパにとどまらず、ロシア、アメリカに及び、ニューヨークのメトロポリタン美術館に主要コレクションとして常設展示されているものまで含まれていた。冗談ではなく、彼らは本気だった。ゲルマン起源はかぎりなく拡大解釈されていった。そのなかでも特にナポレオン軍がドイツから至宝を盗んだ大罪人とされた。百年以上前のことである。このリストの視点によるとナポレオン軍がイタリア、エジプトから持ち帰ったもの以外のルーブル美術館の収蔵品の大部分はドイツからの分捕り品ということになる。

なかば妄想とはいえ、思えばこれが美術品収奪計画の端緒だった。もともとはゲルマン起源の民族文化の奪還という愛国的なビジョンだった。だが、実際にはそれは有名無実化し、ヨーロッパ中のユダヤ富豪やフリーメーソンの所有する個人コレクションをねこそぎ奪い去る組織的略奪という現実となって現れることになる。

調査とリスト作成の作業は膨大なものになり、終了までに年を越すことが予想された。だが事態の進行はリストの完成を待たなかった。調査作業に取り掛かったばかりのわたしに突如、徴兵召集がかかったのだ。一九四〇年四月のことだった。テレーザ、君もはっきり憶えていることだろう。

調査作業を進めていた執務室から別室の小さな会議室に呼び出されたわたしは、東部戦線に行くか、パリに行くか選択を迫られた。

「パリ？　西部戦線ということですか？」

「いや、違う。パリはまだ戦場ではない」

ベルリンから派遣されてきた陸軍の役人は、執務机の上の召集者リストから顔を上げ細い顎を上に向けた。

「君はいまのところ東部戦線の最前線で一砲兵として守備に就くことになっている。だが、パリで君の美術の専門知識を役立てる美術品保護任務に就くことを承諾すれば、東部戦線配属は免除される。どちらかを選択してほしい」

役人は明言しなかったが、パリ行きが近い将来実行される「民族文化の奪還」という名の美術品収奪計画への参加を意味することは明らかだった。通常の知性と良心をもった学芸員なら積極的に犯罪行為に参画する者はいない。だが、このとき正直に徴兵に応じ、東部戦線に配属されていたら、わたしはいまごろロシア国境地帯の凍土のなかに丸太のような凍死体として閉じ込められていただろう。

わたしは翌日、パリ行きを承諾した。わたしは将校の部屋を出て、誰もいない廊下で壁に背をあずけ、しばらくひとり放心した。

わたしはこのとき魂を売ったのだろうか。

テレーザ。君と息子のグスタフを守るための選択だった、というのはあまりにきれいごとの言い訳にしかすぎない。文化財の奪還と称された民族の使命に殉じる美しい愛国的判断ではむろんない。犯罪行為に加担することを承諾したのだ。ただ、その選択以外に自分の命を守るすべはないという直感があった。それは君たちとの平安な生活を守るという以上に、たんに砲弾の雨の中で死にたくないという一人の人間の恐慌以外のなにものでもなかった。だが、人がとっさに命を守ろうとする本能を利己的保身と断罪することは今もわたしにはできない。

廊下の壁で背を支えながらわたしは放心し続けた。わたしは自分を恥じていたのだと思う。だが、恥の感覚以上にわたしを動揺させたのは、自尊心を満たされている自分を発見したことだった。自分の専門知識と能力が評価され、有用性が認められ、強く望まれている。たとえ自分の能力を求める者が狂信につかれた悪魔であったとしても、自分を求める者がいる。そのことが自分を酔うような快で満たしていた。

かつて、十六世紀の初頭、フィレンツェのメディチ家を追放したソデリーニ政権の第二書記官長として共和国政府の中枢を担ったニッコロ・マキアヴェッリはメディチ家が政権に復帰すると同時に逮捕投獄、拷問された。失職後、山荘に隠遁し、自給自足の農業の傍ら執筆活動を続けながら、自分を投獄拷問したメディチ政権への再就職を模索し続けた。教皇レオ一〇世となるジョヴァンニ・デ・メディチ、ヌムール公ジュリアーノ・デ・メディチの跡を継いだ小ロレンツォ・デ・メディチに「君主論」を献上し、さらにその後を継いだ教皇クレメンス七世となるジュリオ・デ・メディチに依頼され「フィレンツェ史」を執筆し献上している。政敵であった独裁者からの依頼だった。自らの政治的理想を実現するためには、執政府メンバーになる必要があり、仕える権力の持ち主は選ばないというまさにマキアヴェッリ的な割り切りがあった。だがそれ以上に、自分の能力が求められているという実感がマキアヴェッリに筆をとらせた推力だったにちがいない。山荘で一人執筆するとき、誰も見る者もいないのにもかかわらず、わざわざ官服に着替えて筆を執ったと自ら手紙で告白している。おのれの権勢の復活のために手段を択ばない裏切り者、日和見主義者と非難されたマキアヴェッリを、わたしはパリ行きの打診の時にはじめて理解できた。

わたしは我を疑い、自分を責めた。だが、能力を求められる快の感覚は去らなかった。この麻薬のような快感と罪悪感の間で宙づりになりながら、わたしはその後の任務を果していくことになる。

わたしのパリ行き承諾の直後、一九四〇年五月にドイツ軍はベルギー国境を突破、翌六月、パリは無血開城された。

後に知ったことだが、当時、ヒトラー周辺では三つの機関が争いながら並行して美術品没収計画を進めていた。一つはパリ駐在オットー・アベッツ大使率いる大使館管理部局、一つはフランツ・フォン・メッテルニヒ伯爵率いる陸軍芸術作品保護局、そしてもう一つがローゼンベルク率いる全国指導者ローゼンベルク特捜隊ERRである。大使館とERRの争いの背景にあったのは、外相リッベントロップと対外政策全国指導者ローゼンベルクの間の権力闘争だった。ゴシック美術専門の美術史家だった陸軍のメッテルニヒ伯爵は国際法に基づいた占領地の美術品保全をめざし、党による野蛮な略奪を阻止しようとした良心の人だったが早々と排除され、最終的に美術品没収の全権を委譲されたのはローゼンベルク機関ERRだった。ヒトラーから「全ての引き取り手のない文化遺産の確保」がERRに命じられた。ユダヤ人所有のものは正当な所有とは見なされず、すべて「引き取り手のない」ものとされた。九月、わたしはERRパリ特務幕僚部に配属された。そこには若手からベテランまで様々な専門領域を持つ美術史家が全国から集められていた。召集は内地も前線も問わなかった。深い学識を持った少壮の美術史家が、つい先日まで東方戦線で戦車に乗っていた二等兵であったりしたのだ。

全国指導者ローゼンベルク特捜隊ERRを実質的に支配したのはローゼンベルクではなく、もう一人の男だった。帝国元帥ヘルマン・ゲーリングである。この公私の区別の観念をひとかけらも持たない男の精神を理解することがわたしはいまだにできない。だが、あの風船のように肥満した身体に似た無邪気なまでの私欲の肯定こそが類を呼び、欲望に憑かれた多くの出世主義者や野心家たちの信望を集め、その男たちの欲望が彼の権勢を支え、肥大させてきたのかもしれない。党のナンバーツーだったゲーリングは多くの私的部下をERRに送り込んでいた。わたしはそういった連中の指示のもとに、収奪された美術品の鑑定と目録作成の業務を推進することになった。

テレーザ。疎開中の君にこのころ頻繁に手紙を書いたね。しかし、美術品の調査の仕事でとても安全な事務仕事だと言って君を安心させる以上のくわしいことは一切書けなかった。パリの食事やワインの素晴らしさ、ココ・シャネルのモードをまとった女たちの自慢げな姿を伝えて、君を悔しがらせることでごまかしていたのだ。

全世界からすべての歴史的美術品を収奪する。この理解を絶した計画はなぜ始まったのだろうか。奇怪な妄想の生成と膨張の理由を真に理解することは困難だ。振り返れば、この美術品の網羅的収奪こそが真の目的で権力を奪い、戦争を発動し、ユダヤ人の絶滅を進めたのではないかという疑いさえ生じるほどヒトラーの美術への執着は強く深いものがあった。故郷リンツに総統美術館を建造し、そこにヨーロッパ中から「健全な」傑作をすべて集め、世界最高の美術の殿堂とする。いまから数日前に自殺したヒトラーが遺言のなかで最後まで自分の望みとしてこだわったのはそのことだったと聞いている。その終わりなき妄執を実現する実行部隊としてわたしはこの数年働いてきたことになる。

ヒトラーは挫折した画学生だった。若き日、ウィーン美術アカデミーの入学に二度失敗し、失業者として絵はがきを描いて糊口をしのいだ。前年、アカデミーに入学したエゴン・シーレは一歳違いの同年代だった。彼は終生ウィーンと世紀末芸術を憎んだ。受験に失敗した画学生の復讐。ERRに心ならずも集められた学芸員の多くは、ヒトラーの「退廃芸術」攻撃、既存美術館からの作品収奪、自らの美術館創建への妄執をひそかにそう説明した。

思えば、美は常に力と共にあった。力は美を求め、所有し、保護する立場を求めてきた。美は常に時の権力と富の求めに応じ順応することで生き延びてきた。美術の歴史は権力の歴史でもある。だが、なぜ、権力は美を所有しようとするのだろうか。

権力や財力は己の力と趣味を誇示するために美術を所有する。文化性を顕示し、単なる暴君や守銭奴でないことを証明するために所有する。資産を保全するために高額資産として、さらには投資物件として美術品を所有し、子孫に継承する。そして、なによりも美の悦楽に日々浸るために手元に置こうとする。たしかにすべてその通りだろう、だがそれだけだろうか。

ヒトラーが巨大な総統美術館の創建を思いついたのは、一九三八年五月イタリアを訪問し、フィレンツェのウフィッツィ美術館をムッソリーニの案内で見学したときであると言われている。予定時間を大幅に超えてヒトラーはウフィッツィで四時間を過ごし、ムッソリーニをいらいらさせたらしい。ムッソリーニは最新鋭の軍隊と先端工業技術を見せて誇りたかったが、ヒトラーが心奪われたのは長く土中に眠っていたローマの古代遺跡の壮麗な姿と、今は亡きルネサンスの栄華が残した芸術だった。彼は後ろ手を組み、ボッティチェッリのプリマヴェーラ、ヴィーナスの前から長い時間動かなかったという。大戦突入の直前のそのとき、ヒトラーは成功と権勢の頂点にいた。

権勢の頂点が引き寄せるのはさらなる発展の展望ではない。

終わりの予感である。

頂点から世界を眺めたとき、いつか来る終わりの直観が身体を貫いたとしても不思議ではない。栄光のローマ帝国も、メディチのフィレンツェも滅びた。美だけが不滅の輝きを保っている。彼が見たのはそういう風景だった。

十五世紀半ば、フィレンツェのルネッサンス盛期を実効支配した影の独裁者コジモ・デ・メディチの言葉をヒトラーは知っていただろうか。コジモは晩年、こう語ったという。「私はこの町の市民たちをよく知っている。五十年もたてば、彼らはわれわれ一族をこの町から追い出すだろう。私の思い出としてこの町に残るものは、いくつかの建物だけしかあるまい」

歴史はコジモの予言を忠実になぞるように進んだ。

ヒトラーは側近の建築家、シュペーアの「廃墟価値理論」を熱烈に支持した。それは、偉大な帝国の建築は、数千年先に廃墟になったときに荘厳な美で文明の偉大さを伝えるものとして構想されなければならない、というものだった。ベルリンを世界首都ゲルマニアに改造すべく首都改造計画を指示したとき、ヒトラーはシュペーアにこう命じたという。

「遠い将来廃墟になったとき、美しく荘厳になるように」

テレーザ。わたしは君に何を説明し、弁明しようとしているのだろうか。わたしはヒトラーの美と永遠への妄執を理解し擁護しようとしているのだろうか。それとも妄想に憑かれた権力者に罪悪の執行を強制された自分を弁明しようとしているのだろうか。

強制された犯罪。そう言い切る自信を今のわたしは失っている。

支給されたＥＲＲの制服は親衛隊の制服に似たものだった。ぴったり身体に沿った細身のグレージャケット、膝下まで覆う長いダブルのマンテルコート、磨き上げられ鈍い光を放つ膝までの革のブーツ。鷲章を正面に飾った制帽。わたしは告白しなければならない。威圧的かつシャープなラインを描くダブルの丈長のコートをまとって秋の深まるパリの街を集団で風のように歩き、ターゲットとなる富豪の屋敷を急襲したとき、わたしが感じためまいのするような陶酔感を。戦争は個人的責任感から人を解放する。フットボールのスタジアムがひと時我々を酔わせるように、集団の陶酔は制御された人格を保持する負担から人を解き放つのだ。まったく予期し得ぬ陶酔感だった。圧倒的な権力行使の快楽の味をわたしは初めて知り、震えたのだった。

妄想は空前の規模で実行された。

ロートシルト銀行家のフランス分家の邸宅の捜索に参加したのがすべての始まりだった。富豪の邸宅に押し入るという行為自体がわたしには現実の事とは思われず、身にまとった制服の非現実性とあいまって、なにか悪夢の中の登場人物になったように思ったものだ。なによりわたしを驚かせたのは、犯罪行為が精密に計画され、極めて秩序だっていたことだった。事前調査、収奪計画、実行、記録、その過程が細部まで徹底的に制御され、熱狂とは程遠いものだったことにわたしは戦慄した。工程管理の徹底性は人を思考の負荷から解放する。精密な工程はわたしたちを罪の意識から遠ざけていった。

頭取で家長のエドゥアール・ドゥ・ロートシルト男爵、次いでロベール男爵、エドモン男爵の三家の邸宅を順次襲った。同家のコレクションの概要は事前にリストに整理され、個人コレクションとしてはヨーロッパ最高水準のものであることがわかっていた。フェルメールの「天文学者」を筆頭に、ヤン・ファン・エイク、ヴァン・ダイク、ラッファエッロ、ティツィアーノ、レンブラント、ブーシェ、フラゴナール、ワットー、アングルら、市場評価が不可能ともいえる人類史的名品がずらりと並んでいた。絵画作品と並んで、膨大な古書、原稿のコレクション、宝石、七宝焼などの工芸品もリストのなかに含まれていた。

ロートシルト家の人々はすでにアメリカ、カナダに避難しており、邸宅は留守番の召使いが残るのみでもぬけのからだった。美術品は砲撃や空爆による被害を予見した彼ら自身の手で分散され、地方に別邸として所有する城や銀行の金庫に移し、さらには寄贈という形式でルーブル美術館の倉庫へ避難させていた。

我々は即座に追跡調査を開始した。美術品の行方は運送会社の受注履歴の強制捜査から簡単に突き止められた。手分けして、地方の森に潜む優雅な居城を襲い、パリやオランダの銀行の金庫を強制的に開けさせ、ルーブル美術館の地方保管庫をくまなく精査した。そして、事前に調査した五千点近いリストのほとんどを差し押さえ、没収し運び出した。あまりの点数の多さに現場での判別整理が追い付かず、運搬用のトラックが何台も増派動員された。運び出し作業は途中から乱暴なものになっていった。多くの美術品が梱包もされず、むき出しのまま美術の知識を何も持たぬ若い兵士たちの手で機械的にトラックに詰め込まれた。

戦争勃発に際し、ロートシルト家をはじめ多くのコレクターが恐れたのは空爆による焼失だった。美術品の避難は戦火を避けるための疎開であり、略奪没収のような事態はまったく想定していなかった。そんな無法は想像すらできなかったのである。理由なき没収は、通常の市民生活の想像と理解の外にある蛮行であり、長い間、何が起こっているのか理解できぬまま彼らは避難地で呆然と事態の報告を受けるのみだったという。

わたしは追跡調査から秘匿現場の急襲、現場での作品発見と特定、チュイルリー公園の北西の角にあるジュ・ドゥ・ポーム美術館に集められた略奪品の鑑定、分類、目録化の作業まですべてのプロセスの実行者として関わった。むろんそれらは組織の命令であり、避けられない仕事だった。だが、強制されたものであるはずの犯罪行為に、わたしはいつかのめり込んでいった。長靴の音も高く大邸宅を暴くとき、わたしははじめて自分は生きているのだという生々しい高揚を感じていたのだ。

それまで、わたしの職業生活は勤務する美術館の奥の研究室のなかに限定されていた。知識の壁を作り、そこに閉じこもり、意図的に変化のない日々を作り上げることで、時代の暴風から身を守っているつもりになっていたのかもしれない。わたしは徴発され、美術館の外に出た。美術館の外に出て、悪とともに行動することで、繰り返しのきかない時間としての真の人生を体験し始めていた。権力と暴力。そのなまなましい感触、それを行使する取り返しのつかない行動のはらわたの燃えるような感覚はわたしを驚かせ、酔わせた。なんということだろう。美術館の外に出ることで、わたしははじめて生き始めたのだ。

そして、美術館の外に出て、わたしは絵画の何たるか、美の何たるかをはじめて知った。美は権力の欲望にさらされ、激しく求められ、所有されることでようやくその固い帯を解き、秘められた真の姿を現し、人とともに一度きりの時間を生き始めるのかもしれない。美術館に収監された作品はある意味、避難民であり、保護されたままの日々を送り、自分の人生を生きることがない。動物園の動物が真に自分の生を生きることがないように。

職業柄、それまで絵画は分析の対象であり、美術史の上に適切に配置する整理分類の対象でしかなかった。だが、本来、分類整理するために美術品が存在するわけではなく、美術史のためにその絵が生まれてきたわけでもない。絵は人が生み、取り替えの効かないある時を人とともに生きる。そのあたりまえのことに、わたしは初めて気づいた。略奪者となることで、冷静な分析の対象でしかなかったものが、切実な欲望の対象として立ち現れてきた。ともに一度きりの生の時間を分かち合う、かけがえのないものとして。わたしは、美への激しい欲望を感じながらすべての絵画と真の出会い直しをしていった。

ロートシルトコレクションの収奪は一九四〇年十月から一九四一年七月まで断続的に続けられた。ジュ・ドゥ・ポーム美術館の部屋という部屋にテリーヌのように押し込められた多量の美術品の山は非現実的な光景だった。わたしたち学芸員は美術品の山を端から崩すようにして、一品ずつ作品の鑑定を行い、詳細な目録を作成していった。山の中から、ふいにレンブラントやクラーナハが姿を現し、収奪の際にそれらが受けた乱暴な扱いに何度も肝を冷やした。つぎつぎと到着するトラックの分別が行われていなかったため、その最終来歴がエドゥアール男爵の所蔵品なのか、ロベール男爵、はたまたエドモン男爵のものなのかはっきりしないものも多く、目録の完成度を低める結果となった。

しかし、そんな目録の瑕疵もあの男にとってはどうでも良いことだったかもしれない。帝国元帥ヘルマン・ゲーリングが何度もジュ・ドゥ・ポームを訪れ、自ら検分し、分類したからだ。美術史上名高い名品、自分が気に入った作品にHとGの印をつけ、その他の作品と取り分けた。Hは総統（ヒューラー）に捧げる作品、そしてGはゲーリング自らのコレクション用に確保する作品だった。ゲーリングはヒトラーに遠慮し、高名なフェルメールの「天文学者」は泣く泣くHに分類した。

旅客用の暖房付き豪華列車車両が二十台徴用された。目録整理を終えたすべての作品は列車に積み込まれ、ドイツに移送された、大移動の行き先はここフュッセン、ノイシュヴァンシュタイン城だった。バイエルンの狂王ルードヴィヒ二世が小高い山の上に建てた時代錯誤の美を誇る城は、この奇怪な強奪劇の目的地として、戯画的なまでにふさわしい威容を誇っていたと言えるかもしれない。ヨーロッパ中から続々と没収美術品が集まり、城内に収蔵されていった。中世の城を模した鉄骨とコンクリートとモルタルで作られた城は巨大な倉庫と化した。総計六十万点以上に上った収奪美術品はむろんこの城だけでは収まりきらず、ドイツ、オーストリアの数か所に分散されて保管された。

その中から一部は党幹部や公共機関による私蔵が行われ、リンツに建設予定の総統美術館に収蔵される「正しい」作品の選別が行われていった。棄却対象となった「退廃芸術」は外貨獲得のため御用画商の手を通じてスイスの国際市場で売却された。売却と並行して御用画商と結託した非公式な物々交換も盛んに行われていった。物々交換とは、収奪したが廃棄すべき「退廃芸術」と御用画商が扱っていた幹部好みの凡庸な北方古典絵画を交換することで互いの益を満たす行為である。御用画商たちは将来の高騰と莫大な転売利益を見越しながらそのことに口をつぐみ、党が放出する現代美術の価値をわざと低く査定しつつタダ同然で「退廃芸術」の烙印を押されたマチス、ピカソ、ゴッホらの作品を物々交換で手に入れて行った。

テレーザ。君はわたしがほら話を書いていると思うかもしれない。だが、これらはすべてわたしが当事者として関わった事実なのだ。だが、自分が関わり、自らが行った行為が何を意味するかをそのときどこまで理解していたのか、そしていま理解し得ているのかというと、わたしはただ沈黙するしかない。自身が関わり経験したことをはるかに超えるおぞましい話を耳にすることも次第に増えてきていた。

わたしたちの生は自分が思う以上に狭い。人生を歩むとき、複数の道を同時に歩むことはできない。一人の人間が生あるうちに実際に経験し、知見しうる世界は驚くほど限られている。世界で何が起こっているか、すべてを把握し、その意味を真に理解できる人間はこの世に誰一人としていないだろう。誰もが暗闇の中をたいまつ一本掲げ、光の届く範囲を手探りで歩いているに過ぎない。だが、わたしはたいまつの明かりが届く視界しかないことを嘆きつつも、その視界の限界に感謝しながら歩むだろう。なぜなら、われわれはすべてを知ることに耐えられるほど強くはないからだ。

その後も、わたしはパリに残り特務幕僚部に勤務し続けた。逃亡したユダヤ人富豪、コレクター、画商の追跡調査、拘束、尋問、保管場所の急襲、没収、没収品の精密な鑑定、整理分類、目録制作の多忙な日々を送って行った。一九四一年から一九四三年にかけて、著名なコレクターはすべて追跡の対象となった。ロートシルト家以外で主だったところで言えば、フリッツ・グートマンコレクション、ポール・ロザンベールコレクションをはじめ、ベルネーム＝ジュヌ、ダヴィッド＝ヴェーユ、シュロッス、アルフォンス・カーンらのコレクションが襲われ、押収されていった。

そんななか、ある日、わたしはあの作品と出会うことになる。

出会いとはなんだろう？

それはいつも不意打ちとして人の前に現れ、それ以前とはまったく別の世界にわたしたちを連れ去っていく。

楽観的な者は、根気強く探し続け、追い求めていた者だけがついに発見できるものを出会いと呼ぶ。悲観的な者は、意思が失敗し可能性の幅が狭まっていった結果を出会いと称しているだけだと言う。どちらも真実かもしれない。楽観的であれ、悲観的であれ、人はおのれの自由意思に誇りを持つ。だが、実際の出会いはそんな人の自由意思への信仰を吹き飛ばすつむじ風としてわたしたちの前に現れるのだ。

わたしは暴風に連れ去られた。

13

二〇一X年　一一月二八日　ルツェルン

バーゼルから一時間でルツェルンに到着した。カサネが空腹を訴えたため、バーゼル駅構内のデリカテッセンでサンドウィッチを買い、移動する列車の中で食べさせた。カサネは膝の上に紙ナプキンを広げ、自分で選んだアヴォカドとチキンのカイザーサンドウィッチを両手で持ち、中身をこぼすことなく時間をかけて行儀よく食べた。しつけの良い子をめでるように、通路を隔てた隣の席の老婦人がタカオに微笑みかけた。

ルツェルン中央駅から出ると、すぐ目の前が船着き場だった。大量のカモメが鳴きながら頭上を飛び交い、タカオたちを出迎えた。フィーアヴァルトシュテッター湖は山に挟まれた峡谷に出来た湖だが、海のような広々とした眺望が広がっている。駅を出て五分後には運よく出発時間間際だった高速連絡船に乗り、湖上の風を切っていた。

連絡船に乗って三十分ほど行くとビュルゲンシュトックの桟橋に到着した。湖に向かってなだらかに下る傾斜地に白い邸宅が点々と見える。ほんの二時間ほど前まで奇抜な現代建築の展示場のようなバーゼルの新市街にいたとは思えなかった。往年の映画スターたちが隠れ住んだ高級リゾート地だった。一般市民には近寄りがたい隠遁地の雰囲気が漂っている。

船着き場から狭い峠道をタクシーでしばらく進むと、明るい林が湖に向かってなだらかに下る場所に出た。煙突のついた小さなコテージがまばらに建っているのが下に見える。中腹に建ち並ぶ広壮な邸宅とは程遠い、小屋と呼ぶのがふさわしい簡素なコテージだった。

「あそこ」

カサネがクルマの窓を下ろして指差した。

林の方に下る未舗装の道をしばらく行き、砂利の敷かれた駐車場でタクシーを降りた。ワゴン車が数台停車するだけで、駐車場はほとんど空だった。

「こっち」

カサネは林の中に伸びた小道を駆けだした。タカオは緑の光の中、カサネの背中を追った。木立の間に湖面の輝きがきらめいている。カサネは走りながらときおりタカオの方を笑顔で振り返った。自然の中に放たれた子供は、どこか人間離れした存在に還っていく。太い幹に見え隠れしながら先を行くカサネの姿が幻のように明滅し、木の葉の間にきらめく笑顔と湖面の輝きの区別がつかなくなった。

複雑に分岐する小道を抜けて、平屋のこじんまりしたコテージにたどり着いた。目の前に湖の眺望が広がっている。季節外れのため人の気配はない。小鳥の声だけが常緑の針葉樹の林に響いていた。

「ここ」

カサネがコテージの一つを指差した。木造の古い様式の建築で、築百年は経っているように見えた。庶民の休暇用のサマーハウスだったらしく、作りはそっけないほど質素だった。しかし、木部の白い塗装は新しく塗り直され、壁にも剝落やひび割れは見られない。塗り壁の割れ目と隙間がきれいにコーキング処理されている。定期的な補修が施され、大切に維持されてきたらしい。外に納屋のような付随する建物はなく、屋根付きの薪置場にサイズのそろった薪が積まれていた。

「入ってみよう」

タカオはタグのついたキーをドアの鍵穴に差しこんだ。ベルリンのアパートのフランツの書斎机の引き出しから持ち出した予備鍵束の中の一つだった。何の抵抗も無く滑らかに解錠された。

部屋は三つしかなかった。入ってすぐにあるキッチンと一体となった広い居間と寝室が二つ。居間には暖炉が切られている。天井板は無く、天井は屋根の梁がそのまま見える山小屋風の構造になっていた。すべて無垢材を使った飾り気のない作りで、時間をたっぷり吸い込んだ空間が持つ落ちつきがあった。フランツの祖父エルンスト・ファウスト氏が生前手に入れ、三代にわたって大切に使われてきたのだろう。ひょっとしたら、画廊のシュピールマンが言っていた第二次大戦中、エルンスト氏の妻子が疎開していた場所だったのかもしれない。絵画を隠すとすれば、ここしかない。

タカオは胸元で心臓が躍るのを感じた。ようやくこれで終わる。

「ママの忘れ物、ほんとにこんなところにあるの?」

窓を開けて空気を入れながらカサネは言った。

「きっとある。ちょっとここで待ってて」

ダイニングテーブルの椅子にカサネを座らせ、タカオはすぐさま捜索を始めた。壁には絵もタペストリーも掛けられていない。そのかわり、壁の端から端まで切られた窓いっぱいに広がる湖と山の絶景があった。居間の造り付けの戸棚、納戸の戸をすべて開けていった。食器、リネン、タオル、ペーパー類が戸棚に整然と並べられている。キッチンの奥に地下に降りる階段があった。地下は広い物置になっていた。食糧庫には缶詰、瓶詰の食品のほかにワインが五十本ほどラックに横たえて保管されている。日本酒の小瓶も何本かあった。直前までフランツたちはここで夏を過ごしていたのだ。地下の物置は念入りに調べたが、表立った場所には絵画らしき平面状のものは見当たらなかった。

地下から上がり、寝室に向かった。ここでもやはり戸を開けるたびに、刺すような罪悪感に襲われた。いくつもの脳の回路を遮断する必要があった。一度固く目を閉じ、頭の半分以上の電源を抜いてから寝室に入った。クローゼットのドアをすべて開け、ベッドの下まで確認した。

「タカオ。ちょっと」

居間からカサネが叫んだ。

何か見つけたのか。タカオはあわててベッドの下からはい出して居間に駆け戻った。

「どうした?」

「わたし、湖の方へ遊びに行ってきていい?」

ただ水辺で遊びたくてうずうずしている子供がこちらを見上げていた。タカオはひとつ大きく息をついてから微笑んだ。

「あぶないよ」

「大丈夫。何度も一人で行ってるから。そこの窓から見える場所。心配しないで」

「わかった。気をつけるんだよ」

カサネはにっこり笑ってうなずき、勢い良く外に飛び出していった。はねるように小道を駆け下りていく姿が窓から見えた。

すぐに寝室に駆け戻り、カサネが水辺で遊ぶ間に透視アプリで壁、床、天井を入念にチェックした。もう一つの小さな寝室も同様に調べ、居間に戻って壁という壁をくまなくスキャンした。床も隅々までスキャンしながら、別の地下室の入り口が隠れていないか注意深く探った。もう一度地下の物置に戻り、おなじスキャンを行った。

地下の物置から戻った。タカオは湖のパノラマが広がる窓辺に立ち、湖を眺めた。湖面のきらめきの中にカサネがシルエットになって浮かんでいる。乱舞する光の粒がカサネを包んでいた。タカオは、しばらく窓辺に立ったまま刻々と移ろう光を見つめ続けた。

カサネを迎えに湖まで下った。木立のなかの薄暗い小道には高山植物らしい繊細な形の葉と花弁を持った秋冬の花が咲いている。遠目には気づかなかった小さな白や黄のキク科の花や白いスイセンの姿が道沿いに絶えることがなかった。野生の小柄なシクラメンや早咲きのクリスマスローズがうつむくように頭を垂れている。水辺に近づくにつれて花の種類は増えて行った。カサネは水辺の花園で一心に花をスマートフォンで撮影している。人の近づく気配に立ち上がった。木立のトンネルの出口に輝く湖を背にまっすぐこちらを向いた。足もとには花が咲き乱れている。スマートフォンを持った方の腕を身体の前に下ろし、もう一方の腕でその上腕を押さえた。片足に体重を乗せ、かすかに頭を一方に傾けている。視線は周囲の花園に向けられていた。強い逆光のなか、その姿はゆらめく半透明の影のように見えた。

タカオの足が止まった。

探し続けているあの絵が目の前にあった。

同じ構図だった。葛西が見せたモノクロームの古い写真にあったヴィーナスの絵が現実の風景として目の前に立ち上がっていた。めまいのようなものを憶え、無意識のうちにポケットからスマートフォンを取り出していた。構えるなり写真を撮った。

画像を確認する。きらめく湖と花園が写っている。だが、カサネの姿はなかった。逆光が回り込んでカサネの姿は形を失い、背後の光の粒に埋もれた淡いシルエットでしかなかった。画像ファイルをスクロールし、動物園で葛西が提示したヴィーナス像のモノクローム写真を再撮影したものを呼び出した。二枚の写真は、光の中に溶けたカサネを除けば見分けがつかないほど似ていた。

「どうしたの?」

カサネの声が聞こえた。すぐそばで幼い顔が見上げている。

「いや、なんでもないよ」

「写真撮ったの?」

「帰ろうか」

タカオはつぶやくような声で言った。

「もういいの?」

カサネが首を傾げ、眉間を寄せた。少女の実存を確かめるように、タカオはカサネの栗色の髪が輝く頭の上にそっと手を置いた。完璧な形の頭の骨が掌にすっぽりと収まった。

「うん、帰ろう」

タカオは湖の対岸の紫色にかすむ山影を見上げた。

上流の堰堤からコンクリート作りの整流路に流れ込む激しい水音が響いている。

川はそのまますぐそばに広がる湖につながっていた。タカオは川沿いのオープンカフェのスツールに腰掛け、夕闇に沈もうとする橋をぼんやり眺めていた。平坦な河口を中世の木製の橋が斜めに横切っている。橋はすべて屋根で覆われ、腰板には鉢植えの花が隙間なく飾られていた。秋も終わり、冬になろうとする季節にもかかわらず、橋の上は観光客であふれ、人が途切れることがない。対岸には中世建築の尖塔が立ち並び、間近に迫るアルプスの稜線が夕空に黒く浮かび上がっている。

隣のスツールにはカサネが座り、ホットチョコレートのカップを両手で包み、黙って川面に視線を落としている。タカオは自分の疲れが限界に近づいているのを感じていた。今朝、早朝の便でベルリンからスイスのバーゼルへ飛び、シュピールマン画廊、フランツの生家跡を経て、列車に乗り換え、古都ルツェルンまでやってきた。ビュルゲンシュトックのコテージを調べ、再び高速船でルツェルンの船着き場に戻った。これからまた夜の便でベルリンに戻らなければならない。

早くも太陽が山影に姿を消し始めていた。初冬の短い一日が終わろうとしている。川辺のオープンカフェで空港に向かう列車の出発を待った。スツールに座ったとたん、身体が地面に引きずりこまれるような地球の重力を感じた。椅子から二度と立ち上がれないほど自分が疲れていることにタカオは気づいた。鉛を流しこんだように脳が機能を停止している。これからどう動けばいいか必死に考えようとした。頭が働かなかった。

絵画はどこにも存在しなかった。シュピールマンが言うように永遠の美を夢見る男たちの抱いた幻想にすぎないのではないか。いますぐクアトロ・キャピタルマネージメントの葛西に連絡し、捜索の結果を正直に話そうという考えが頭をかすめた。だが、相手の思い込みが強い現状ではかえって態度を硬化させ、事態を悪化させるだけの可能性が高い。

結局、悪党の言いなりになり、絵画探しの手先となって虚しく一日を駆けずり回っただけだった。五十時間前にベルリンの美術館でカサネと五年ぶりに再会した。そのとき、五十時間後に自分がスイス山中の湖のほとりで憔悴していることをどうすれば想像できただろう。人質、強奪、窃盗、詐欺、殺人、テロ。人類の歴史が始まって以来繰り返されてきたそれらの犯罪は、プロセスと技術が時代とともに高度になり、組織化され肥大化したところで、その暴力の本質は単純きわまりない。単純であるがゆえに暴力は圧倒的な力を発揮する。人質を取られるという戯画的なまでに陳腐で単純なことが、ここまで人の人生を狂わせるという事実がタカオを打ちのめした。

カオルはメールで助けを求めながら二転三転しつつ「今は来ないで」と言った。そのときは、夫が亡くなった直後に男に会うことに漠とした罪悪感を抱いているのだと思っていた。だが、カオルはタカオを事件に巻き込むことを恐れ、暴力から遠ざけ守ろうとしただけだった。自らの予感通り、カオルは暴力をひとり引き受けた。

パーカのポケットの中でスマートフォンが短く振動した。ベルリンのオフィスの上司からのショートメールだった。至急連絡されたし。文面はそれ以上のことを伝えていなかった。主題に触れない連絡ほどその先に悪路が待ち受けている。そのことは経験上よくわかっていた。メーラーの方には日本の経済紙からの速報メールが溜まっていた。スクロールするとタイトルリストのなかに自分の属する会社の名前があった。

〈記者会見予定、急遽延期〉

タカオはそれ以上読まないまま画面を閉じた。

「タカオ」

ふいに、カサネの声が聞こえた。

「本当は、何をさがしてるの？」

カサネはスツールの上からこちらを見ている。

「ママの忘れ物って、ウソでしょ」

タカオは黙ったまま自分のカップを持ち上げた。カップの中は泡の輪が残っているだけで一滴もコーヒーは残っていない。カップを下ろし、水を飲んだ。ブランデーかウイスキーか、強い酒が欲しかった。アルコールへの渇きをごまかすために両手をもみしだいた。

「ほんとのこと言って」

「どうして嘘だと思うの」

タカオは微笑みで困惑を隠しながら聞き返した。

「つらそうだから」

カサネは七十歳の母親が三十八歳の息子に話しかけるような口調で話した。どちらが子供なのか分からない。

「つらくなんかないよ。こんなに元気さ」

タカオは片腕を曲げて力こぶを作るポーズをして、にっこり笑って見せた。

「つらい人ほど元気よく笑うの。わたし、よく知ってる」

カサネは笑わずに言った。

タカオは肩の上に上げていた腕をゆっくり下ろした。

これ以上ごまかすのは無理だ。こんな狂ったように走り回った一日に疑問を抱かない方がどうかしている。

「ごめん。心配かけたくなかったんだ」

カサネはうなずいた。

「ママがある絵のことでちょっと困ってる。パパの持っていた絵をゆずってほしいと言う人がいるんだけど、その絵が見つからないんだ」

「絵って、額縁にはいった、あれ？」

「そう。ふつうならお家に飾ってある。パパと、絵を欲しがっている人が長い間絵のことを話し合ってた。でも、パパは事故にあってしまった。たぶん、ママは何も知らなかったんだ。絵を置いてある場所どころか、パパがその絵を持っているということも知らなかったはずだ。でも、絵を欲しがっている人たちはあきらめなかった」

「それで、タカオが絵を探しているの？」

「ママの代わりに探せるのは、もう僕しかいないんだ」

「ママはなんでいなくなったの？　出張ってほんと？」

タカオは言葉につまった。

「本当だ。買い手の人たちと話し合いをするためにいま外国にいる」

カサネは黙ってタカオの顔を見つめたまま何度かまばたきをした。底石までくっきり見とおせる透明な泉の水面が揺れる様子を見るようだった。カサネはタカオの眼を見たまま小さく顎を引いてうなずいた。嘘は見抜かれていた。タカオは黙って視線を下に外した。カサネは暮色が濃くなった川面に顔を向け、ほんものの老婆のようにひとつ大きくため息をついた。

「タカオはその絵がどんな絵か知ってるの？」

振り向いてカサネがたずねた。

タカオは唇を噛んだままうなずき、スマートフォンの画面を見せた。葛西が動物園で見せた未発見作品だという不鮮明なモノクローム写真を撮影した画像だった。タカオの脳裏についさっき湖のほとりに立ったカサネの姿がよみがえり、絵と重なった。

カサネはしばらくかぶさるようにして画面を見つめていた。やがて、ゆっくりと顔を上げ、タカオを見上げた。

静かな声で言った。

「わたし、知ってる。どこにあるか」

そのとき、短い腰エプロンを付けたウェイターが現れ、テーブルの上に灯のともった蠟燭のガラスポットを置いて行った。他のテーブルにも次々と灯りを配っていく。オープンカフェのテーブルの上に点々ともしびが揺れ始めた。薔薇色にそまった夕空を鴨の群が渡っていく。タカオはスツールの上で凝固したまま、カサネの透明な瞳に揺れる蠟燭の揺らめきを見つめていた。

三、檸檬

14

一五一〇年　五月二五日　フィレンツェ

前略　アレッサンドロ・フィリペーピ様

お手紙を書き始めて、もう一週間になります。いましばらく、貴方との思い出をたどることをお許しくださいませ。

お前にもそろそろ嫁入り先を考えねばならんな。

ペンを止めた殿様がふと顔を上げてそうおっしゃった時、わたくしは初めてそのお顔に老いの翳りを見たのでした。貴方がフィレンツェを去った翌年の春、いつものように、殿様のお書きになる密書の一文字一文字を数字に置き換える計算をしていたある昼下がりのことでした。

殿様はそのとき、まだ三十三歳でいらしたはずです。青年と言ってもよいお歳でした。しかし、二十歳で家督を継がれて以来、絶えることのない動乱と危機が打ち下ろし続けた見えない打擲は、殿様の心身をぼろぼろにするに足る成果を上げ始めていたのです。暗い予感のようなものが胸の中を通り過ぎて行きました。殿様、わたくしはまだ十六になったばかりでございます。目の前のお顔の眉間に刻まれた二本の深い縦皺を見つめながら、わたくしは冗談を受け流すように笑顔でお答えするしかありませんでした。

そのころメディチ家では大切な結婚話が進んでおりました。殿様の又従弟、ロレンツォ・ディ・ピエルフランチェスコ・デ・メディチ様が二十歳になられるのを機に、奥方様をめとられることになったのです。お相手はピオンビーノ領主ヤコポ・ダッピアーノのお嬢様、セミラミデ・アッピアーニ・アラゴーナさまでした。

貴方にわざわざこんなご説明をする必要はまったくありませんね。貴方が深く関わられることになったご結婚ですし、その後のピエルフランチェスコさまと貴方の深いお付き合いから生まれた数々の傑作を思えば、このご結婚話はひょっとしたら絵画の神様が神慮をもって配されたものではなかったかとも思えるのです。

しかし、実際にはこのご縁談はロレンツォの殿様がすべて周到に進められたお話でした。もともとセミラミデさまは殿様の弟君ジュリアーノさまとの間に婚約が整っていた女性で、一四七八年四月に当人のジュリアーノさまが暗殺される直前にまとまったお話でした。ジュリアーノさま亡き後、あらためて又従弟のロレンツォ・ディ・ピエルフランチェスコさまとの縁組に組み替えてもこの話を殿様が進められたのは、この姻戚関係作りがメディチ銀行にとって重要な政略的意味を持っていたからです。この縁組にはピオンビーノ領エルバ島の鉄鉱の専売権の確保がかかっていました。それは倒産の危機に直面していたメディチ銀行にとって絶対に落すことのできない利権だったとお聞きしています。

美しいお方でした。セミラミデ様の母上パティスティーナさまはシモネッタ・カッターネオ・ヴェスプッチさまの異父姉にあたられます。つまり、セミラミデさまは、二十二歳の若さで病に倒れお亡くなりになったあのシモネッタさまの姪になるわけですが、遠目には区別がつかないほど似ておられました。シモネッタさまはその美貌でフィレンツェの宝とまで言われたお方でした。貴方はわたくしとも区別がつかないとよくおっしゃいましたが、むろん、そんなことは滅相もなく、もったいないお話でございます。目立たぬ召使いをつかまえてそんなことをおっしゃる方は貴方の他にいらっしゃいませんでした。

ジェノヴァのご実家カッターネオ家からフィレンツェのヴェスプッチ家に一六歳で嫁入られてきたシモネッタさまと貴方は、同じオンニサンティのご町内のお隣どうしとして毎日のようにお顔を合わせていらしたからこそのお見立てだったのでしょうか。貴方が子供時代のわたくしをカッターネオ家の親類と間違われたのは、一見異なっても画家だけが持つ眼から見てシモネッタさまやセミラミデさまと同じ顔立ち、貴方の言葉で言うと同じ骨相をわたくしの童顔に見出されたためだったようです。

サンドロを呼び戻すから。

わたくしの嫁入り話を口にされたあと、殿様は何気なく付け加えるようにおっしゃって書斎を出て行かれました。わたくしは、聞こえなかったかのようにうつむいたまま暗号文書の変換計算を続けました。驚きと喜びで身体が動かなかったのです。一四八二年四月のことでございました。

二度とお帰りになることはないと思っていた貴方は、フィレンツェに戻っていらっしゃいました。いま思えば、あの時お戻りになったことが貴方にとって本当に良かったのかどうか、わたくしにはわかりません。むろん、お戻りにならなければ、あの輝かしい傑作たちは生まれる機会を持てなかったでしょう。しかし、もしお戻りになっていなければどうなっていただろうか、といまも考えることがあります。人が生き、過ぎていく時間に「もし」は虚しい問いだとしても、もしお戻りになっていなければ、その後フィレンツェの街を襲った破滅に巻き込まれることもなく、貴方は心穏やかに別の街で別の素晴らしい作品を長く生み出し続けられたのではないか。騒乱の数々を思い出すにつけ、その思いが頭をよぎるのでございます。

貴方は、支払いを先延ばしにする教皇様から三面分の壁画の画料も受け取れぬまま、逃げるようにローマからお戻りになったとお聞きしました。殿様とスルタンの間の密約通り、トルコ軍が見せかけのナポリ領侵攻から撤退し、対外緊張が弱まったたことをきっかけにふたたび国内の和平が崩れ、五月に教皇軍のフェラーラ侵攻が勃発しました。殿様が貴方を急がせたおかげで、そのいくさに貴方が道中巻き込まれずに済んだのは、偶然とは言え奇跡であり、天の配慮であったと申せましょう。殿様が貴方の帰還を急がせたのは、ピエルフランチェスコさまとセミラミデさまのご結婚の期日を延ばしてまでも、貴方の筆で完成させたかったものがあったからでした。

貴方が一年ぶりに、ふいにカレッジの別荘に現れた時のことを、今も思い出します。

五月の末、初夏の光が降り注ぐ、まぶしい朝のことでした。わたくしはヴィッラに滞在されていた皆さんの朝の食事の片づけを終え、屋敷中のシーツを洗濯する大仕事にとりかかっておりました。数年前からわたくしに割り当てられた役目でした。疫病除けのために大鍋に湯を大量に沸かし、長い棒で沈めながら何十枚という白い布を煮ていくのです。

手回しの絞り器で絞ったシーツを、裏庭に何本も張った物干のロープに一枚ずつ投げ上げて広げて行く作業は、運動と言っても良いほどで、ロープ一本分干し終わると一休みして額の汗を拭かなければなりませんでした。

晴れて風のある日には、シーツは干したさきから乾き始めます。乾き始めた真っ白なシーツが裏庭いっぱいに広がり、緩やかな風に揺れながら朝の光に輝く風景を眺めるのがわたくしは好きでした。その日も五筋目のロープを干し終え、白い幕をかき分けながら作業場に戻ろうとしたときです。突然目の前の白いシーツに大きなシルエットが浮かんだと思うと、その影はシーツごとくるむようにわたくしを抱きしめたのです。

笑い声が聞こえました。

貴方の声でした。後ろを向かされ、シーツにくるまれてわたくしは何も見えませんでした。シーツ越しにまぶしい光が降り注ぎきらきらと輝きます。頭にかぶせられた布がくるりと剝くように外されると、背中の方から見下ろす貴方の笑顔がありました。後ろからわたくしを持ち上げようとするあなたの両腕がやわらかく胸をおしつぶしました。

その瞬間、貴方は驚いたようにわたくしを離し、飛びのきました。

「あいかわらずね、サンドロ。お帰りなさい」

笑いながらからみつくシーツを自分で剝ぎ取ったわたくしの姿を、貴方は信じられないものを見るように見つめておられました。

「大きくなったね」

しばらくして、貴方はしみじみとつぶやくようにおっしゃったのです。

「ほんとうに大きくなった」

わたくしは貴方がローマに出稼ぎに行かれていた一年ほどの間に、一パーム近く背が伸びていました。一五、六の娘は脱皮するように背が伸びる時がありますが、ちょうどわたくしがその時を迎えていたのです。姿も子供から若い女のそれに変わりつつありました。

急に真剣な表情に戻った貴方は、そのときシーツの前でわたくしにさまざまなポーズをとらせ、霊感に打たれたようにものすごい速さで素描を何枚も描かれました。エプロンと作業着を脱ぎ、身体の線が透ける薄いブラウスとスカートの下履きだけで芝の上に立つのはすこし恥ずかしかったのですが、暑いほどの初夏の光が心地よく、わたくしは言われるままにいろんなやり方で天に腕を伸ばす姿勢を取りつづけました。幾重にも張り巡らされた白いシーツの波に隠れてわたくしたちの姿は誰にも見えなかったでしょう。また、貴方と二人きりで絵の中に移住する短い旅の時間が戻ってきた。そう思うと、苦しい姿勢でポーズをとりながらわたくしは何ともいえない安らぎを感じるのでした。

わたくしの身分は、そのときもあくまで奴隷でした。普段は意識することはありませんでしたが、わたくしは雇い主の役に立たなければ無用の存在でしかない身分の緊張をつねに感じていたのだと思います。どれほど高い教育を施され、殿様の暗号つくりのお役目をはたし、皆さんに大事にされながらもその緊張から解放されることはありませんでした。その緊張は、貴方が絵師として終生隠し持った緊張と同じであり、形は変わってもこの世に生きる誰しもが持つ緊張だったかもしれません。貴方の素描帳の前に立つ時だけ、なぜかわたくしはその緊張から解放されるのを感じました。ただ、そこにいるだけで肯定されている。それは本来子供だけが持つ特権です。白いシーツの前で、わたくしは貴方と初めて会ったときの九歳の子供に戻っていました。

その後の数か月をかけて貴方が描かれた絵は、奇跡の一枚になりました。

それはオレンジの実のなる薄暗い森に古代の神々が並ぶ、これまで誰も見たことのない絵でした。愛と美の神ウェヌスとも聖母マリア様ともとれるお腹の膨らんだ女性が中央に立ち、その右にはニンフのクロリスと孕んだ豊饒の女神フローラが歩み、画面の右端の空から風神ゼフィロスが舞い降りようとしています。中央から左には輪舞する三美神が配され、左端に伝令神メルクリウスが天を指差しています。中空には弓を構えたクピドが目隠しをつけたまま三人の美神に矢先を向け、今にも放とうとしています。そして、神々の足元には数えきれないほどの可憐な野の花が咲いていました。春夏秋冬すべての季節が一つの画面に含まれ、様々な季節の花が同時に咲き乱れるこの世にはない不思議な花園です。

ラルガ街のメディチ宮殿のお隣のピエルフランチェスコさまのお屋敷で、長椅子の上に飾られたその絵をはじめて見せていただいたとき、わたくしは魂を抜かれたように半時ほどその前に立ちすくんでしまいました。

もともとその絵は、弟君ジュリアーノさまとセミラミデさまのご結婚祝いにロレンツォの殿様が発注され準備され始めていたものだったと、わたくしはずっと後にお聞きしました。ジュリアーノさまが凶刃に倒れられたため中断され、四年の中断を経て、同じ絵が又従弟のピエルフランチェスコさまとセミラミデさまのご結婚祝いとして制作が再開されたのでした。この絵の完成のために貴方をローマから呼び戻し、絵の完成を待つためにお二人のご婚儀も延期されたほど、中断されたこの絵に対する殿様の思い入れは強かったものと思われます。あらたに絵を発注する資金がなかっただけだとか、新婦の実家が領する鉄鉱の利権を守るための贄を装った贈品にすぎないと陰口を言われるかたもいらっしゃるでしょう。しかし、わたくしは亡き弟君ジュリアーノさまへの追悼の思いが殿様を衝き動かしていたのだと信じております。

中断からどのように元の絵柄が継承され、どのように変更されたのか、貴方以外に知る者はありません。殿様が私財をつぎこんで収集されていた古代ローマのカメオの絵柄を参考に、殿様とお二人だけで相談され、弟子にも手伝わせず、たった一人で数か月アトリエにこもりきり、描き切ったとお聞きしています。

ヴェッキオ宮殿の壁に、絞首刑に処されたパッツィ家方の生々しい死体の像をずらりと並べて見せた同じ画家が描いたとはとても思えませんでした。しかし、今考えれば、生と死が隣り合わせにある風景を人一倍見てきた人でなければ描けなかった絵だった、とも思えるのです。

美しく、喜びに満ちあふれ、そしてはてしなく哀しい。

なぜそう感じるのでしょうか。わたくしにはうまく説明できません。簡単に説明できてしまう絵は、見る者に物事を伝えることはできるかもしれません。しかし、それが魂を震わせることはないように思えるのです。

貴方のあの絵には物語は何もありません。何もないにもかかわらず、人がこの世に生を受け、生き、再び元の場所に戻っていく時間のすべてがそこにありました。無限に巡る季節の風景がわたくしたちにそっと気づかせてくれるのです。出会いと別れが実は同じものであることを。

殿様の取り巻きのギリシャ語の先生方はこの絵に様々な寓意や神話を読み取ろうとされたことでしょう。貴方も殿様をはじめお仲間の学者さんたちのお好みや知識を配慮され、それに沿うようにオウィディウスやルクレティウスの詩編を引きながら異教の神々を配されたのかもしれません。でも、どなたもご存じないのです。もしかして、貴方ご自身もお気づきになってはいらっしゃらなかったかもしれません。それがうわべのことであることを。

わたくしだけはわかっておりました。これまで長いあいだ貴方の前で取ってきたポーズの数々が別々の人物の姿で絵の中によみがえり、神々の足もとに咲く花の多くがカレッジの別荘の裏庭の野草の花であることを。春の風景にもかかわらず、その中に貴方と初めて出会ったあの冬、裏庭に咲いていた真冬の花へレボルスを発見したとき、わたくしは身体の震えを押さえることができませんでした。こんな絵を描いてしまった人は、もうこの世に生きていることはかなわないのではないか。そんな恐怖に襲われるほどその絵は美しゅうございました。

メディチ銀行の命運を左右するこの婚儀は無事終了いたしましたが、完全な平和が訪れたわけではありませんでした。年が明けても教皇国とのいくさの気配は消えず、それは教皇シクストゥス四世様が一四八四年にお亡くなりになり、新しい教皇を迎えるまでその不穏が収まることはなかったのでした。

貴方の描かれた祝婚の絵にピエルフランチェスコさまは魅了され、その後の貴方との終生のおつきあいが始まります。でも、魅了されれば魅了されるほど不満がつのったようです。その絵が本当は自分のために描かれたものではなく、ジュリアーノさまのためのものであったということが、けっして口には出されませんでしたがずっと心にとげのように刺さっておられたものと思われます。若き新郎は自分だけの祝婚の絵を描くよう、貴方に新たに発注されたのでした。

ロレンツォの殿様とピエルフランチェスコさまの不和はそのときに始まったものではありません。行き詰まる銀行経営の救済に、まだ幼いピエルフランチェスコご兄弟の継承された遺産から莫大な額を無断で流用したときから不信と不和はくすぶっておりました。資産流用に抗議するご兄弟に穴埋めとして別荘を二つもお譲りになるなど、殿様は融和に努められましたが、この婚儀の十年後、殿様が亡くなった後、メディチ本家をフィレンツェから追放する共和勢力の先鋒にご兄弟が立たれることになる芽は、すでにそのころからはっきりと芽生えていたのです。貴方は、殿様とピエルフランチェスコさまのはざまで、どのようにふるまえばよいか、さぞ苦しまれたことでしょう。メディチ家追放後、ご兄弟はメディチの名を捨て、イル・ポポラーノと名乗られたのでした。

時勢は音も無くその流れを変えようとしておりました。

15

二〇一X年　一二月一日　瀬戸内

港の岸壁に接岸すると、フェリーの前方からヘルメットをかぶった下校途中の中学生や高校生の自転車の群れが真っ先に流れ出て行った。制服姿の女子中学生たちの首にはマフラーが巻かれている。瀬戸内の海は冬を迎えようとしていた。

松山側から島に向かう途中、沖に牡蠣の養殖筏が整然と並び、筏の上で黙々と作業する男たちの姿が見えた。小型の定期連絡フェリーの二階のデッキから、カサネは牡蠣筏を指差して隣に立つタカオを振り仰いだ。タカオは吹き付ける冷たい風に目を細めながら、黙ってうなずいて応えた。鏡のような海に大小の島が点々と浮かんでいる。寒いから中に入ろうと言ってもカサネはデッキから動こうとしなかった。つま先立って欄干に両腕を置き、重なり合いながら刻々と姿を変える島々のシルエットを見つめ続けた。

松山市内で借りた小さなレンタカーで島の港に降り、海沿いの二車線道路を走った。

カオルの故郷の島に来るのは二度目だった。初めて訪れたのは十二年ほど前、フランツとカオルの結婚式に出席したときだ。タカオは信州の盆地に生まれ育ったため海とは縁遠かった。幼児の頃、母親に海水浴に連れて行ってもらった日本海側の海しか大人になるまで知らなかった。藤沢の研究所に勤務するようになって初めて太平洋側の海を見た。海に縁がなかったのはスイス育ちのフランツも同じだった。気が合ったのはそのことも影響していたかもしれない。おそらくは、互いにカオルにひきつけられたのも。カオルの静穏にはどこか明るい内海を思わせる清々しさと暖かさがあった。

久しぶりに見る瀬戸内の多島海の風景は神話の世界に迷い込んだように幻想的だった。カオルは高校を卒業するまでこの美景を見て育ったのだ。本来ならカオル本人から実家に帰省の連絡があるべきところだったが、突然の訪問を選ばざるを得なかった。事前の電話連絡もできなかった。カオルが不在の理由や赤の他人のタカオが訪問する理由を電話だけで説明する自信がなかった。たとえ事前に連絡したとしても、十年以上も前に結婚式に出席しただけの新郎側の友人を家族の人々が覚えているはずもなかった。見知らぬ男からの電話はかえって不審に思われる可能性が高かった。

パスポートはカサネの存在だけだった。シュピールマン画廊を訪れたときと同様、カサネを伴えば実家の家族の信用も得られると考えた。だが、カサネにとってもベルリンに移り住む直前に家族で訪れたとき以来の再訪となる。まだ幼児だったカサネの記憶がどれほど正確なのか不安を抱いたままタカオはハンドルを握っていた。

海岸沿いの道の辻を曲がり、緩やかな坂道を登って行く。カーブを曲がるたびに眼下に巨大な現代美術作品を思わせる多島海の風景が広がっていった。坂道の周囲は実を結んだ柑橘の果樹園が延々と続いている。緑の斜面はオレンジ色の点描で埋め尽くされていた。

坂を上りきると台地状の高地が広がった。古い入母屋の屋敷が点在している。ＧＰＳ地図に従って脇道に入った。砂利道の突き当りで車を停めた。停まるやいなや、待ちきれなかったようにカサネは自分でドアを開け、飛び出していった。石柱が二本立っただけの門を抜けて大きな農家の前庭に駆け込んでいく。前庭の奥に母屋と数棟のパネル倉庫が見えた。倉庫はヘリコプターを格納できるほど大きい。カサネはシャッターが開け放たれた倉庫の中へまっすぐに走り込んでいった。

しばらくして、薄いオリーブ色の作業着姿の老人が一人、カサネと一緒に倉庫から出てきた。褐色の肌に深い皺を刻んだ白髪の老人がカオルの父親の修造とは最初わからなかった。十二年前の結婚式の時の記憶を探ったが、同じ人物を発見するのは難しかった。飛行機は乗っている限り静止しているように感じられる。だがすべての乗客はその間も恐ろしい速度で別の場所に運び去られている。タカオはただ深々と一礼した。

カサネが嬉しそうに老人を見上げている。修造は作業用の手袋を外し、タカオに黙礼した。額の上まで短く刈り込まれた白髪と、深沈とした風貌は農夫と言うよりもどこか古代ローマの哲人政治家の石膏像を思い出させた。

タカオは丁重にフランツのお悔やみを述べ、突然の訪問の理由を説明した。

「カオルさんから依頼されてまいりました早瀬孝夫と申します。ご記憶にはないとは存じますが、フランツとの結婚式のときにお父様には一度お目にかかっております。カオルさんは現在、ベルリンでフランツの遺品の整理を進めておられまして、日本に残したものも確認して処分の判断をしたいとおっしゃっておられます。カオルさんは遺族年金などの法的な手続きで手が離せず、いまはヨーロッパを離れられません。代わりに自分がお手伝いさせていただくことになりました。門外漢のわたくしが突然押しかけたこと、さぞ驚かれたことと思います。なにとぞお許しください」

「カオルからは連絡がなかったようですがな」

穏やかな表情のまま老人は言った。

「お祖父ちゃんを驚かせたいって、わたしが言ったの」

カサネは打ち合わせどおりの台詞をしゃべった。カサネの声に重なるように車の音が聞こえた。修造はカサネに応えないまま首を上げ、離れた門の方へ視線をやった。

白い軽トラックが庭に入ってきた。荷台に青いプラスティックのカートンに入ったレモンの実が満載されている。レモンの実は黄色味を帯び始めているものも交じっていたが、まだほとんどが緑色だった。学生風の若い男が運転席から降りた。倉庫から同じ年代の若い男が数名出てきてトラックからカートンを下ろし始める。

「レモンはこれからが旬でしてな。十二月に入ると黄色うなって甘みも出てくる。毎年、手伝いにきてもろうとる広島の大学の農学部の学生です。島にはもう働ける若いもんがおらんので」

修造は学生たちに声を掛け、洗浄や選別の仕方を丁寧に指示した。

「ところで、なんでまた、カオルはあなたにわざわざ面倒なことをお願いしたんでしょう」

「御不審、ごもっともです。わたくしはフランツと一五年来の友人でした。ご家族と親しくお付き合いさせていただきました。電機メーカーに勤務しておりまして、たまたま、わたくしがベルリンに出張でまいりましたところ、お困りのカオルさんからご依頼をいただいた次第です」

そうですか、と言って修造は何度かうなずいたが、そのまま黙ってうつむいて考える様子を見せた。

「まあ、いずれにせよどうぞ、おあがりください」

カサネはちらりとタカオの顔を見上げて微笑んだ。タカオは小さくうなずいて応えた。カサネは老人の脇でスキップを踏みながら母屋の方に向かった。

「わたし、知ってる。どこにあるか」

夕闇が迫る中、スイス、ルツェルンの川沿いのカフェでカサネが告げた絵画の保管場所は意外なものだった。カオルの実家のある瀬戸内の島だった。そのときとっさに思ったのは、親を失い、追い詰められた子供の妄想が生んだ虚偽の記憶ではないかということだった。自らの幼児期の記憶をカサネは語った。父親と本人ふたりだけが登場するその記憶の鮮明さと克明さは、かえって何度も頭の中で妄想し練り上げた虚構を感じさせた。だが、万策尽きたタカオにとって、それは霧のなかに降りてきた天からのロープだった。他に捜索のあてはない。選択の余地はなかった。

「わたしとパパだけの秘密。そのあと、パパと浜辺に泳ぎに行った。でも、パパ、ほんとは泳げないの」

カサネの語る瀬戸内の島の暮らしの鮮明な映像は、遠い昔、初めてカオルと出会ったころ、実家から送ってきたものだといって手渡されたレモンの香りを鮮やかに蘇らせた。

一通りカサネの話を聞き終わると、タカオは下を向いて唇にこぶしを当て、しばらく黙った。

「僕と一緒に日本に行ってくれるかな。その島に」

タカオは顔をあげ、静かにたずねた。

「いいよ」

「明日だ」

「いいよ」

「忘れてたけど、学校は大丈夫？」

「しばらくお休みするって、二日前に連絡してある」

「決まった」

ベルリンの欧州本部の鶴岡に電話し、実家の親の危篤を理由に一時帰国を申請した。鶴岡は電話口からも伝わる不信感を押し殺しながら承諾した。二人はその日のうちにベルリンに戻り、翌日、関西空港に飛んだ。

母屋は黒瓦ふきの古民家だった。カオルたちが鎌倉で借りていた農家よりはるかに大きい。木製の引き戸を開けると二階まで吹き抜けの広い土間が現れた。むき出しの黒く太い梁や構造材が頭上を交差し、石畳が敷き詰められている。天井近くの明かり窓からの光で、土間全体が明るさで満たされていた。同じ石敷きの通路が奥まで長く延びている。奥に陽の降り注ぐ中庭が見えた。

修造は二人を土間から直接上がれる居間に案内した。板敷の広い居間の奥にはさらに部屋が続き、その先に中庭の光と植栽がまぶしく輝いていた。振り返ると、日の差し込む縁側のガラス戸の向こうには砂利敷きの広い前庭が広がっている。屋敷の中は外の重厚な印象とは異なり、思った以上に明るかった。

「うちのもんがいま婦人会の会合で外に出ておりましてな。ちょっとお茶を淹れてきますんで、お待ちください」

タカオは勧められるまま座卓の前に敷かれた座布団に正座した。カサネは離れた場所で部屋の隅に積まれた座布団の山の上に胡坐をかいて座っている。待つ間、居間と奥に続く部屋をさりげなく見回した。最初の板敷の居間には訪問客用の低い座卓と茶箪笥があるだけで、何の家具も装飾もなかった。家族の実際の生活は奥の中庭側で行われているようだった。伝来の家屋は広壮だったが、禁欲的で簡素な生活がしのばれた。しばらくして、茶の用意を整えた盆を持って修造が戻った。

「カオルの旦那が残したものというても、ありましたかな、そんなもの」

煎茶を注いだ茶碗を座卓の上に配りながら修造は言った。茶碗は二つだけだった。

「カオルさんから、うかがってきました。古い家具です」

「家具、ですか?」

修造はタカオの方を向いたままたずね返すように言った。

「イタリア製のテーブルと椅子とお聞きしています」

修造は首を傾げ、縁側の方へ視線をやってしばらく考える様子を見せた。

「あの長いやつですかな?」

カサネは部屋の隅から修造の背中にうなずいた。

「あれは、娘がここに捨てて行ったんですわ。もうぼろぼろで脚が一本腐りかかっとった。鎌倉の農家の借家では使えたが、ドイツの普通のアパートには大きすぎて収まりきらんので、この母屋に置いておいてくれとか言うて。あれは、もてあますのも無理はない。すぐにどけてしまいました」

沈黙が流れた。

「お捨てに、なったんですか?」

一呼吸おいて、タカオはおずおずと聞いた。

修造は黙ってタカオの顔を見た。

「いや」

老人は、そんなことは、せん、とつぶやいた。

「鎌倉におる間中、毎日、朝昼晩、あそこでカオルらは一家でメシを食っておったんじゃから。毎日です。それを捨てたりは、せんです」

修造は下を向いて自分の膝をさすった。

「よかった」

タカオはためていた息を吐いた。

テーブルは今も生きていた。道具が生きているというのは、毎日使われているということにほかならない。修造に案内されてそのテーブルの姿を見たとき、数百年の年月を生き、今も静かに呼吸する道具の生命の存在をタカオは感じた。テーブルは三つある倉庫の一番端の棟の真ん中に置かれていた。

「手伝いの学生に、ここで食事をとってもらっております」

倉庫の壁際に簡素な二段ベッドが置かれ、本州や四国からアルバイトに来る学生が数名なら泊まれるようになっている。農学部の学生が多いということだった。

「じつは、このテーブルで学生に柑橘栽培農法の授業もやっとります」

見ると、ホワイトボードが置かれていた。

「伝統的な農業技術の授業ですか」

「むろん伝来の技術は伝えます。しかし、技術は常に進化します。教えることを通じて、自分も新しいサイエンスを学ばにゃならんのです。何かを続けるためには、変わって行かにゃなりません。最近は農作ではなく、生物生産管理という考え方でやる時代になりました」

修造はテーブルを布巾で丁寧に拭いた。

「脚は、自分が修理しました」

脚の接地部分が一本だけ新しい木材で埋められ、補修されている。

「カオルさんに確認を依頼されたフランツの遺品は、このテーブルです」

タカオはテーブルに近寄り、黒褐色の天板に触れた。長い年月を経て、木というより、質量が倍以上ある別の物質に変質したような長テーブルは底光りする深い艶を放っていた。天板は傷だらけだった。矢傷か弾痕らしい深い陥没部分も長い年月の間に盛り上がり、浅くなっている。戦乱の際、楯として使われたこともあったのかもしれない。フランツとカオルが鎌倉の借家に暮らしていたころ、タカオも何度もこの上で食事をしたはずだが、いつも洗いざらしの藍染の布が天板全体に掛けられていたため、このテーブルの存在を特に気にとめたことはなかった。

「少し、状態を確かめさせていただいてよろしいですか」

さりげない口調になるよう気をつけながらタカオは言った。カサネがタカオの顔を見た。カサネは天板を手のひらで撫でながら周囲をぐるりと一周回った。母屋の方で電話が鳴っていた。

電話が鳴りつづけている。

「ちょいと、失礼します」

修造は母屋に小走りで戻っていった。

「わたし、眠い。奥で寝てきていい?」

カサネが重い瞼で見上げてたずねた。前日までヨーロッパにいた。時差は子供の身体を眠りに引きずり込もうとしていた。

「もちろん。しっかりおやすみ」

カサネは修造のあとを追った。カサネは戻る途中、一度タカオの方を振り返って微笑んだ。

タカオはトートバッグからスマートフォンと透視アプリケーションを取り出した。天板をくまなくスキャンする。次いで、しゃがみ込み、天板の裏を確かめた。しばらくして、老人だけが戻ってきた。

夕方、アルバイトの学生たちが広島に戻ってしまうと、その日は島を出るフェリーがもうなかった。母屋で部屋を用意するという修造の言葉を丁重に辞退して、タカオは倉庫のアルバイト学生用の簡易ベッドにひとり泊めてもらうことにした。

夜、母屋が寝静まった頃、再びテーブルを精査した。

タカオは、その夜、一睡もできなかった。眩暈《めまい》のするような時の流れの海に漂い続けた。島を取り囲む遠い潮騒の音が闇に響いていた。

カサネの証言は真実だった。

16
一九四五年　五月四日　フュッセン

わたしのテレーザへ
一夜明けた。また、手紙を続けさせてほしい。
結局、昨日は米軍の到着はなく、城は静けさに包まれたままだった。陽が沈んだ。わたしは筆を置き、パリのロートシルト家のセラーから没収した膨大な数のシャトー・ラフィットのなかの一本を選び、栓を抜いた。ソファで休もうとしたが、朝までわたしに眠りが訪れることはついになかった。
オーバーザルツベルクの党幹部別荘群も四月二五日の英軍機の空爆によって全壊焼失したと聞い

ている。別荘に移ったゲーリングのその後をわたしは知らない。あの男が私物として接収したすべての美術品は、党の隠し場所とは別の塩山鉱の坑道の奥深くに移したらしい。この期に及んで、ヒトラーに対する反逆を疑われ親衛隊に監禁されたという話も伝え聞いたが、真偽は明らかではない。しかし、そのヒトラーも四月三〇日にベルリンの総統地下壕で自殺した。いまから三日前、五月一日に総統死去のニュースはラジオで伝えられた。テレーザ、君も疎開先で聞いたかもしれない。四〇年の夏、パリに徴発されたとき、即座に君たちを疎開させ、スイスの画商に身を寄せさせたのは正しかった。数年にわたりハンブルク市は数十回の空爆を受け、最後は無差別に焼き尽くされ、街は消滅した。

総統死去のラジオ放送を契機に、ここノイシュヴァンシュタイン城からも兵士や職員の逃亡がいっせいに始まった。男たちは軍服を脱ぎ捨て、一般市民や農民の姿に戻って村々へ消えていった。わたしは一人、城内の執務室に残り、昨日に続いて君への手紙を書き続けている。書き続けることでなんとか恐慌を抑え、精神の平衡を維持しているのかもしれない。西からはすでにミュンヘンを占領した米軍が到着し、東からは赤軍が先陣を争うように迫っている。二日前、ベルリンは赤軍の手に落ちたらしい。戦時国際法どころか文字すらも読めないソヴィエトの農民兵による虐殺、強姦、略奪がはてしなく続き、悪名高き「戦利品部隊」が当然の権利のようにドイツ中の美術館を襲い、根こそぎ収蔵品を持ち去るだろう。

わたしは投降すべきか、逃亡すべきかまだ迷っている。投降した場合、統制のとれない状況では、憎悪に燃えた末端の兵士の判断でその場で処刑される可能性は低くない。逃亡したところで、解放された外国人捕虜に途中で捕らえられれば、われわれの暴虐に耐えた人々が私刑で返礼することは避けられないだろう。

だが、わたしは自死するつもりはない。わたしには責任があるからだ。最も大切な責任は、むろんテレーザ、君と息子のグスタフを守り続ける責任だ。そのためにわたしはどうしても生き残らなければならない。

もうひとつは、これまで党が行ってきた芸術に対する犯罪の全容を連合軍側に伝え、できるかぎり歴史的美術品を破壊と散逸から守る責任だ。敵側におもねり、減刑を乞おうとする卑怯な投降者の自己保身と思われてもかまわない。できるだけ早く信頼できる敵側に完璧な目録と美術品の管理をゆだねる必要がある。信頼できない敵、新たな略奪者に渡すわけにはいかないのだ。略奪がテニスボールのように往復する歴史を終わらせなければならない。

だが、生き延びなければならないとわたしが思った理由はそれだけではない。

わたしは告白しなければならない。もう一つ、わたしには守らなければならないものが出来たことを。わたしをこの世に引き止め、生き延びる決意を固めさせたものと出会ったことを。

それはある絵画だ。

一作だけわたしがローゼンベルク機関の没収品目録に加えなかった作品がある。

去年、一九四四年の春の始めのことだった。すでに前年の一九四三年九月にイタリアは降伏し、独ソ戦線は敗色濃く、ドイツ産業界の目端の利く者の中ではすでに自国の敗戦後を見据えて密かな戦後再建の模索が始まりつつあった。連合軍のノルマンディ上陸はその数か月後のことになる。そんななかでもERRの没収作戦はたゆまず続行されていた。一度動き始めた機構や制度を停止するのは、始めるよりもはるかに困難だ。環境の変化や成員の意思とは関係なく組織の自己保存の力学が働き、機構は破滅まで自走し続ける。

そのころ大物コレクターの保管場所はすべて探索しつくし、ターゲットはコレクション規模の比較的小さい無名のコレクターたちへ移っていた。無名コレクターたちの所蔵作品の概要は、これまで彼らを顧客としたフランス人画商からの密告、通報によって情報が集まってきていた。画商たちは情報提供の見返りとして作品の市場価格の何割かの手数料を要求した。

悪人は貪欲と野心から、善人は必要から党派に追随する。マキアヴェッリは「フィレンツェ史」に冷徹にそう記した。わたしは制服に身を固め、精励に職務を遂行し続けた。異常も日々過ごすと、やがて日常となる。環境に順応し生き延びようとする人間の能力は、命をつなぐかわりにときに精神を深い場所で破壊する。その破壊からおそらくわたし自身も逃れることはできなかったはずだ。おそらく、とわたしはまるで他人事のように書いている。深い場所で起こっている崩落は自分にはよく見えない。人は無意識のうちに自分の中の瓦礫から目をそらし、気づかぬようにやりすごす。おそらく、それが生き延びる道だからだ。

小規模な会社を経営する証券仲買業者が別荘として所有していたロワールのヴィラを襲ったのは三月の始め、まだ森の中にはところどころ雪が残っている寒い朝だった。パリの画商の密告によってその仲買人が一九二〇年代初期にレンブラント派の絵画数点とフランソワ・ブーシェ下絵の連作タピスリーを購入したことがわかっていた。画商の話によると代々の当主のコレクションも量はささやかながら良質なものだということだったが、詳しい内容は不明だった。

世界に散在する個人蔵の作品の全容を把握するのは困難だ。来歴の追跡には限界がある。クリスティーズ、サザビーズのような公開オークションハウスが設立されたのも十八世紀半ばであり、それ以前にさかのぼるのは古文書の捜索の世界になる。史料が残っている場合はまだ追跡、推理の余地はあるが、画商や持ち主が資産隠しのため意図的に領収記録を残さない取引もあるため、世に知られぬまま秘蔵されている作品も多い。だが、本来美術品とはそういうものなのだ。美術館のために作品が生み出されるわけではないことを多くの現代人は忘れている。

持ち主のM氏一家はユダヤ人捕縛の網を逃れるため、わが軍の進駐直前にパリを離れ、カナダに避難していた。外地で不穏なうわさを聞いて対応しようとしても、わが軍のパリ進駐後、港や空港の水際は厳重に管理されたため、特殊な裏ルートを使わない限り美術品の国外持ち出しは不可能だった。この別荘に何が残されたかははっきりとは追跡できていなかった。メルセデス二台と、運搬用トラック二台に分乗して夜明け前にパリを出発し、三時間ほどで村に着いた。深夜の移動は、そのころすでに激しさを増していたレジスタンスの襲撃を警戒してのことだ。

ロワール渓谷沿いに点在する古城に近い村にその田舎家はあった。フランソワ一世に招かれ、「モナリザ」を抱えてイタリアから渡った高齢のレオナルドが生涯の終わりの三年を過ごしたクロ・リュセ城はそこから遠くない。ルネサンス美術研究者としては見ておくべき場所だったが、わたしは戦前の学芸員時代には機会に恵まれず未見だった。テレーザ、君は憶えているだろうか。よく、わたしが行ってみたいと話していたのを。レオナルド終焉の地はやはり見ておきたかった。そのため、その地域の捜索に自ら志願して手を挙げたのだ。

レオナルドもまた他のルネサンス芸術家と同様に、知識と能力を時の権力者に売ることで生きてきた。自ら開発した軍事技術をミラノ公に売り込む就職依頼の有名な手紙史料を今も読みかえすことがある。短命のラッファエッロはその苦しみを免れたが、レオナルド、ボッティチェッリ、ミケランジェロは権力の変遷に終生翻弄され続けた。ミケランジェロはメディチ家出身の教皇権力と反メディチの共和国勢力の間に引き裂かれ、次々と入れ替わる権力者の無茶な注文の責務と共和派同志に対する裏切りの負い目を抱えながら苦悩に満ちた後半生を送った。ボッティチェッリは権力が一八〇度変転する中で画風を一変させ、自らを見失い、沈黙し、やがて筆を折った。真偽は定かではないが、ヴァザーリの伝記によると、筆を折ったボッティチェッリは晩年歩くこともままならず、孤独と老いと貧窮の中に死んだと伝えられている。深夜の国道を走る車の後部座席で、冬の終わりの暗闇を見つめながらわたしはルネサンス期の芸術家たちの生涯をひとり反芻し続けた。

同じ地域の複数のターゲットをチームごとに分担した。ターゲットが小さかったため、学芸員一人で一チームを担当し、わたしは六名の兵士を指揮した。朝焼けの終わる頃ロワールに到着した。朝日に残雪が輝き、春の訪れを歌う小鳥の声が森に響いていた。埃っぽいパリとは別世界だった。みずみずしい清冽な空気をわたしは胸いっぱいに吸い込んだ。

十七世紀に建てられた豪農の邸宅を改装したヴィラに踏み込んだ時、管理人の農民夫妻はまだパジャマ姿だった。彼らから見れば親衛隊風の長いコートを着たわたしは突然現れた悪魔にしか見えなかっただろう。小柄な初老の管理人は震える手で鍵束を鳴らしながらつぎつぎと部屋のドアを開けて行った。天井の高い広壮な食堂、居間、書斎の家具には白いシーツが掛けられ、長い間使った形跡が無かった。ブーシェのタピスリーはそのまままつるされた状態で確認できたが絵画は外され、壁に留め具がそのまま残されていた。広い居間の壁に白く残った跡を顎で示して管理人を振り返った。

「どこに仕舞った？」

管理人は黙ってわたしの顔を見つめて小さく首を横に振った。わたしはうなずいて、腰からルガーを抜き、管理人の顔を見たまま黙って壁の掛け跡に向かって無造作に一発撃った。漆喰がばらばらと床に散乱した。

「どこに仕舞った？」

再びわたしはフランス語で静かにたずねた。

収奪の当事者となることによって美への感覚は動物的なまでに鋭敏になる。奪うことは愛に似ている。知識の鎧を捨て、気取った手袋を脱ぎ、絵そのものと生身で相対する必要があるのだ。全身を神経にして変化を察知しようとする狩人や恋人の感覚をわたしは収奪者になることによって獲得していた。そして、初めて手にしたその感覚に震えるような陶酔を感じていたのである。絵そのものに向き合う時間より、一次史料や伝記的事実を調べる時間の方が長い研究者とは別の自分がいた。

案内された地下室にシーツにくるまれて置かれていたレンブラント派は精巧な複製だった。レンブラント工房は大量生産が特徴で工房作とされる作品は多い。本人の真筆と工房作、弟子たちの作品の判別は難しい場合も少なくない。だがそれ以上に需要に応じて制作された複製も多いのだ。収奪者としての動物的感覚が告げる結論は、恋人たちが互いの気持ちを察知する愛の速度と同じ速さと正確さを持っている。見た瞬間にわかった。だが、絵の表より先にフレームやカンヴァスの裏側に記載された歴代の所有者の書き込んだ記録を調べようとする学芸員の習性として、すぐに絵の裏にしゃがみこんだ。十七世紀にレンブラントの弟子たちによって描かれたものであれば、それなりの来歴の痕跡が積み重なっているはずである。今回、ＥＲＲによってヨーロッパ中の名だたるオールドマスター作品の裏側にナチスの鉤十字の刻印が追加されたことを、未来の学芸員たちは確認することだろう。複製の裏は綺麗なものだった。匂いを嗅ぐと、かすかにエイジング処理のために煙でいぶした薫香が残っていた。一見、真作との判別は難しいほどよくできた複製だった。見事な額装が作品のそれらしさを実際以上に高めていた。

「放置文化財だ。管理不行き届きゆえ、当局が保護、管理する」

わたしは管理人にいつもの決まり文句を言い渡した。部下には複製であるという真実は告げず、地下室に保管されていた作品を兵士にすべて運ばせた。複製とはいえ、党幹部たちの北方バロック趣味を満たす十分な品質を備えたものだった。書斎の古書、居間や食堂の古典家具、調度品もねこそぎ没収し、トラックに積ませた。

書斎は壁一面造り付けの書棚になっていた。兵士に古書を運ばせ終わった後、ひとりでからっぽになった書棚の奥を確認していたとき、出窓の向こうの林の中にぽつんと納屋らしきものが見えた。明るい瓦葺の屋根には苔が生え、外壁の一部が剝がれている。かつては農機具を置いた古い道具小屋だと思われた。ふと気になり、管理人の老人を呼び、無駄とは思いつつ念のため鍵を開けさせた。

兵士を一人外に立たせ、一人で中に入った。念のため、腰のルガーを抜き、耳もとに構えた。中は車が数台置けるガレージとして使えるほど広かった。中央に数世紀前のものと思われる傷だらけの農家風の頑丈な長テーブルが置かれ、錆びた農機具、大工道具、すり減った馬蹄、木製の樽、飼葉桶が積み上がっていた。壁際に外された戸板が何枚も立てかけてある。ブリューゲル親子が十六世紀に描いた農民風俗画の世界がそのまま保存されたような土臭い空間だった。一歩進むたびに蜘蛛の巣がからまり、粉埃が舞った。ハンカチを鼻に当てた。長い間人が入った形跡がない。現在の持ち主がこの農家を購入してから一度も使うことなくそのまま放置していたと思われた。灰色の綿のような埃の積もった中の物は百年以上動かされたことがないように見えた。

やはり見るべきものはない、と思ったときだった。外された何枚ものドアの戸板の間に一枚だけ黄色く変色したシーツにくるまれたものがあった。戸板より一回りサイズが小さい。上辺には灰色の埃がうずたかく積もっていた。明らかに長く放置されたもので、最近慌てて隠したものではない。そのまま無視しようとした。再び出口に戻ったとき、足が止まった。なぜ、自分が奥まで戻り、そのシーツを剝《は》いで中を確かめようと思ったのか。今も、わたしにはわからない。

重なり合う戸板の間からシーツに包まれた板を引き出し、シーツを剝いだ。蠟引きの黄色い厚紙に包まれ、麻紐で縛られている。軍用の折り畳みナイフで紐を切り、紙を裂いた。額装なしの板絵が出てきた。壁に立てかけた。

埃の舞う薄暗がりのなかに絵とわたしだけが向かい合っていた。

どれほどの時間が経っていたのだろう。納屋の入り口から声が聞こえた。管理人が外でしびれを切らしてたずねた。

「だんな、どうかなさいましたか」

「何でもない」

首だけで振り向き、大声で応えた。蠟引きの紙とシーツを掛けなおして入り口に大股で戻った。

「鍵をかけろ」

老人に命じた。

「運び出す物はない。捜索終了だ」

マウザーのサブマシンガンを肩から下げた兵士に告げた。兵士は荷造りを手伝うためにトラックに戻っていった。わたしはひとり納屋の前に残り、しばらくの間、壁に背を預けて林を渡る早春の小鳥の声を聞いた。紙巻き煙草に火をつけた。

衝撃が膝を震わせるのに耐えながら、これからどうすべきか必死に考えていた。

わたしが予期せぬ出会いを果たしたのは、ボッティチェッリの未発見の作品だった。

見た瞬間に真筆であることはわかった。直感は分析検証を超える。わたしはひそかにそう信じている。誰もがそのことをわかりながら、自分の学術的立場が危うくなることを恐れてそれを告白しないだけだ。

絵は裸身のヴィーナスの立像だった。

十五世紀末フィレンツェのルネサンス最盛期にサンドロ・ボッティチェッリ、本名アレッサンドロ・フィリペーピが残した裸身のヴィーナス像は、代表作とされる「ヴィーナスの誕生」以外に、工房作ないしは習作とされる縦長の画布を用いた黒一色の背景のなかに立像だけが浮かび上がる二点、計三点の現存が確認されている。納屋で眠っていたものは、それらと同じウェヌス・プディカ「恥じらいのヴィーナス」のポーズをとっていた。だが、現存作品のどれとも異なっていた。

ヴィーナスは薄暗い森のなか、泉の前に立っていた。泉は明るく澄みきり、足もとには無数の草花が咲いている。テンペラ絵具はほとんど劣化が無く、目立った損傷はない。存在さえ知られていなかったまさに新たに発掘された幻の作品だった。

そして、傑作だった。

通常このように発見される作品はほぼ百パーセント贋作、模倣者の作である。わたしはルネサンス美術研究者として、長年、模倣作、工房作も含めて現存するボッティチェッリ作品をすべての年代にわたって可能な限り実見し、詳しく調べてきた。残された作品は多くはない。数えきれない戦乱、略奪のなかでどれだけの作品が失われたかははっきりしない。だが、生き残ったすべてを見た目から見て、一四八〇年代半ば、作者が創造力の絶頂を示した三十代後半の真筆であることは間違いなかった。

納屋の薄闇がわたしを五百年前のフィレンツェに連れ戻した。この絵はどのような旅を経て、この納屋に放置されていたのか。同時代のレオナルドやラッファエッロ、ミケランジェロらが美の規範として現在まで称揚され続けてきたのに対して、ボッティチェッリは死後、急速に忘れ去られた。十九世紀半ば、英国のロセッティらプレ・ラファエリテ兄弟団の画家たちによって再発見、再評価されるまで四百年間歴史の霧の中に消え、誰も思い出す者はいなかった。この絵がその長い忘却のなかに埋もれていたとしても不思議はない。

五百年前の画家を現代の絵画市場を前提とした芸術家と同じに見ることはできない。彼らは皆、芸術家であるまえに職人だった。注文に応じて、顔の見える注文主の求める主題と用途に合わせて納品物を制作する職人だったことを現代のわたしたちは忘れがちだ。絵画に対する注文は家具調度品や内装品の注文と大きな違いはなかった。現存するボッティチェッリの作品のすべては個人か共同体の注文によって制作納品された「納品物」なのだ。

だが、これは違った。

これは第三者から注文されて描いた納品物ではない。作家個人が自分のために描いた作品だった。直感がそうささやいていた。むろん論証はできない。レオナルドの「モナリザ」がそうであるように、画家個人が自分のために描き、手元に置き続けた個人的な作品。これまで一度も世間の目に触れることなく五百年の時を眠り続けた理由はそれ以外に考えられなかった。わたしは自分の直感を信じた。

時間の制限を設けず手を入れ続けたことが画面の密度から伝わってくる。隙の無い繊細優美な仕上げの緻密さのなかに、個人的な作品にしかない、飾らず溢れ出るものがあった。現実を超えた理想化された世界でありながら、どこか親密さが漂っていた。

わたしは絵の前に立ち尽くした。身動きができなくなっていた。

テレーザ、わたしは自分がこの絵に魅入られた理由を君にうまく説明する自信はない。だが、そもそも人が何かに魅了されるのに理由が必要なのだろうか。理由が説明できるようなものに人は魅了されたりはしない。理由が答えられるとすれば、それは絵を形作っている要素を計量した結果を報告しているにすぎない。だが、魅惑は計量できないのだ。

泉のほとり、足もとに萌え出た無数の草花が精密に描かれている。裸足の足で濡れた草を踏みしめ、まぶしいほど官能的な輝きを放つ裸身が立っている。だが、ヴィーナスの裸身を見た瞬間、雷光のようにわたしの胸を貫いたのは官能の愉悦ではなかった。

ヴィーナスの幼いと言ってもよいほど若々しい裸身が視界に飛び込んできたとたん、わたしは鋭い痛覚を伴った感覚に射抜かれていた。

美と痛みは同じ速度で人を襲う。

銃弾に胸を貫かれた瞬間の人のように、しばらくその痛覚の意味が分からないまま、わたしは絵の放つ美しさに放心した。

痛みが次第に輪郭をとりはじめた。

それは、次の瞬間にはこの美は失われていくのだという予感がもたらす痛覚だった。

生命の頂点の輝きだけが呼び寄せる予感。甘美な美しさにしびれながら、わたしは恐怖にも似た感覚におののいた。

ボッティチェッリの作品を見る者は誰もが祝祭感とメランコリーに同時に襲われる不思議な体験をする。二つの矛盾する要素が一つの画面に共存し、見る者を戸惑わせる。そして、その矛盾こそが、生の秘密を耳元でささやくのだ。わたしはそのささやきの甘美な痛みに震え続けた。

なぜ、自分はこの絵と出会ったのだろう。わたしは納屋の前で続けざまに二本目の紙巻煙草に火をつけ、朝日にきらめく林を見ながら考え続けた。

出会いには二種類の解釈があると、わたしは前に書いた。持続する意思の勝利としての出会いか、可能性の狭まりとしての出会いか。この絵とわたしの出会いは、ルネサンス美術の研究者としての自分の持続する意思に天が応えた恩寵なのだろうか。だが、わたしをこのロワールの農家の納屋に運んできたのは戦争という圧倒的な暴力だ。自分の意思ではない。権力と戦争によって狭められた人生の可能性の隘路に砂が落ちていくようにわたしはこの絵に出会っただけだ。一介の美術史研究者にしかすぎなかったわたしが親衛隊風の軍服に身を包み、兵士を指揮し、拳銃で市民を威嚇し、美術品を強奪している。激しく美を求める史上最悪の権力の求めに応じて。

思えば、ルネサンスの美はその優美な姿とはうらはらに、戦乱のさなかに咲いた花だった。春の花のように一斉に芽吹き咲き誇ったその美の数々は、絶え間ない国家間の戦乱、終わりのない党派間の抗争、血なまぐさいテロ、経済破綻、疫病による大量死の中から生まれた。欲望、嫉妬、猜疑、憎悪、権謀が生む暴力のなかから生まれたのだ。そう考えると、戦乱の極みのなかでわたしとこの絵が出会ったことは、ある意味、最もありうべき出会いだったのかもしれない。

そのとき、わたしはふいに思い出した。

ヒトラーがムッソリーニの案内でウフィッツィ美術館を案内された際、ボッティチェッリの部屋に最も長くとどまり出てこなかったと聞いたことを。現代都市文化を退廃として攻撃し、ゲルマンの土着的な農業労働倫理を健全な正当美学として奉じたあの男が、一人の人間に帰ったとき、ひそかに最も愛したのは十五世紀フィレンツェの洗練された都市文化の精華とも言えるこの作家だった。

手渡すわけにはいかない。

あの男にこの作品を、絶対に手渡すわけにはいかない。

埋もれた傑作の発見にしびれたようになりながら、わたしが反射的に考えたのはそのことだった。はたして、それは歴史的傑作を独裁者の恣意から守ろうとする美術史家としての使命感だったのだろうか。

告白しなければならない。ヴィーナスは、そのときわたしを盲目的な略奪者に変えた。強烈な感情がわたしを襲った。失いたくない。奪われたくない。永遠に自分の手元に置きたい、と。それは、学術的な立場から重要作品を保護するという理性的な判断ではなかった。わたし自身がこの絵を独占したいという所有への渇くような個人的欲望だった。

テレーザ。わたしは長々と誰に言い訳をしているのだろう。自分が人類の遺産とも言える絵画を個人的に横領した顚末を伝えようとして、何の罪から逃れようとしているのだろうか。

大量の没収品を摘んだトラックとともに日帰りでパリに戻った。翌日、一日の休暇を申請し、その足で自らハンドルを握ってロワールに車を走らせた。管理人に再び納屋を開けさせ、作品を捕獲した。奪った後、この作品をどうするという目途もないまま「保護」した。

底知れぬ資産価値を秘める絵画史的作品に、「盗品」という罪の履歴を負わせることになるのはわかっていた。盗難された絵は生きる場所を失う。寄贈もできなければ売却もできなくなる。美術館もまともな画商も係争を恐れ、ドアを閉じる。いつの日か作品を持ち主に返還しようとしても、ナチスの絵画強奪の実行部隊としてのおのれの過去を公にすることになる。通報され戦犯として裁かれることは避けられない。なによりも、党の命令という言い訳ができない罪を犯すことで、自分自身も一人の人間として犯罪者の心の負い目を生涯背負い続けることになる。絵画を盗んでも自分が得することは何もないのだ。だが、どうしても自分の手元に置きたかった。

これまで、没収の混乱にまぎれて、私的に絵画を抜き去るERR職員や兵士の姿を幾度も見てきた。横領犯はゲーリングだけではない。首領の性向は下僚に伝播する。それらの作品は正規の没収品リストに載ることなく消えて行った。疑心暗鬼と嫉妬の視線が飛び交った。作品を争っての私闘、レジスタンスの襲撃を装った口封じのための暗殺と思われるケースも漏れ伝わってきた。わたしは関わりを恐れ、見て見ぬふりをしてきた。だが、気がつけば、いまわたしがその当事者となっている。いずれ、わずかな隙間から情報は漏れ、欲に憑かれた横領者たちの間の相互監視と嫉妬と私闘の闇をわたしもまぬかれることはできないだろう。

特殊な方法で国境を越え、中身を明かさず、ただの荷物として梱包ごとスイスの画商に保管を頼んだ。移送と通関の方法は詳しくは書けない。スイス画商たちとの関係は以前から密接だった。ＥＲＲ、つまりローゼンベルク機関は略奪した美術品のなかで党の価値観から見て無価値とされた作品をスイスの画商を通じてひそかに国際市場に売却し利益を得てきた。画商たちは印象派、ポスト印象派、フォーブ、表現主義の佳作をＥＲＲから破格の安価で仕入れ、莫大な利益を上げた。その量は膨大なものになる。ＥＲＲがスイスへ作品を運搬する際、外交特権を利用し、通関を回避した。わたしはＥＲＲ主要メンバーとして、常時、外交特権パスを所持していた。テレーザ、戦争が始まったころ、山荘に身を寄せた君たちにときおり会いに行けたのもそのパスのおかげだったのだ。

中立国の立場を取っていたスイスには、戦中、英米の情報機関が多数のエージェントを送り込んで情報収集を行っていた。ＥＲＲのフランスでの没収活動、絵画売却も英米側にかなりの程度把握されていると画商たちから聞いている。わたしの名前と役割と行動履歴も情報機関に把握されているかもしれない。これから米軍に投降し、どれほど協力姿勢をとろうと訴追、受刑を逃れるのは難しいだろう。運悪く、帰れなかったとき、わたしの残すすべての荷物が梱包のまま画商から君たちに託されるよう手はずは整えてある。この作品の素性どころか、存在自体も画商には明かしていない。英米軍にも把握されていない。ただ、荷物だけを受け取って欲しい。罪の重荷を君たちに残すだけなのかもしれない。君たちを苦しめるだけかもしれない。だが、いずれ時間が解決の道を開き、人類の遺産ともいうべき芸術をあるべき場所へ導くと信じている。真の美は決して滅びることなく、その磁力でときどきの保護者を引き寄せながら生き延び、どんなに時間がかかってもいつかふさわしい場所を見つけるだろう。

時間は美の真の守り神だ。

時間の研磨は一時的な流行や大衆の無理解や権力の横暴を洗い流し、ほんとうの価値だけを残していく。わたしが戻らなかった時には、その導きの日まで、どうかわたしの代わりにあの絵を守り続けてほしい。

人類の遺産。

また、わたしは美辞麗句で自己弁護し、言い訳をしている。

ヴィーナスを奪うとき、男はそんなことは考えもしない。男たちは波にさらわれ、魂を奪われ、ただ奪うのだ。歓喜と等量の絶望をひとくくりにまとめ、脇に抱きかかえるようにして。行くあてなど、この世のどこにもないことも忘れて。

ボッティチェッリのこのヴィーナスは五百年の旅を経てわたしのもとにある。あのまま、永遠にロワールの農家の納屋に眠り続けるか、わたしのような罪人に奪われ連れ去られるか、どちらがあのヴィーナスにとってよかったのか。今もわたしには答えることができない。

時代は突然、劇的に変わる。

これまで当たり前だと思っていたことが、瞬く間に失われてしまう。唐突にすべてが正反対に動き出し、一瞬でこれまでの世界を壊してしまうのだ。栄光の頂点にいたロレンツォ・イル・マニーフィコ・デ・メディチの庇護の下、ボッティチェッリはヴィーナスを描いた。その十年後、メディチ家はフィレンツェを追放された。ヒトラーは地方の弱小極右団体のリーダーとして半年にわたって投獄された。その後、十年を待たずして、国政選挙で圧勝し政権を奪っている。五年前まで、ひっそりと地方美術館の学芸員を務めていたわたしは、史上最大の略奪集団の幹部としていまバイエルン王の古城に残っている。

この先、どんなことが起こるのか。それは誰にもわからない。

だが、わたしは希望を捨ててはいない。時代は突然劇的に変わるからこそ、絶望もあれば希望もあるのだ。

テレーザ。きっとわたしたちはまた会える。もっともっと君に話したいことが山ほどある。話したいことがあり、どうしても伝えたい人がいる。それがどれほど虚無と死の誘惑から人を救い出すか。わたしは今、初めて深く理解したような気がしている。

愛している。

愛をこめて。
テレーザへ
エルンストより。

17

二〇一X年　一二月六日　瀬戸内

輪郭のない世界から冷たい芯を抱き込んだ風が吹き付けてくる。

夜が明けてまもない早朝の冬の浜辺は鉛色に沈んでいた。

暗く厚い雲に覆われた空と濃い霧の漂う海面の境界線は溶け合い、薄墨を垂らしこんだような混沌が視界全体に広がっている。天空に住む絵師が天地を描き疲れ、墨のついた筆先を洗ったまま置き忘れたバケツの水の底にいるみたいだ。タカオは巨人の絵師の幻影が頭上を通り過ぎるのを感じながら、かぶっていたパーカのフードを外し、世界の始まりの風景を見るように無人のビーチを見渡した。

白い砂の帯が弧を描いて鉛色の世界を切り取っている。足元の白砂を手に取った。砂は細かく砕かれた透明感のある花崗岩と大量の白い貝殻やサンゴの粉砕物でできていた。気が遠くなるほどの年月をかけて洗い清められ続けた生物の死骸の破片だった。潮が引くと清らかな墓場のなかから丸々と肥えた貝が姿を現す。

タカオは手についた砂を払って立ち上がった。沖に船影を探す。目を細めて見つめても、とらえどころのない鉛色の世界が広がるだけで、しみ一つ見えなかった。スマートフォンの時計を確かめる。約束の時間まで、まだ三十分あった。半時間も初冬の海風に吹かれて海を見つめ続けることに意味があるとは思えなかった。だが、車の中で待つ気にはなれなかった。

背中の方で車のドアが開く音が聞こえた。白いミニバンのスライドドアからカサネが降りてきた。ライトグレーのニットキャップと白い薄手のダウンジャケットがよく似合った。カサネは黙ってタカオの隣に立ち、並んで海を見つめた。ニットキャップの裾から出した栗色の細い髪が海風に踊っている。

最初に島に来た日から、五日がたっていた。その間、タカオはいったん東京に戻り、藤沢の研究所に出社した。カサネを祖父の修造氏に預けてひとりで動こうとしたが、倉庫にタカオを起こしに来たカサネは、どうしても一緒に行くとごねて聞かなかった。しかたなく連れて行き、藤沢市内のビジネスホテルに部屋をとって待機させた。一人暮らしの殺風景なアパートには人を泊める寝具の準備も場所のゆとりもなかった。宮崎アニメーションのＤＶＤとチョコレートとコンビニエンスストアの弁当を与えてなんとかしのいだ。妻に逃げられて途方に暮れた父娘のように、三日の間、国道沿いのファミリーレストランでひっそりと海老フライやハンバーグステーキの夕食を取った。カサネは相変わらず、見とれるほど行儀よくナイフとフォークを使った。

藤沢の研究所に戻ったその日に、自分が属する部門の売却交渉のスクープ報道がネット上に広がった。

派手な尾ひれのついた噂が社内を駆け廻っていた。しかし、タカオにできることは何もなかった。ベルリンに出張中のはずのタカオの姿に関心を持つ余裕のある者はいなかった。崩壊は黙示録的な叫喚に包まれるというのは劇的な空想にすぎない。オフィスは異様な静けさに包まれていた。無断で欠勤したまま行方不明の若い社員の席が歯の抜けたあとのように増えていた。統制が効かなくなり始めていた。傷ついた大型の渡り鳥が海を渡りながら羽根を落していくように、いつのまにか部品が脱落していくのだ。

シンガポールのヘッドハンティングエージェントのチャンから、ネット報道とほぼ同時に連絡が入り、横浜の大型ホテルのロビーラウンジで再び会った。ずっと日本にいて、つぎつぎと出現する新しい草刈り場で奔走していたらしい。チャンは同じ隙のないスーツを着て、同じ説得を繰り返した。黙って話を聞き、何も決まらないまま、再会を約しつつ握手して別れた。藤沢の研究所に戻り、想定していた作業を終えると、タカオは取引先の四日市の半導体メーカーとの打ち合わせと称して、再び島に戻った。

その間、最も頻繁に連絡しあったのは、上司の鶴岡でもなく、チャンでもなく、クアトロ・キャピタルマネージメントの葛西だった。

電話で絵画の発見を告げたとき、葛西は快哉を叫ぶことはなかった。一瞬の間を置いた後、訃報を聞いたときのような沈痛な声でタカオの努力を讃え、謝意を示した。空気中の塵を沈下させるような緩慢で平坦な口調だった。その声からは物柔らかな社交的響きは消え、冷徹さをおのれに課そうとする職業的交渉者の態度に切り替わっていた。真に生死をかけた戦いは、怒号ではなく静けさと緩慢さを引き寄せる。タカオも声をひそめ、交渉の言葉を慎重に選んだ。

何十回という細かいやり取りのあと、最終的にカオルの実家のある瀬戸内の島のビーチで取引することに決着した。かつて、世界の浜辺では、バケツ一杯の胡椒や砂糖と奴隷一人が物々交換されたという。電子空間ですべての決済が行われようとするこの世界で、法をすり抜ける高度な錬金術を誇る闇ファイナンスの専門集団が、モノと人質の交換という最も原始的な交換経済に戻るほかなかったのは皮肉な話だった。

多くの人間を振り回しながら、その絵は瀬戸内の小島で静かに眠っていた。

五百年前のテーブルの天板の裏にその板絵は格納されていた。

ルツェルンの川辺のカフェでカサネの証言を聞いたとき、タカオはにわかには信じられなかった。フランツ一家が鎌倉の借家にいたころ、何度も食事に招かれ、そのテーブルに醬油をたらし、水やワインのグラスを倒して水浸しにした記憶があった。自分は何も知らずに、五百年前のルネサンス期の名画の上で飲み食いしていたことになる。それどころか、フランツやカオルは毎日朝晩、そこで日々の食事を取り、その絵と暮らしていたのだ。

テーブルの天板の厚さは、現代のテーブルの倍近くはある武骨なものだった。腰板で周囲を覆われ、厚みはさらに増して見える。テーブルの裏は、天板と同じ深い色の塗料で経年偽装された薄い板で全面が覆われ、保護されていた。継ぎ目の上まで擬古塗料で埋められているため、外からはその下に絵画が格納されていることはまずわからない。透視スキャナーでテーブルの天板より一回り小さい段差が内部にあることを確認していなければ、保護板の存在に気づくことはなかっただろう。

十五世紀当時、絵は地塗り処理された板に描かれていた。葛西の話によると、帆布が豊富に入手できた海洋国ヴェネツィアを中心に亜麻の画布も使われ始めていたが、ルネサンス盛期になってもまだ多くは、何年も乾燥させたポプラなどの板を複数つなぎ合わせたものに石膏と膠の下地を薄く塗り、テンペラ絵具で描く板絵が主流だったという。テーブルの天板の裏に張り合わせるように隠されていた絵は、まさにその板絵だった。

夜更け、ひとり倉庫の床に寝転び、テーブルの裏の板を外した。外すだけで半時間以上かかった。保護板はその存在を消すように精密に加工されていたため、外す端緒をなかなか見つけられなかった。カサネは日本を離れる直前、瀬戸内の母の実家の庭でひとり遊ぶうちに、父フランツが倉庫にいったん運び込んだテーブルの下に潜り込んで絵を取り出している姿を見かけ、声を掛けたのだという。祖父、祖母は農作業に出はらい、母は外出で一日中不在だった。父は寝転がった姿勢のまま固まっていたが、すぐに笑顔に変わり、幼い娘に絵を見せた。フランツは二人だけのだんまりごっこのゲームだと説明して大人になるまで口外を禁じた。

板絵は薄い半透明の紙にくるまれていた。周囲を薄い木材のフレームで補強してあるだけで額装はされていない。壁に立てかけ、紙を慎重に外した。

眼を射るように飛び込んできたのは、水辺に立つ裸身の若い女の像だった。

夢見るような視線にとらえどころはなく、その顔に表情は読み取れない。だが、冷たい無表情ではなかった。そこに現れているのは自分を運命にゆだねきった覚悟がもたらす静穏だった。裸身が伝えてくるものも官能ではなかった。ただ相手を信じ、心を許した人間だけが放つやすらぎだった。絵には、どこか透明な親密さが漂っていた。

見た瞬間、強い既視感に襲われた。身体の奥でなにかが揺れる感触があった。

揺さぶられたのは既視感ではなく、湖に沈んだまま忘れられた木船のような、記憶の残骸であることにしばらくして気づいた。タカオは全裸の女を水辺に見るような機会をこれまでの人生で持ったことはない。だが、何かが目の前に立ち、その取り替えようのなさにひそかに震えた記憶が暗い水底から浮かび上がるようによみがえった。

それは、いつかフランツと三人で行った中禅寺湖のほとりで、釣り竿を持ったまま後ろから声をかけようと近づいた自分の気配に何気なく振り返ったカオルの姿だったかもしれない。あるいは海水浴場で幼い自分を遊ばせていた若き日の母の、海を背にして手を振るシルエットだったかもしれない。あるいは、ほんの数日前、ルツェルンの湖の水辺に立ち、自分を無心に見上げたカサネの瞳であったかもしれない。ありふれた何気ない一瞬。その刹那、酔うような幸福感で全身を満たし、次の瞬間には永遠に失われていったもの。この絵が呼び覚ますのはそれらすべての記憶だった。

葛西たちの調べでは、イタリアルネサンス絵画の巨匠サンドロ・ボッティチェッリによる未発見絵画であるという。巨額のマネーがこの絵を求めてうごめき続けたのは素人のタカオでも理解できた。たぶんそれは、巨匠のネームバリューだけが理由ではない。人がある時を生き、それぞれの記憶を紡いでいく限り、これからも、人々の保有への欲望と妄執をかき立て続けるのはまちがいないと思われた。

フランツの祖父であるエルンスト・ファウスト氏はどのような経緯でこの絵を手に入れたのか。

手放すことなく、誰にも見せず、手元に秘匿し続けたのは、取得にまつわるなにか不都合な事情を隠すためだけではなかったにちがいない。絵画の持つ強い磁力がエルンスト氏を縛り付けたはずだ。おそらくは引き継いだフランツもこの磁力から自由ではなかった。絵を表に出せない不都合な事情と悪党たちの追求はフランツにとって重荷でしかなかっただろう。だが、絵の磁力はフランツにも手放すことを許さなかったのかもしれない。自分自身がすでに磁力のなかにいることを強く感じながら、タカオは倉庫のなかで夜明け近くまで絵と対面し続けた。

風が出てきた。雲が急に暗くなり、平坦な灰色一色だった沖に白い波頭が現れ始めた。ひと気の絶えた初冬の砂浜の上を、雲間からの淡い光と暗い影がまだら模様を描きながら移動していく。タカオとカサネは並んで立ち、冷たい風に吹かれながら暗くなっていく沖を黙って見つめた。

「車のなかにいたほうがいい。風邪ひくよ」

タカオの言葉に、カサネは白いダウンジャケットのファスナーを顎まで上げ、前を見たまま首を横に振った。

タカオはしばらくカサネのどこか透明な横顔を見ていたが、それ以上何も言わず、車の後方に戻りミニバンのテールゲートを開けた。ありきたりの樹脂製の工事用ブルーシートに包まれたふすま板のようなものが荷台に横たわっている。粗末なブルーシートで覆われた中には半透明の薄紙に包まれたあの板絵があった。運搬用の木枠で周囲を補強しただけで、ほとんど無防備ともいえる梱包だった。葛西の指示でそうした。現場での鑑定を速やかに済ますためだという。

荷台の角に固定していた古タイヤを二つ引き出した。一つずつ砂浜を転がして波打ち際とミニバンを止めた場所の中間地点まで運んだ。

次に野外用の木製イーゼルの入ったバッグを引き出した。乾いた白い砂粒が風に運ばれ、足元をせせらぎのように流れていく。タイヤのそばの砂の上に脚を深く突き立ててイーゼルを固定し、組み立てた。ミニバンに戻り、ブルーシートにくるんだ板を肩に担いで運ぶ。姿は大きいが、あっけないほど軽い。画架の上にブルーシートごと板を設置し、細いナイロンロープで固定した。板絵の周囲に取り付けられた木製の補強枠の下端の両角と古タイヤをワイヤーで結び、ナンバーロックで施錠した。

五百年以上前、ルネサンス最盛期にフィレンツェで描かれた絵画が、工事用のブルーシートの衣装をまとい、冬の瀬戸内の浜辺で潮風に吹かれていた。鶏卵を溶剤とするテンペラ絵具は油絵具よりも堅牢で経年劣化に耐える。とはいえ、強い潮風が五百歳を超える顔料にとって過酷な環境であることにかわりはない。シートの端が音を立てて風に踊っている。おそらくは数えきれない騒乱や戦火の中を生き延びてきたヴィーナスには、砲弾に破られた屋根を覆うブルーシートは、むしろ似合いの衣装と言えるのかもしれなかった。

砂浜に絵を残し、車の前まで戻った。沖に針で突いたような小さな影が浮かんだ。影は次第に大きくなり、急速に浜に近づいてくる。双胴の白い大型クルーザーだった。波打ち際の二〇メートルほど沖に停まった。ボートが下ろされ、人が三人乗り移るのが見えた。船外機付きのゴムボートは船先を難なく浜に乗り上げた。

タカオの立つ場所から波打ち際までは百メートルほどある。緩やかに下る砂浜の波打ち際に立つ人の顔は詳しくは判別できなかった。だが五年ぶりに見るカオルの姿は遠くからもタカオの瞳を貫いた。人の記憶は顔かたちよりも、なにげない仕草や立ち方といった身体の動かし方が強いよすがとなる。波打ち際の女の、かすかに首を傾けたどこか体重を感じさせない立ち方はまぎれもなくカオルのものだった。ベージュ色のトレンチコートを着て、昨日会ったばかりの人のようにカオルは立っていた。

パーカのポケットの中のスマートフォンが震えた。

「葛西でございます。お約束の時間どおりにまいりました。間違いございませんでしたでしょうか」

耳元で葛西の声が響いた。遠目に見る葛西は例によって、ありふれた中年の勤め人を演じているかのようなダークグレースーツに灰色のステンカラーコート姿だった。

「早瀬です。電波時計のように正確ですね」

「お取引の基本でございますから」

熱を消し去った滑らかな口調で葛西は答えた。

「物件は打合せどおり、丁度中間地点に置いてあります。見えますね」

「確かに」

「早く終わらせましょう。人が来ないうちに」

タカオは促した。

「承知いたしました」

葛西の隣にいた小柄な男が一人で砂浜を駆けのぼって来る。黒縁の眼鏡をかけた知的な風貌のヨーロッパ系の若い男だった。画架のブルーシートと薄紙を手早く外した。絵の全貌が現れた瞬間、身体の動きが止まった。放心したように十秒ほど絵を見上げたまま立っていたが、すぐにルーペを手に画面に顔を近づけ、表層を点検した。裏に回り、表以上に時間をかけて点検する。表情一つ動かさず、再びブルーシートで板絵を覆った。ワイヤレスの通話型イヤフォンを耳にさしている。その場でマイクに向かって何度か口を動かし、そのまま波打ち際に小走りに戻っていった。

「失礼とは存じましたが、鑑定員に物件の真贋を確認させていただきました。炭素年代測定をするまでもないとのことです。ありがとうございました。長年追い求めてきた噂が幻ではなかったことが今日、はっきりいたしました。ハヤセさまのご助力に深く感謝いたします」

スマートフォンから再び淡々とした声が聞こえた。

「脅迫者に礼を言われる理由は思いつかないですね」

互いに目視できる距離を挟んで二人はしばらくにらみあった。

「もういいですね」

タカオは言った。

「よろしゅうございます」

クルマの中で待つようにカサネに言った。カサネは砂浜にぽつんと置かれた絵と遠い母親の姿を見つめたまま返事をしなかった。

カサネを車の傍に置いたままタカオは絵に向かって歩き出した。葛西とカオルが二人だけで砂浜をゆっくりとした足取りでのぼって来る。葛西は約束した口止め料の現金を入れているらしい大きなボストンバッグを抱えている。旅行中の仲の良い中年夫婦のように腕を組んでいた。

互いに中間地点の絵の場所まで歩み寄り、絵に結びつけた古タイヤのワイヤロックを外し、絵と人質と現金を交換する手はずになっている。古い時代のフランスのギャング映画のパロディのように滑稽な風景だった。原始的な物々交換だが、他に取引履歴の残らない方法はない。太古の時代から繰り返されてきた人類の風景を自分たちもまた演じているにすぎない。そう自分に言い聞かせながらタカオは一歩一歩白砂を踏みしめていった。

強い風が吹いてきた。乾いた砂浜全体が動き、姿を変えていく。十メートルほど歩いた時だった。

脇をすり抜けるように小さな風が追い抜いていった。風は子供の姿をしていた。足音もなく、砂浜を駆け抜けていく。白いダウンジャケットの背中が白砂の色と混ざり合い、実体を失った半透明の影に見えた。タカオが止める声を上げる間もなく、少女の形をした白い影は砂浜に立つ絵にぶつかるように飛び込んでいった。強い風が吹いた。

炎が上がった。

絵は一瞬で炎に包まれ、火炎は一気に数メートルの高さまで立ちのぼった。不気味な音を立てて炎は風にうねり、巨大な生き物のように身をよじった。

遠くでベージュのトレンチコートが崩折れるように砂浜に倒れた。

その間も絵は激しく燃え続け、火の粉を灰色の空に舞い上げ続けている。ほんの三十秒ほどの間の出来事だった。

タカオはその場に釘で打ち付けられたように立ち尽くした。何が起こったのか分からなかった。次の瞬間、駆け出した。絡まる足を動かし、空に向けてうねる炎に全力で駆け寄った。吹き付ける風に白砂が舞い上がっている。炎の舌が頬を舐めた。絵には近づけない。炎の中にカサネの姿を探したがどこにも見当たらなかった。砂嵐に埋もれた姿を求め、ちりちりと音をたてて髪が焦げるのを感じながら、這いつくばって周囲の砂を両手で狂ったように掘り返した。指の間から白砂がむなしく落ちていった。

背後で大きな音とともに板絵と画架が崩落した。

タカオは砂にひざまずいたまま、崩れ落ちてもなお燃え続ける残骸を振り返った。ほんの数分前まで板絵がケルトの遺跡のように屹立していた空間に灰色の空が広がっている。

その彼方に葛西の姿があった。ボストンバッグを両腕で胸に抱きかかえ、こちらを見たままじりじりと後ずさっていく。足元にはカオルが倒れたまま砂に顔を伏せていた。葛西は足元に伏せるカオルを一瞥すると、そのまま身体を反転させて波打ち際のボートに駆け戻っていった。鑑定士とボートに飛び乗り、そのままモーター音とともに沖のクルーザーに向けて船首をはねあげるようにして去っていった。

タカオは砂浜を駆け下り、砂にまみれたカオルの肩を抱き上げた。風音とともに舞い上がる砂が二人を包んだ。カオルの眼がうっすらと開いた。視線が合った。無意識の強い抱擁が二人を白砂の嵐から隔離した。カオルは砂に横たわったまま上半身だけを起こし、タカオの胸に顔を埋め固くしがみついた。

「あの子はどこ?」

胸元で声が聞こえた。

「なぜ、あの子がここに?」

カオルの声は、壁越しに聞こえる音のように響いた。

スマートフォンが震えた。

「たいへん残念なことになりました」

葛西だった。沖のクルーザーのデッキに立つ灰色の人影が見えた。舷側のパイプをつかみ、耳に携帯を当ててこちらを見ている。波立つ海面に船体が大きく上下している。

「人類の遺産が目の前で燃え落ちるのを見ることになるとは思いもいたしませんでした。たいへん残念ですが、今回のお取引は未成立と言うことで終了させていただきます。どのようなご判断であのようなことをなさったのか、わたくしには理解できません」

「なにもしていない。こちらもなにが起こったかわからないんだ」

「確かなのは、世界でたった一つのものが永遠に消滅した、という事実です。いずれにせよ、わたくしどもの責任ではないことははっきりさせたうえで、お別れしたいと思います。奥さまは無事にお返しいたしました。ちなみに、この電話番号とメールアドレスは本日中に廃棄されます。今後、こちらからご連絡することもございません。すべて終了です」

通話は切れた。クルーザーが激しく白波を上げて反転し、荒れる暗い海に遠ざかっていった。

「もう、やつらは来ない。ここで待ってて」

抱擁をほどき、タカオは強い風にはばまれながら絵のところに駆け戻った。小さな炎と煙を上げ続ける残骸の周囲を何度もまわりながらカサネの名を叫び続けた。声は風に吹きちぎられた。焼けた死体のようなものはない。車まで駆け上がり中を確認したが、無人だった。振り返ると、立ち上がったカオルが砂浜をよろめくようにのぼってくるのが見えた。ときおり両手を砂浜に着けて砂浜に座り込む。タカオは車を離れ、駆け下った。

「大丈夫か」

カオルの片腕を自分の肩に回し、脇に手を入れて支えた。

「あの子は誰?」

カオルは立ち上る煙を見あげて言った。

「誰なの」

残念ながらカサネだ、と言おうとして口をつぐんだ。タカオは互いの認識に根本的なすれ違いがあることに気づき始めていた。

「誰なの?」

カオルは繰り返した。

「どういうこと？」

「カサネはベルリンにいるわ」

二人は黙って互いの顔を見合わせた。

「あの子はまだ入院してるはずよ。わたしが連れて行かれる前の日に急性肺炎で倒れて、集中治療室に隔離されたの。そのとき、意識は無かったわ。十日やそこらで退院できるはずがない」

タカオはカオルを支えて立ったまま、燃え続ける残骸をしばらく呆然と見つめた。この十日間あまり、共に過ごした少女の姿を思い起こそうとした。その記憶が曖昧にぼやけ、急速に霧の中に消えていくような感覚に腹が震えた。休むことなく打ち寄せ、引いていく波の音が背中を包んだ。

「とにかく、早く車に戻ろう。凍えてしまう。話はそれからだ」

ずり落ちそうなカオルの身体を脇に腕を入れて引き上げた。腕にカオルがしがみつき、うつむいた。

「あなたには知らせないでって言ったのに」

低い声が聞こえた。カオルはうつむいたまま、砂を見つめていた。

タカオは視線を空の暗い雲に向けたまま唇を噛み、黙って首を横に振った。

「ありがとう、来てくれて」

しばらくして再び声が聞こえた。

「行こう」

タカオはカオルを支えながら、ウミガメの上陸のような速度で車の方へ向かった。無人の砂浜が宇宙の果てで降り立った見知らぬ星の風景のように二人を包んでいた。

18

一五一〇年　五月二八日　フィレンツェ

前略　アレッサンドロ・フィリペーピ様

そろそろ、あの絵のことを書かねばなりませんね。

わたくしは、この長いお手紙を綴りながら、思い出す喜びと、それと同じ分量の苦痛を味わいました。幾たび筆をとっては、そのまま何も書かずに置いたことでしょう。負けることなく、最後まで貴方との思い出を書き進めて参りたいと存じます。

貴方がローマからお戻りになった翌年の夏、わたくしは十七歳を迎えようとしていました。嫁入り話が密かに進められていたのですが、わたくしはまったく何も知らされず、ラルガ街のメディチ宮殿とカレッジの別荘の間を往復しながら、ただ言われるままに殿様の暗号文書を翻訳し、別荘中の掃除洗濯を任され、家庭教師の先生方からラテン語と算術のご指導を受ける日々を送っておりました。

貴方は、工房に舞い込む家庭用の小ぶりな聖母子画の注文に忙殺されながら、もう一枚の新たな祝婚画の構想に長い間悩まれておられましたね。発注主のピエルフランチェスコ様に猶予をいただき、定型の量産品は工房のお弟子さんたちに任せつつ、試行錯誤をくりかえされていたようです。素描用の紙綴じを抱えたまま花街に繰り出し、花街一番の美女を買い切って何日も居続け、当座の稼ぎをすべて使い切ったという噂をよく聞いたのもそのころのことでした。

宮殿へのお使いの帰りにオンニサンティ地区のあなたの工房を訪ねると、悩みつかれ、無精髭に覆われたうつろな顔をなさりながらも、貴方はうるさがらずにお迎えくださり、手ずから香草の茶を淹れてふるまってくださいました。アトリエの作業用の高梯子の天辺に鳥がとまるように座ってお茶をいただくわたくしを、お隣に住まわれていたシモネッタ様の幽霊と勘違いしたお弟子さんの一人があわてて逃げ出す一幕もあり、それも今となっては微笑ましい思い出です。

貴方はご自身の三十代を終える時を迎えようとされておりました。ご自身の中になにか節目のようなものを感じておられたのかもしれません。もしかすると、芸術家の直観で、数年後に訪れるフィレンツェの崩壊を漠然と予感されていたのでしょうか。焦りと諦観が混ざったような静かなお顔で、延び延びになっている祝婚画の構想の行き詰まりの悩みをそっと打ち明けられるのでした。

わたくしは面《おもて》には出しませんでしたが、貴方が悩みを隠さず語られる姿に内心驚き、動揺していたのです。そんな姿をわたくしにお見せになることは初めてだったからです。いつも、軽やかな冗談に身を隠し、子供のわたくしをあやしていた貴方はもうそこにはいらっしゃいませんでした。

大丈夫よ、サンドロ。きっと見つかるから。だって、去年あんなにすごい絵を描いたんだもの。わざと明るく、貴方を励ましながら、わたくしはいつの間にか何かが変わってしまったことを感じておったのでございます。貴方は静かに微笑んで、ありがとう、とおっしゃいました。消えていく響きに耳を澄ますような、いつものあの目でわたくしを見つめながら。わたくしが知らなかっただけで、貴方は殿様からわたくしの縁談をすでにお聞きになり、独り立ちしていくひとりの大人として、近々去りゆくものとしてわたくしを見ていた、ただ、それだけのことだったのかもしれません。

政庁の御用を勤める市内一の材木問屋の若旦那との縁組が正式に決まったのは、その夏の始めのことでした。あらためて殿様の銀行に代々お勤めの方の家に形ばかりの養子縁組を行い、わたくしの身分を変え、たっぷりの持参金を持たせ、すべての話を整えたのは殿様でした。鉄に次いで木材は重要な軍事物資でした。世の結婚というものはすべてそういうものですが、わたくしの結婚もメディチ家の重要な政略のひとつだったのです。

殿様は、一番良い嫁入り先を選んだから安心しろと言って縁談を告げられました。これからもお前と仕事をすることになる。お別れというわけではない。いずれおまえがその家の商売を取り仕切ることになるだろう。めでたい、じつにめでたい。そう言って殿様はほがらかに笑われたのを思い出します。しかし、そのころから、殿様のご健康はだんだんに損なわれていき、数年ののちにはもうなかなかお会いすることもかなわなくなっていったのでした。

嫁入りの日取りは駆け足で決まり、その年の秋になりました。縁談が決まっても、わたくしは普段どおりの掃除洗濯を続け、暗号の翻訳をお手伝いする日々を送っておりました。変化のない日々は、かえって大きな変化の予感に満ちています。予感のなかでは、一瞬一瞬が特別な輝きを帯びて目に飛び込んでまいります。今もその当時のことがそこだけくっきりと切り取られたようによみがえってくるのです。

そんな夏のある日、貴方が馬に乗ってふらりとカレッジに立ち寄られました。

その日、貴方はお髭も綺麗に剃り、髪も短めに整え、夏らしいさっぱりとした風情で現れ、以前と何も変わらぬ軽やかな笑顔でわたくしに声を掛けてくださいました。ちょうどわたくしは厩舎の馬の水飲み桶の水を取り換えているところでした。

「こいつにも水を飲ませてやってくれるかな」

ご自分の乗ってきた馬を引いて、わたくしの傍にお立ちになりました。まだ、ピエルフランチェスコ様の第二の祝婚画のことはぜんぜん解決していないのだな、とわたくしは思いました。貴方の笑顔の下のぼんやりした影がそのことを語っていました。

「別に用はないんだ。気分転換に、すこし森の方へ遠乗りをしようと思って」

「そう。でも、今日はとても暑いから気をつけなきゃ」

「昔、若い頃、まだ十七、八だったロレンツォ殿らとよく一緒に森の泉のところまで遠乗りして遊んだもんだ」

貴方は厩舎に並んだ殿様ご自慢の馬を眺めながら、ひとりごとのようにつぶやかれました。しばらくして、ふと思いついたようにわたくしの方を振り向くと、こうおっしゃったのです。

「よかったら、これから一緒に森の方まで行かないか。清水を汲みに」

貴方はわたくしの返事を待たずに屋敷に駆け込んでいかれました。別荘の支配人のコレッツィオーニさんに断わりをいれて駆け戻ってこられると、三頭いる厩舎の馬の首を順番になでながら「二時間のお許しをいただいた。どの馬かな、君のなじみは」と言って、楽しそうに笑い声をたてられました。

わたくしの嫁入り話はいっさい口に出されませんでした。しかし、貴方は、そんなやりかたでさりげなくわたくしにお別れを告げに来られていたのかもしれません。わたくしも殿様の馬の中から一番わたくしになついていた一頭をお借りしてヴィッラを出ました。陽の照りつける真夏の田舎道を、並んで馬を歩ませながら、貴方はいつになく昔の思い出話をされました。その多くは滑稽な失敗やいたずらの話でしたが、わたくしと共通の思い出でもあるさまざまな小さな出来事の話でわたくしを笑わせるのでした。

錠を外し、木の柵を開けて森を通る道に入ると、飛び交う小鳥の声に包まれました。薄暗い中にも木漏れ日の踊る道はほの明るく、どこからかせせらぎの音が聞こえます。日よけのヴェールを脱ぎ、わたくしは初めて訪れた森の美しさに驚きながら、心地よさに陶然とした気分に浸ったのでした。そこは、はるか離れた別荘の水源として人の出入りが制限され、ひそかに守られた森でした。

「ほんとは入ってはいけないところなんだけど、ロレンツォ殿はここが好きだった。彼は陽気なお祭り好きの殿様と思われている。ほんとは森の静けさを愛する人だと知ってる人はあまりいない」

馬の歩みに身をまかせながら貴方はおっしゃいました。殿様のことを語りながらも、それは貴方ご自身を語る言葉のようにわたくしには聞こえました。

何度か起伏を越えた後、水の流れる音が大きくなり、緩やかな下り坂の向こうに高い樹木に囲まれた泉が見えてきました。その場所だけ桶の蓋を開けたように青空の光が降り注ぎ、きらきらと輝いています。馬を手前で木につなぎ、水汲みの桶を持ってわたくしたちは茂みの中の小道を歩きました。ふいに、ほとりが現れました。

どこまでも透明なものが目の前にありました。

それは深々とした静けさをたたえながらも、生きていました。あまりの美しさに、わたくしは声を上げることもできず、ただ水辺にぼんやりと立っていたのではないかと思います。いたるところから水の流れる音が聞こえています。いずこからか湧きだし、流れ込み、あふれ、流れ出していく。一瞬として同じではなく、尽きることのないなにものかの音でした。

「ああ、がまんできない。見なかったことにしてくれ」

いつのまにか離れた茂みで声が聞こえたかと思うと、貴方は木の陰でくるくると着物を脱ぎ、生まれたままの姿で、あっという間に泉に飛び込んでしまいました。波紋だけを残して姿が見えなくなり、しばらくすると遠く泉の真ん中あたりに飛沫が上がりました。水面にぽっかりと浮かんだ貴方の笑顔がこちらを見ています。

「昔、ロレンツォ殿とよくこうやって飛び込んだ。禁止されているのにね。みんなガキだったんだ。秘密だよ。でも、もうこれでおしまいにしなけりゃならない」

貴方は子供のような奇声を上げ、何度も深くもぐったり浮かんだりを繰り返しておられました。もうこれでおしまいにしなけりゃならない。貴方の言葉が頭の中でこだましていました。

やがて顔だけを水面に浮かべ、長い間じっと青空を見上げる貴方の横顔を見るうちに、気がつけばわたくしも自分の衣服をすべて脱ぎ捨て、そろそろと泉のなかに足を踏み入れていたのです。

真夏の日照りに火照った身体に泉の清水は心地よく、冷たさは感じませんでした。貴方の前で一糸まとわぬ姿になることにも、なぜか恥ずかしさを感じなかったのです。衣服の代わりに、森全体に響く水の音が身体を包んでいました。透明なものに身を放ちたい。ただそれだけで身体は勝手に動き、理由はありませんでした。それでも、髪を解き、長いそれを衣のように身体に回して前を隠したのは、やはり自然な恥じらいがそうさせたのでしょうか。

気配に気づき、貴方は泉の中央に浮かんだまま首だけをこちらに向けられました。わたくしの姿をごらんになっても特に驚いた様子もなく、静かなお顔のまま、すっかり大人びたわたくしの身体を黙って見つめ、わたくしが胸まで水に沈めると、また顔を上に向け空を見上げられました。日頃貴方がなじんでおられた花街の美女たちの豪華な身体に比べると、わたくしの細い身体など貧弱で見るに値しなかったのか、と愚かなことをそのときちらりと思ったことを憶えています。

わたくしたちは黙って一緒に泳ぎました。暗い森に囲まれた泉の上にぽっかりと開いた青空から生み落された子供のように水に浮かび、何も考えず、ただ光と水に戯れ続けました。世界の動きが止まったようなそのひと時はどれくらいの長さだったのでしょうか。実際には一、二分にすぎなかったかもしれません。しかしわたくしの記憶のなかにあるそれは、無限に続く時間とも思えるものでした。

暗い水にゆらぐ自分の白い身体、水面に広がる金色の長い髪が他人のそれのように見えたことをいまも思い出します。貴方は大きな円を描いてゆっくりと泳ぎながら、離れた場所から水に浮かぶわたくしを黙って見守っておられました。そのお顔には遊ぶ子供を見守る父親のようなすこし悲しげな微笑みが浮かんでいました。そのときです。ふいに打たれたような表情が貴方の顔に走りました。次の瞬間にはもう何も言わずに身体を翻し、抜き手であっという間に岸に戻ってしまわれました。急いで衣服を身に着け、見えなくなったと思うとすぐにいつも画材を入れている袋を馬から持って駆け戻ってこられたのです。

わたくしはひとり、泳いで岸に向かいました。すこしずつ正気に戻り、貴方に見られる恥ずかしさにそのときようやく気づき始めていましたが、そのままの姿で服を脱ぎ捨てた場所に戻るしかありませんでした。

濡れた髪を身体の前に巻きつけ水辺に立ちました。髪の水を絞り、急いで服を取りにいこうとした時、そのまま、と貴方のちいさな声が聞こえました。

貴方は素描用の紙綴じをおなかの前に持って、ものすごい勢いでペンを動かしています。わたくしは動くこともできず、水をしたたらせて立ったまま、恥ずかしさのあまり顔を挙げておられず、思わず赤らむ顔を斜め下にむけて地面を見ました。

見ると水辺には夏草の間から小さな白や青の野の花がたくさん顔を覗かせています。雑草が咲かせた花の名は、わたくしには分かりませんでした。いつか貴方から名を教わった花だったのかもしれません。永遠に名付けられる事もない雑草の花。人知れず咲くそんな花を見るうちに、なぜか生まれたままの姿でそこに立っている事がそれほど恥ずかしくなくなってくるのでした。

風の音がして、うつむいた頭に何かが投げかけられました。一枚で身体を覆う大きな布の感触が冷えた身体を暖かく包みました。貴方が投げかけてくださったピンク色のエジプト綿のローブでした。

「すまなかった。ありがとう。早く身体を拭いて」

少し離れた場所からあなたの声が聞こえました。ローブの蔭から見ると、貴方は着替えるわたくしを見ないように背を向けておられました。

その日、貴方が水辺で見せてくださった描いたばかりの素描が、何度かの習作を経て、今回わたくしにお送りいただいたこの絵になり、やがて長い間思い悩まれていたピエルフランチェスコさまの祝婚画の、貝殻に乗って浜辺に到着する輝くばかりのウェヌスに変貌していくとは、むろんわたくしは想像もできませんでした。

「くぎりがつきそうだ。ありがとう」

貴方はそれだけおっしゃって、衣服を着け終わったわたくしに微笑みかけ、何度も小さくうなずかれました。貴方は何に区切りをつけ、何にうなずかれていたのでしょうか。わたくしは、いまもそのことを考えることがあります。

遠くでかすかに雷の音が聞こえました。見上げると、泉の上の空は変わらず群青色に晴れ渡っていましたが、彼方に大きな黒い雲がわきあがっています。

「帰ろう。コレッツィオーニさんに叱られる」

わたくしたちは岩からほとばしる清水を桶に汲み、馬に積んで同じ道を戻りました。帰り道、後ろから追いかけてきた雷雨に打たれ、わたくしたちはまた全身ずぶぬれになってしまいました。おかしくて、豪雨に打たれながら馬の上で二人笑いあったことを思い出します。

森の泉でほんの数分泳いだ。言ってみればただそれだけのことにしかすぎません。

しかし、あのとき森に行かなければ、またあの絵も生まれなかった。

そう思うと、いまも不思議な感慨に包まれます。いつもと変わらぬ一日。それが、生涯二度とない一日になる。そんなことも分からずに人は生きていきます。分からないからこそ、一日一日を迎えることができるのかもしれません。

わたくしは貴方の娘でもなければ、ましてや恋人でもありません。わたくしは貴方が絵師としてお仕えになった殿様にたまたま拾われた召使いにしかすぎません。にもかかわらず、貴方がこのとき生まれた絵を終生お手元からお離しにならなかったのはなぜなのでしょう。死を覚悟された貴方が、亡くなる直前にそれをわたくしにお送りくださったのはなぜなのでしょう。

空虚から空虚へ旅するつかの間、この世に生きるわたくしたちは旅の無意味さに耐えながら、その無意味さに意味を与える一瞬を心密かに待ち続けています。ありふれた一日の、ありふれた一瞬が、わたくしたちを時間の川の流れから救い出す。その一瞬がいつなのか、それが起きている最中には誰にも分かりません。でも確かにその一瞬はあるのです。わたくしたちが持ったのはそんな一瞬であり、それゆえにこの絵はわたくしたちの生きた時間に意味の光を注ぎ続けます。貴方が終生手放さなかったように、「虚飾の焼却」で焼かなかったように、わたくしもこの絵を決して手放す事はありません。この絵を失うくらいなら、わたくしは我が身もろともおのれの手で焼くでしょう。

その三か月後、わたくしはメディチ家でのお勤めを解かれ、材木問屋に嫁入りました。初めて会った若旦那は、辞儀を正し、丁寧にわたくしにご挨拶なさいました。お人よしのお坊ちゃんでしたが、真面目なこころやさしい人でした。

はからずも、その泉で泳いだ日が貴方と会った最後の日になりました。その後、貴方ときちんとお会いすることは二度とかないませんでした。あれが今生の別れだったのだと後から気づく別れは残酷なものです。それに比べれば、予期できる別れの苦しみははるかにやさしいものだ、といまになって思うのです。

わたくしが嫁入った後、貴方は政庁や、教会の祭壇画の依頼をこなしつつ、ピエルフランチェスコ様のご依頼に応じ、ダンテの長詩を全編絵画にする長いお仕事に取り組んでおられたようです。殿様のスペダレットの新しい別荘のフレスコ画を貴方のお弟子さんだったフィリピーノさんやペルジーノ親方らと一緒に請け負われたとも聞きました。しかし、そのころから殿様の病は進み、湯治のかいもなく、ベッドから立ち上がるのも苦しまれるほどになっていったのでした。

つかの間の平和は瞬く間に去り、カレッジの別荘で殿様が四十三歳の若さでお亡くなりになったのは、一四九二年の春のことでございました。ピエルフランチェスコさまの執事をお務めになっていたヴェスプッチ家の方がその後探検に参加されることになる新大陸が、海のかなたでまさに発見されようとしていた年でした。

殿様の死後、時をおかずメディチ銀行は破産し、殿様の跡を継がれたご長男ピエロ・ディ・ロレンツォ・デ・メディチさまはフランスの常備軍のフィレンツェ侵攻を許し、メディチ家は失政に怒った市民たちの手で街を追われました。消失はまぬかれたもののカレッジの別荘にも火がかけられたのです。ジロラモ・サヴォナローラの狂信が街を支配し、多くの絵が焼かれ、まだその焼け跡が消えぬ間に、ジロラモ自身も同じ場所で焼かれました。

その騒乱の間、わたくしは三人の子を産み、育て、算術の才を頼まれて材木問屋の若女将として日々帳簿と格闘しておりました。何も考える間もなく簿記の数字に追われ、ただ働きました。店のやりくりは楽ではなく、肝の冷える綱渡りの連続でした。綱渡りはいまも変わりません。ジロラモが焼かれた処刑台とそれに至る長い木橋の木材を共和国政庁から受注したのは、ほかならぬわたくしの店でした。どのように使われようと木材は木材なのです。

貴方があの時のような絵を描かれたのは、あの数年間が最初で最後でした。殿様の死と時を同じくするように絵柄は別人のように変わりました。次第にお弟子さんたちに任せることが増え、やがて筆を持つこともなくなっていったとお聞きしています。

絵柄を一変させたのはなぜか。なぜ絵を描くのをやめたか。世間では謎とされてきました。でも、わたくしにはそのわけが全部わかるような気がするのです。

さまざまな噂や中傷を口にする人がいます。

異教かぶれを反省し、回心したのだと言う人がいました。そうなのでしょうか。回心とはなんと冷たい言葉でしょう。自らの正しさを疑わない立場から一歩も動くことなく、人の苦しみを見下す冷酷な言葉です。一度でも自らを疑う苦しみを経験した者であれば、そのような言葉は思いつかないはずです。

権勢を渡り歩く変節漢、と貴方をののしる方も大勢いらっしゃいました。メディチ家という庇護者を失うと、掌を返したように時の権力を握った修道僧ジロラモ支持派の庶民にすりより、彼らの求める一時代も二時代も昔の様式の暗い祭壇画を量産して商売に励んだと。

それも事実の一面だったかもしれません。これまでの買い手が消えた時、受け手の求めるものを提供しなければ、絵師は工房の職人たちを養っていくことはできません。受け手の求めるものが低ければ、作り手も低さを装わざるを得ない。受け手の質が、生まれる絵の質を決めるのです。それは、材木も同じです。貴方の生き延びるための孤独な戦いは続き、やがて描く意味は失われていきました。

しかし、それ以上に貴方に打撃を与え、絵から明るい光を奪い、筆を折らせたのは、別れ、だったのではないでしょうか。

生きる限り、わたくしたちを次々と別れが襲い、追いかけるように老いが襲います。貴方の前から去って行った人はあまりに多く、あまりに大きな存在で、かけがえのない人でありすぎました。

隣家の若嫁シモネッタ・カッターネオ・ヴェスプッチさま、殿様の弟君ジュリアーノ・デ・メディチさま、ジュリアーノさまのお子をお産みになったフィオレッタ・ゴリーニさまは皆若くして相次いで病や凶刃に倒れられました。ちょうど貴方がローマから帰る頃、革なめし工房を経営されていた父上のマリアーノ・フィリペーピさまが亡くなられ、貴方が若き日に徒弟として働かれたヴェロッキオ工房の親方はヴェネツィアに移られたままかの地で急死されます。そして、わたくしどもの殿様ロレンツォ・イル・マニーフィコさまが四十三歳の若さでお亡くなりになりました。殿様の亡くなられた翌年には貴方が親のように慕われていた二十四歳年上の兄上のジョヴァンニさまが亡くなり、次の年、メディチ家がフィレンツェから追放されるのと時を同じくして殿様の文人サークルのポリツィアーノさま、ピコ・デラ・ミランドラさまが相次いで謎の死を遂げられました。つかの間権勢をふるったジロラモが焼かれ、プラトンアカデミーのフィチーノ先生もその翌年亡くなりました。世紀があらたまるとすぐ、あの傑作群の発注者であり最後まであなたを庇護されたロレンツォ・ディ・ピエルフランチェスコ・デ・メディチさまと貴方の一番弟子だったフィリピーノ・リッピさまが相次いであの世に旅立たれています。

ある日、人生をともに歩んだ親しき人々がすでに姿を消してしまったことを悟ったとき、貴方がどのようなお気持ちでいらしたか。わたくしには貴方の凍え震える心臓をこの胸に抱き取るように感じることができるのです。

誰もいなくなった。

貴方は、去っていった人々の不在を受け入れ、終わりを受け入れ、やがて静かにこころの蓋を閉じられたのでした。

そして、わたくしも、いま、貴方を亡くしました。

人が一生の間に出会える人の数は、自分が思う以上に限られています。振り返れば、そのあまりの少なさに驚くとともに、出会いの不思議に打たれずにはいられません。わたくしたちは普段そんなことを考えることもなく、つぎつぎと目の前に現れる人々に疲れ、慌ただしく生きています。しかし、ある日、突然の別れが訪れた時、わたくしたちは気づくのです。もしあの出会いがなければ、自分の生きた時間がどれほど空虚だったか、と。

この星に生きる数え切れない人々の中から、なぜ自分があの人と出会ったのか。

わたくしたちはひそかに気づいています。理由など何もないことに。ある時はその出会いに胸震わせ、ある時はその出会いを憎み、その波間で漂うわたくしたちはなんと小さく、可憐なものでございましょう。

貴方が死を悟る寸前まで手放さなかったのが、あのとき、あの森の泉で貴方とわたくしに訪れた奇跡の一瞬の絵だったことは、わたくしにとってこのうえない喜びでございました。それはわたくしにとっても、長い間心の奥に秘めた一瞬の宝石だったからです。それを貴方に告げる機会をわたくしはついに持ちませんでした。わたくしどもは知らぬ間に同じ宝石を握りしめて、互いに遠く離れた波に漂いつづけておったのでございます。

わたくしは今年、四十三になりました。

わたくしには孫がもう三人おります。先日、五歳になる孫娘を抱いたとき、わたくしの頭を不思議そうに触るので何かと思いましたら、髪に交じりはじめたわたくしの白髪をより分けているのでした。ちょうどその孫の歳のころ、わたくしはヴォルテッラの戦場跡から拾われ、殿様と初めて出会ったのです。たまたまその谷底に落ちていなければ、拾われることもなく、貴方と出会うこともなかったでしょう。そして、あの輝かしい絵の数々も生まれなかったかもしれません。この子はこれからどのような導きに従うことになるのだろう。どのような修羅を見、どんな奇跡の一瞬を持つのだろう。わたくしは、戦場に置き去りにされ、泥まみれで転がっていた五歳の自分を抱きしめるように、孫の小さな身体を強く抱きしめておりました。

ローマからお帰りになって、わたくしが嫁に行く前後の数年の間に貴方がお描きになった祝婚のための神々の絵はすべてラルガ街のメディチ宮殿から、ピエルフランチェスコさまのカステッロの別荘に移され、今も健在と聞いております。クロリスも、三美神も、ウェヌスも、そしてパラスも、並んで美しさを競い続けているそうです。彼女たちがフランス軍の略奪やジロラモの焼却の難を逃れられたのは奇跡としか言いようがありません。しかし、あの輝かしい絵にこの先どのような災禍が待ち受けているか。それは神のみぞ知るところでございましょう。

そして、貴方が最後にわたくしに託されたもうひとつの板絵がここにあります。

貴方とわたくしだけが知る一枚。この宝をどれほどわたくしが大切に保管しようと、わたくしの命も永遠ではありません。貴方が去り、わたくしがいつかこの世を去ったあと、この絵の行方はどのようになるのか。それを考える力はわたくしにはございません。わたくしが知るのは、ただこの世の移ろいやすさと人のこころの不確かさだけでございます。この絵がとこしえに永らえんことを。そして、もしかなうならば、もう一つの世でまた貴方とともに眺める機会が与えられんことを。わたくしがいま思い、願うのはそれだけでございます。そう夢見るのは、死すべき身のはかない望みでしょうか。

わたくしはいつかその願いがかなうのではないかと感じています。はるか昔にも、もう一人の貴方がいて、もう一人のわたくしがいたのではないか。そして、先の世にも、もう一人の貴方がいて、もう一人のわたくしがいるのではないか、と。

届け先のない手紙を長々と書き続けてまいりました。どれほどわたくしはよく思い出せたでしょうか。そして、どれほど自分に嘘をついたでしょうか。思い出を語るとき、知らぬ間につく嘘と、知らぬ間に漏らす真実は貸借対照表のように最後にはうまく帳合いがとれている。そう言い聞かせて、わたくしは自らを慰めております。

ぜんぶちがうよ。

貴方はあのおどけた笑顔で笑いながらはぐらかされるかもしれません。

たとえ、貴方がお読みにならなくとも、わたくしはこの手紙を書く必要がありました。人は当人も気づかぬなにごとかに支えられてはじめて生きていけます。わたくしは、貴方がお亡くなりになり、貴方にお送りいただいた絵によって、そのなにごとかにあらためて気づきました。それを確かめるために、どうしても書かなければならなかった。これはそういう手紙だったのです。

確かめたものをこころのうちに大切に抱きながら、わたくしはいましばらくのあいだここにとどまり、おのれに与えられたお務めを果たしてまいろうと思います。それほど長いことではない気がいたします。それまで、この世の水面《みなも》にじたばたと漂い続けるわたくしを、あの泉に二人浮かんだ時のように、どうかそっとお見守りくださいませ。

またいつか、しかるべき場所でお会いする時まで、いったん筆をおきます。

おやすみなさいませ。

アレッサンドロ・フィリペーピ様　　C拝

一五一〇年五月二八日

19

二〇二X年　七月二三日　瀬戸内

晴れ渡った夏空の彼方に、針で突いたような黒い点がぽつんと浮かんでいる。

しばらく停止していた黒い点は下降し、緑の斜面の上をなめるように飛びはじめた。一定の間隔で規則正しく移動しながら、上空を隙間無く掃除するように近づいてくる。緑の斜面は一面のレモン畑だった。果樹に覆われた斜面の下には海が輝き、きらめく水の上を白い海鳥が飛び交っている。

蜂の羽音のようなものが大きくなった。見上げるとドローンが一機、すでに頭上に浮かんで停止している。ドローンはそのまま下降し、タカオの立つ五メートル四方ほどのコンクリート敷きの基地に着陸した。

タカオは手もとのタブレット端末でドローンが収集した畑の画像データを確認した。自動運転のため操縦はしていない。毎日同じコースを飛行する。果樹一本ごとに取り付けられた幹のセンサーと根元の土壌のセンサーが発信するデータも上空で収集し、熱センサー撮影データと総合する。一本一本の生育状況を詳細に把握しデータの推移を解析する。外観だけでは把握できない変化をきめ細かく監視するシステムだった。幹の外周変化をミクロン単位で感知し、変化に応じて水分補給や土壌成分の調整、剪定、害虫駆除を微細に行うのだ。リアルタイムの個体管理で殺虫剤の使用はほぼゼロに抑えられ、パイプラインで自動給水される水分使用量も五分の一以下に抑えられている。その場からデータを、協力関係を続けているオランダの農業大学に送った。データ提供の見返りに分析と栽培助言のサポートを受けている。

タブレットをデイパックに仕舞い、電動アシスト自転車にまたがった。子育て主婦がよく乗る、いわゆるママチャリだった。サングラスが用をなさないほどの強い陽射しの中、山道の坂を下る。昼食の準備をしなければならない。

事務所に戻るなり、厨房で寸胴鍋に大量に湯を沸かした。倉庫の一つを改装した事務所の窓は大きく、中は明るい。湯が沸くまでにしばらく間がある。その間にボウル一杯のちりめんじゃこと海苔といりごまを用意し、シソの葉と小口ネギと生姜を刻んだ。そうめんの束を鍋に投入し、ゆであがると冷水で手早く洗う。冷たい麺を人数分皿に盛り分け、刻んだ薬味と大量のじゃこを載せる。最後に島産のオリーブオイルと生醤油を掛け、レモンを絞った。さわやかな香りが立ち上がった。

「みんな。飯、できたぞ」

隣の倉庫棟で来春の稼働を目指して新設するマーマレードの生産ラインの組み立てをしていたアルバイトの学生がぞろぞろとテーブルについた。長テーブルの分厚い無垢材の天板は傷だらけだったが、毎日隅々まで丁寧に水拭きされ、深々とした褐色の艶を放っていた。あのテーブルだった。四年の時がたっていた。

葛西との浜辺の取引の朝、タカオとカオルは浜辺からミニバンで直接港に向かい、そのまま島を出て関西空港発の深夜便でドバイを経由してベルリンに戻った。空港からタクシーを飛ばし、カサネの入院先の病院に駆けつけた。カサネは、炎の中で消えた少女とまったく同じ姿をしていた。五日間、集中治療室で昏睡していたという。入院から十日を超え、すでに重篤な状態は脱し、いつでも退院できる体調に回復していたが、親からの連絡が一週間以上途絶えていたため入院を続けていた。カサネは安堵の笑顔で母親とタカオを迎えた。病院側の配慮と冷静な対応で、親との連絡不通の事実はカサネには伏せられていた。

カオルの父親、修造はカオルが関西空港からかけた電話に答え、タカオひとりが訪ねてきただけだと語った。軟禁の緊張が長く続き、疲労のはての極限状況で幻視に襲われ、白い砂嵐を人影と見間違ったのかもしれない、とカオルは自分を納得させようとしていた。カオルは機内の席についたとたん、目を閉じると、そのまま糸が切れたように眠りに落ちた。

ベルリンへの移動の機中、タカオはルツェルンの湖畔に立つカサネをスマートフォンで撮影した画像をそっと確認した。隣で眠るカオルの寝息が聞こえていた。逆光の中に人影は見当たらなかった。撮影直後には淡いシルエットが写っていたはずの場所には、湖面と花園だけが輝いていた。タカオは沈黙した。ベルリンの絵画館に音もなく現れ、自分と行動をともにしたカサネの姿をした少女との十日間をカオルには秘めた。カオルの疑惑や混乱を恐れる以上に、自分自身の錯乱と恐慌を恐れたからだ。いったん棚に上げ、考えることを自分に禁じた。

葛西たちの影はあの日を境に完全に消えた。

カオルがケイマン諸島に滞在していた画像はフェイク画像だった。カオルの話によると、パスポートを持たされ、大柄な男二人にベルリンの自宅から連れ去られてからずっとスイス、チューリヒ郊外の広壮な屋敷に軟禁されていたという。フランツから管理を委託されていた有価証券類の確認と引き渡しをクアトロ・キャピタルマネージメントの本社事務所で行いたいという話を信じた。拉致されたことには後から気づいた。着替えは組織の女性職員がアパートのクローゼットから勝手に選びスーツケースで運んだ。情報は遮断されていたが、扱いはおそろしく丁寧だった。生前、フランツ氏に委託されたファウスト家の遺産処理の事務手続きが終わるまで待機してもらう必要がある、という以上の説明はなかった。表面上、暴力のにおいはまったくなかった。しかし、屋敷から出ることは一度も許されなかった。

軟禁中にも続けられた絵画の所在に関する追求に対して、カオルは何も知らない、聞かされていないという立場を崩さなかった。実際、夫から絵画の保管場所は知らされていなかった。絵の実物も一度も見せられたことはなかったらしい。妻を事件に巻き込みたくないというフランツの配慮だった。

だが、執拗につきまとう絵の探索者の追求を隠しきれず、生前、フランツは家族の歴史を妻に明かしていた。タカオは事件の後、カオルからフランツの祖父エルンスト・ファウスト氏が第二次大戦末期に残した家族あての長い手紙を見せられた。経年劣化で紙がもろくなった原本と、事情を正確に読み取るため、カオルがフランツの手を借りつつ自分で原文のドイツ語から日本語に訳し転記したものだった。

特殊な人物の手紙ではない。ある時代を生きた一人の男の手紙だった。

彼は人間だった。生きた。

記されていたのは、そういうことだった。

最初に最後まで読み、すぐに頭からもう一度全部読み返した。続けざまに二度繰り返し読んだ。

読み終えた手紙の翻訳を自分用にもう一部複写し、タカオは大切な古文書を扱うように原本をファイルに戻した。

何万という行方不明の絵画がある。おそらくは何千、何万という人々が同じ罪を隠して世代を重ねている。遠くない過去、そういう時代があった。規模の大小はあれ、戦乱があるたび同じことは何度も繰り返され、これからもそういう時代がまた来ないという保証はどこにもない。

軟禁されていたチューリヒの屋敷には紳士的な物腰の高齢の老人たちが複数出入りしていたとカオルは語った。葛西たちの言う資金を洗浄し租税回避をサポートする金融コンサル業は見せかけではなく、本業だっただろう。しかしそのなかには、おそらくかつて党幹部ではなくとも違法行為に関与した美術品略奪実働部隊のメンバーの生き残りや取引のあった画商、その後継者が多く含まれていたと考えられた。ある時代の中で一線を越えてしまった互いの過去を知り、弱みを握り合う人々のその後の関係がどのようなものだったか、どのように生きたか。外部の人間にはうかがい知ることはできない。闇の資産の世界を作ってしまった人々の間で、利権をめぐる争い、嫉妬、中傷、告発、脅迫の連鎖は避けられなかっただろう。フランツの祖父もそのなかの一人だったのだ。そして、フランツの祖父も、フランツ本人も目撃者のいない「不慮の交通事故」で死んでいる。

「絵はどこにあったの?」

手紙を読み終えたタカオにカオルはたずねた。

「たどりつくまで、すこし苦労した」

「どこ?」

「君たちが鎌倉でずっと使ってた古テーブルの天板の裏だよ」

カオルが黙って息を吸い込むのがわかった。

「フランツがスイスから運び込んだ、あの大きなやつだ。君に見せてもらった手紙から想像すると、おそらくおじい様のエルンスト・ファウスト氏がフランスの屋敷の納屋からスイスに運び出したときも、そのテーブルの中に隠したんだと思う。預けた先の協力者にもわからないように」

カオルはしばらくタカオの顔を見つめていた。やがて、大きくため息をつき、下を向いて目を閉じた。

「なぜ、絵は燃えたの?」

うつむいたままカオルはたずねた。

「わからない」

カオルは顔をあげてタカオを見た。でも、ぜんぶ終わったのね。しばらくしてカオルは小声で言った。タカオはただ黙ってうなずいた。

カオルはベルリンで再就職の努力をしたが、四十歳を目前に控えた外国人主婦の正規雇用の門は広くはなかった。生命保険金、勤め先の細々とした遺族年金のみが残された。あと二年でカサネが中学に上がるから、そのときに一緒に日本に帰って働く。それまで介護士のアルバイトでなんとかしのぐわ。カオルは軽やかに微笑んだ。

タカオは欧州支社閉鎖業務半ばでベルリンから急遽東京に呼び戻された。駆けつけてみると、会社は消滅していた。隠密裏に進められていた部門売却交渉が急進展し、スクープ報道どおり自分の属する映像部門全体が米系投資ファンドに身売りされた。タカオはシンガポールのウィリアム・チャンに短いメールを打った。

タカオは日本の同僚や知人には行方を隠し、シンセン地区のベンチャー企業に移籍した。迅速な意思決定機構を持った、若い勢いにあふれた新興企業だった。すべてがこれまでの数倍のスピードで進んでいた。何かを信じているわけではないが、疑いも持たない若者たち。虚無の香りさえする無邪気な飢餓感、野心。単純さが欲望の速度を加速させる世界があった。

タカオの培った高精細三次元画像処理に関する先端技術は転写されるように移転されていった。知識や技術そのものに人格はない。技術は独り歩きする。かつて日本が開国した時、お雇い外国人が法外な報酬のもと、どれほどの技術や知識の移転を行ったか。いつかチャンは言った。レオナルドもフォン・ブラウンも同じだと。彼らは、もとは敵国だった国に新たな雇い主を求め、最先端の兵器技術を提供した。フランツの祖父エルンスト氏は、自分の美術史の専門知識によって生き延びる道を選び、組織的略奪行為を遂行した。その中で自尊心まで満たす自分におののいた。

タカオは思考を遮断し、速度を上げた。

まとまった金が欲しかった。それも短時間に。若い中国人ＣＥＯと交渉し、短期に成果を上げた場合、成功報酬として一年で五年分の収入を米ドル建てで得る契約を取り付けた。

ある目的があった。カサネの教育資金を手に入れる。それも通常の公教育の数十倍の金額の。ベンチャー企業への移籍を決断させた最も大きな理由だった。

生前、フランツはカサネの将来を考え、ローンを組んででも娘をスイスの中高一貫の全寮制ボーディングスクールに進ませようと考えていた。ボーディングスクールの学費は日本円に換算すると年間一〇〇〇万円ほどかかる。まだフランツが日本にいたころ、二人で川に立ちこんで釣りをしながら、瀬の音の中、幾度かそんな遠い将来の話をした。ベルリンのアパートの主人を失った書斎には学校のパンフレットと教育ローンの資料が多数取り寄せられていた。聴覚に不安を抱えつつ、多重な文化の狭間に生まれ育ち、強い帰属先を持たないまま、おそらくはコスモポリタンとして生きざるを得ないカサネの単純ではない未来をフランツは憂慮していた。父親として責任をもって熟慮した結果だった。ボーディングスクールには世界中から富裕層の子弟が集まり、多国籍な環境の中で寝食を共にする。その時の知己は世界に散らばる生涯の資産となる。そんなお金どこにあるの、うちの子はジョン・レノンの息子でもないし、産油国の王侯貴族の子女でもないわ、普通の勤め人の普通の娘よとカオルは笑ってフランツの相談に真剣には取り合わなかったという。

教育資金を考える時、フランツは絵画の闇社会での換金の誘惑と保管し続けることの選択の間でひとり揺れ続けたに違いない。そのさなか、すりつぶされるように死んだ。

タカオはシンセンの工場からベルリンにメールを送った。フランツの遺志を引き継ぎ、学資を全額引き受けたいとカオルに申し入れるメールだった。カオルは即座に断った。厚意はこころから感謝する、しかしこれ以上あなたに迷惑をかけられない。予想された返事だった。タカオはいったん話の鉾を収め、それ以上深追いすることを避けた。シンセン地区で猛烈な速度で技術移転業務を進めた。

そのベンチャー企業はオプトロニクス分野の事業を多面的に展開する民生企業だったが、三次元画像技術を宇宙軍事技術へ転用するもう一つの顔を持っていた。幹部に軍出身者が散見された。もともと、すべての技術は軍事転用の性格を秘めている。技術自体は中立であり、正邪の謹厳な判別は無意味だということはわかっていた。転職前から薄々気づいていたことだったが、軍の外部機関としての性格が強いことが明らかになるにつれ、タカオはカオルから渡されたフランツの祖父エルンスト・ファウスト氏の手紙の写しを深夜ひとりに戻った時、何度も読み返した。タカオは新技術開発指揮の成果を着実に上げながら沈黙を守った。

一年と八か月で依願退社した。

約束通り、数年分の報酬を得た。予定より早い行動だった。全額はたけば少なくとも高校卒業まで六年分のボーディングスクールの学費は賄え、すこしは余分も残る。ベンチャー企業側は形式的に慰留したが、当座の技術を吸収すればヘッドハントの目的は果たしたと考えていることは明らかだった。だが、タカオを予定より早く退社の方向に傾けたのは自らが提供した技術の用途への懸念よりも、ある出来事だった。柑橘農園を経営していたカオルの父が脳内出血で急死したのだ。後継者はいなかった。島にはカオルの母一人が残された。

タカオはベルリンのカオルに連絡した。自分が再び失業した事を伝えた。カサネのボーディングスクール進学の学費を全額提供する交換条件として、カオルの実家の島の柑橘農園の経営権の無償譲渡を要求した。

「農地の所有権ではない。農業法人の経営権をゆずって欲しい。カサネの学費提供と交換の純粋な取引だ。税金対策としてもベストのはずだ。君の家の弱みにつけこんでいると思ってもらってもいい。あわれな失業者のあつかましい乗っ取りと思ってもらってもいい。事実そうかもしれない」

カオルにはそう言った。以前、カオルはタカオからの学費負担の申し出を明確にしりぞけていた。一見遺産の横取りに見えても、実際には農園経営はそのままでは負の遺産にしかならない代物だった。農園の利益は現状微々たるもので、将来になんの展望も保証もないことは互いにわかっていた。すこしでも管理を怠ればたちまち荒れ果てた放棄地に変わり、負担を背負いこむだけになる。

「取引になってないわ。あなたが不利すぎる」

カオルはこのときも学費支援の申し出を断った。タカオはあきらめなかった。カオルは幾度も断り、迷い、やがて申し出を受け入れた。タカオはカサネには出資を生涯秘すようカオルに約束させた。父親のフランツが長い間かけて準備していた学資だと説明するよう説得した。

だが、タカオはそれ以上先には踏み込めなかった。

君も一緒に農園を手伝わないか。

結局、最後までその一言がタカオの口から出ることはなかった。

タカオは中国を去り、オランダの農業大学へ半年ほどの短期留学をした。精密農業研究で世界的に有名なヴァーヘニンゲン大学研究センターに何の伝手もないまま連絡を取り、聴講生として滑り込ませてもらった。

新興国の人口爆発と将来の食糧危機を見据えたとき、農業の生産性のレベルをいまの二倍に引き上げる必要があるといわれている。センサーデータに基づいた植物管理の技術は日々進化し、精密農業、生物生産という概念が生まれていた。情報技術によって水の使用量を従来の九割減らし、農薬の使用もほぼゼロに近づける。半分の資源で二倍の食料をというスローガンをかかげ、オランダは農業を生物生産サイエンスに変え、アメリカに次ぐ世界第二の食料輸出国になった。オランダの国土面積はアメリカのそれの二七〇分の一にしかすぎない。

精密農業の講義のすべてが初めて見聞きすることばかりだった。産学共同研究を推進している研究センター側はタカオのデジタル画像解析技術者としての経歴に注目し、かえってタカオに技術協力を求めた。アフリカやアジアの新興国の若者に交じり、中年男が学ぶ姿はどこか滑稽だった。母国の食糧生産に危機感をおぼえる若い外国人学生たちは皆、真剣だった。センサーとビッグデータに基づく精密な植物管理手法の基礎知識を得て、瀬戸内の島に渡った。

タカオはカオルの実家の柑橘農園の経営を引き継ぎ、新たな農業法人をひとりで立ち上げた。カオルの母親の承諾を得て、数棟ある倉庫のひとつの内部を改装し、片隅にオフィスと住居を兼ねた小さなスペースを作らせてもらった。住居とは言っても、見本市の仮設ブースのような、規格品のパネルを組み立てただけの屋内簡易建築に過ぎない。すべての倉庫の屋根に太陽光発電パネルを設置し、センサーと撮影用ドローンから収集したデータと画像を解析するワークステーションをスタジオに並べた。データはクラウド上でオランダの大学と共用し、共同研究の仕組みを作った。変化をミクロン単位でとらえる高精細画像の解析による新たな生物管理システムを作るのが共同研究の目標だった。当面は持ち出しで赤字が数年続くことは覚悟のうえだった。カサネの学資を取り置いたうえで資金を設備投資に回すと金はほとんど残らなかった。残ったわずかな貯金を取り崩しながらなんとか食いつないだ。

母屋にはカオルの母親が町の婦人会の役を務め続けながら、ひとりで暮らしている。敷地内の畑で育てた様々な野菜や組合のコメや干物をいつも届けてくれるため、タカオが野菜や魚を市場で買うことはほとんどない。食べるだけなら島の暮らしはほとんど現金が必要なかった。カオルの母は遠慮がちに婦人会の仲間の娘の見合い写真を何度も持ってきた。タカオは、そのたびに丁重に感謝の言葉を述べつつ笑って逃げ回った。

島に渡ってから、タカオは海釣りを始めた。それまで渓流のフライフィッシングしか知らなかったが、砂浜を走り込んで波打ち際から直接遠投する浜釣りに没入した。何も遮るもののない爽快感はこれまで味わったことのないものだった。地元の中学生たちの釣り仲間もできた。フランツがいればどれほどよろこぶだろう。浜風に吹かれ、きらめく海にラインを飛ばすたびに、亡き友の笑顔が脳裏をよぎった。

タカオは島の暮らしを手紙に書き、ベルリンのカオルとカサネに送った。メールではなく手書きの手紙だった。フランツの祖父エルンスト氏の手紙が脳裏に残っていた。長く使わなかった万年筆を取り、一字一字ゆっくり手紙を書くと、胸の雑音が鎮まっていくのがわかった。用件があるわけではなかった。浜で虹色のベラが午前中だけで二十尾も釣れた、農園に飛んでくる野鳥の名を半分ほど憶えたがまだわからないものも多い。そんな他愛もない日常の身辺雑記を繰り返し書き送った。

絵画事件から三年が過ぎようとしていた。カサネは一二歳になり、スイスのボーディングスクールの一つに入学し、寄宿舎生活を始めた。カオルは日本での職探しに苦労した末、岡山市内の小さなバイオ素材開発企業に研究開発職員の職を得て帰国した。薄給の契約社員待遇だったが、再び白衣を身につけ、試験管を振った。岡山市内の賃貸マンションにひとりでつましく暮らし、月に二度老母の様子を見に島に戻った。

「お昼だったのね」

倉庫スタジオの大きく開け放たれたスライドドアからカオルが顔を覗かせて微笑んだ。学生たちがそうめんを啜り込みながら振り向き、首だけ下げて挨拶した。

「母屋でレモンケーキ焼いたから。差し入れ」

白いアイシングシュガーを掛けたパウンドケーキが白木の丸盆の上に載っている。

「いつも、すまん」

タカオはテーブルから立ち上がり、入り口まで行って盆を受け取った。レモンの香りがケーキから漂った。

「常温でも一週間ほどもつから。みんなで食べて」

「ありがとう」

カオルは笑顔でうなずいた。

「わたし、そろそろ」

「あ、もう時間？」

「船がね」

「わかった」

タカオは自分の皿を流しに片付け、サングラスをかけた。帽子代わりに頭を作業用のタオルでくるみ、電動自転車を車庫から引き出す。職場のある岡山に戻るカオルを港まで送っていくのはいつもなら農作業用の軽トラックだったが、車は定期点検中で使えなかった。母屋の広い玄関土間から出てくるカオルの姿が見えた。七分丈のチノクロスパンツに青いポロシャツ姿だった。白いウォッチキャップをかぶり、レンズの大きなサングラスをかけ、デイパックを背負っている。母屋と倉庫を隔てる運動場ほどある広い前庭を渡ってくる。若い時から変わらない細身の身体が白い夏の光の中で陽炎のように揺れている。光の中で時間が溶解し、タカオはつかの間、遠い時間の中に迷い込んだような錯覚を覚えた。

「行こうか」

作業着姿のタカオの声にカオルはサングラス越しに微笑してうなずき、ママチャリ型の自転車の後部座席を兼ねた荷台にまたがった。

「いいよ」

後ろから声が聞こえた。

二人乗りの電動自転車がゆるやかな坂道を下っていく。月に二度、週末に母親の様子を見に訪れるカオルの送迎が単調とも言える柑橘生産管理作業の生活に句読点を打つ規則正しいリズムになっていた。

「料理、上手くなったんだね」

ハンドルを握るタカオにカオルが後ろから声を掛けた。

静かだった。柑橘畑の広がる斜面を飛び交う小鳥の鳴き声しかしない。強い光がアスファルトに描く濃い影が静けさを際立たせている。車は一台も通らなかった。

「そんなことないよ。いじりすぎない方がいいって最近ようやく気がついただけだ」

「それって大進歩よ」

「四十二にもなって気がついても、遅すぎる。生きてるうちに食えるメシの半分以上はもう食ってしまった。会社員時代、毎日デスクの上で昼も夜もコンビニ弁当ばかり食べてたことを悔やむよ」

二人は声をそろえて笑った。

夏の海が輝いていた。視界いっぱいに広がるきらめきを見下ろしながら、しばらく黙って丘を下った。熱い風が頬をなぶっていく。風は熱かったが、夏の命を送り込まれるように心地よかった。

「昔、一緒に自転車で走ったね」

カオルが言った。

「そうだったっけ」

「うん。川の土手。真っ直ぐの道。二台並んで。ホームセンターまでシリコンスプレーを買いに行った」

カオルは思い出し笑いするように、うふふ、と小さく笑った。タカオは黙ったまま峠道の緩やかな下りのカーブを、小刻みにブレーキをかけながら速度を落して慎重にクリアしていく。

「そんなこともあったかな」

しばらくしてからタカオは答えた。

「自転車の下りは楽だと言われるけど、ほんとは下りが一番危ないんだ」

歩くほどの速度に落してヘアピンカーブを曲がりながらタカオは言った。カオルは黙った。

「下りは、あぶない。そうね」

間をおいて、どこかぼんやりした声でカオルが答えた。

「あのテーブル、まだ使ってるのね」

大きく息を吸い込む気配の後、切り替えたようなカオルの明るい声が背後で響いた。

「あのテーブルって?」

「あの古い大きなテーブル」

タカオは前を向いたまま小さくうなずいた。冬の浜で燃え上がるヴィーナスの絵が脳裏によみがえった。あの時、カサネの姿をした少女は絵と共に炎の向こうに消えた。

「全部あのテーブルの上でやってるよ」

タカオは夏空を見上げた。深々とした青が眼の奥に染み込んでいく。

「毎日あそこの上でメシを食い、学生とデータの分析をし、君に手紙を書いている」

テーブルのことでタカオがカオルに告げていないことがひとつだけあった。

ボッティチェッリの絵は、いまもそのままテーブルの中に眠っている。

浜で燃えたのは裏面まで完全に再現した高精細三次元デジタルコピーだ。

異なる波長で深層まで撮影した数千枚分の部分接写データを自動合成するプログラムを使った。

人工知能によって視点のずれや画像の重なりも自動的に補正して合成する。むしろ多視点のばらばらの画像が大量にあればあるほど再現精度は上がる。通常のデジタル一眼レフカメラでも波長フィルターを交換することで元となるデータの作成は容易にできた。データにもとづき、素材の深層が持つ光学構造から表層のテクスチャーまでミクロのレベルで高精細に再現する。絵画面は言うまでもなく、裏面まで画板を含めた画材そのものの構造が三次元プリンティングで再現され、実物と並べても誰にも区別はつかない。

まだ開発途上の技術だったが、開発の主任は自分自身だった。倉庫にこもり、一人徹夜で数千枚の三六〇度撮影を行い、三次元データを作成した。撮影を終え、絵を元通りテーブルの裏に戻した。東京に戻ったとき、撮影データをもとに藤沢の研究所のスタジオで複製を作成した。そのことは炎の中に消えた少女にも告げていなかった。

葛西の説明のように、絵画が闇の通貨として表に出られない裏金融の世界を流通し続けるかぎり、真作と見分けのつかない三次元コピーで何の齟齬も起きない。あらゆる通貨は実存ではなく、閉じられた世界の信用にすぎない。

複製品を手渡し、真作の絵をテーブルに封印することで何かが解決されるわけでもないことはわかっていた。ある意味、問題の先送りでしかない。だが、人質取引の後、絵画の存在を世間に公表することで引き起こされる事態は、カオルやカサネに平和をもたらすとも考えられなかった。ドイツや日本の政府機関、国際司法機関の反応、さらにはメディアの過剰な報道、裏切りを知った葛西たちの動きを想像すると、テーブルの裏に絵の当面の寝所を定めたフランツの選択がタカオはあらためて納得できた。タカオはフランツに倣った。

カサネの世代、さらにはカサネの子供の世代になれば、事態は今よりも解決しやすくなっているはずだ。生々しい犯罪も時を経て歴史になる。いつかは美術館に保管されるのが絵にとって最も安全な場所になるのだろう。公開され、美術史の欠落を埋める傑作として世界の人々の目を見張らせることになるだろう。

タカオはフランツの祖父エルンスト・ファウスト氏が家族にあてた手紙を思い出していた。氏が記していたように、一般の人間にとっては美の殿堂である美術館も、収容される作品の側から見れば故郷を失ったわが身を寄せる仮寓の避難所にすぎないのかもしれない。氏が言うように、絵は美術史のために生まれたわけではなく、美術館のために生まれたわけでもない。ある時代に、ある人々が生き、かけがえのない時間を心に刻んだ。その生の証として生まれた。それは、あるときは静かに、あるときは激しく生きた人々の暮らしとともにあったはずだ。本来、人の日々の営みの傍にあるのが絵の最も自然な居場所なのだとすると、十六世紀のテーブルのなかに住み、この島で人々のなんでもない日々の食事を見守り続ける以上にあのヴィーナスにふさわしい隠れ家はないように思えた。

タカオはふと思った。あのカサネの姿をした少女はタカオの複製工作をすべて知ったうえで、あえて三次元コピーとともに炎の中に消えたのではなかったか。絵の生まれた時間に戻り、永遠にテーブルの中で眠るために。

「あのテーブルでメシを食うのが好きなんだ」

タカオは自転車のハンドルを切りながら明るい声で言った。

「そう?」

「毎日、あそこで食う。いつもフランツがにやにや笑って端っこに座ってるみたいだ。フランツに感謝だ」

しばらく返事はなかった。

「……そう。あんな古いテーブル、気に入ってくれててよかった」

定期フェリーのエンジン音が遠く響いた。海鳥が麓の港の上空を舞っている。

「これからどうするの」

カオルの平板な声が聞こえた。

白い光と熱い風の中、タカオはしばらく黙って坂を下り続けた。

「下って港まで行く。君を送って、また坂をこいで登る。また君を乗せて下る。またこいで登る」

長い沈黙の後、タカオは答えた。

背中にカオルの額がそっと当てられる感触があった。

「ばかね」

カオルの小さな笑い声が夏の空気に溶けていった。

定期船の港でカオルを見送った。日曜のため、学生服姿で通学する中高生の姿の代わりに、ヘルメットをかぶりスポーツ自転車を抱えた観光客の姿が目立った。

「来週、カサネが帰って来るわ」

フェリーに乗る間際に、振り返ってカオルが言った。

「そうか。夏休みだね」

「背が一年で六センチも伸びたそうよ。もうすぐわたし、抜かれるわ」

「それはフランツへ報告しなきゃ」

タカオの言葉にカオルは黙って苦笑を浮かべ、うなずいた。

「ところで、その巨匠風の髭、剃らないの？」

カオルがまぶしげに眼を細めてたずねた。タカオの頰から顎にかけて伸ばしたまま放置しただけの無造作な髭が覆っていた。髭には、まばらに白髪が交じりはじめている。タカオは黙って下を向いて笑ったまま答えなかった。

「じゃ、またね。マエストロ」

カオルが笑いながら手を小さく振った。

「マエストロは、わが釣りの師匠、フランツの呼び名だよ」

タカオは笑顔で答えた。

船が岸壁を離れた。

また二週間後、カオルは島に来る。今度はカサネと一緒だ。今から大きな砂時計を見るこころの準備をしなければならない。ディーゼルエンジンの排ガスの匂いが海風のなかに薄らぐ中、タカオは遠ざかるフェリーを長いあいだ見つめ続けた。船は次第に小さくなり、きらめきの中へ溶けて消えた。港から人が去り、誰もいなくなった波止場にしばらく立って、潮風に吹かれた。

自転車にまたがり、下ってきた坂道を登り始めた。電動アシストが効いているとはいえ、楽な帰り道ではない。傾斜の強い場所にさしかかるとタカオは立ち上がって前傾の姿勢を取り、体重をかけてペダルをこいだ。汗が噴き出した。スタジオに戻ったら、役場に提出する書きかけの企画書を完成させなければならない。飛び地で残された耕作放棄地の再開発計画の作成を町から委託されている。オランダの研究所と共同開発中の、人工知能で自動制御する新しい有機柑橘生産サイトを作る試みだった。授粉用の養蜂や害虫敵対生物の育成による生態系循環もプログラムする。計画通りに行けば投資生産効率は五倍以上になるはずだが、成功が保証されているわけではない手探りの道だった。

ペダルをこぐ足を止め、坂の途中で停まった。自転車にまたがったまま陽炎の揺らぐ坂道を見上げた。

誰もいない。

白い光だけがあった。

新しい計画よりも、まずは今年のレモンの実の生りが問題だ。やがて来る台風の被害も計算に入れなければならない。すべてはそれからだった。果物は一年に一度しか収穫できない。すべてが失われることもある。失敗は取り戻せない。だが、何事もなかったように毎年かならず同じ季節はめぐってくる。

タカオは再びペダルに体重を載せた。

丘の彼方に緑の小さな実をつけたばかりのレモン畑が見えてくる。ふたたび見渡す限りの海のきらめきが眼下に広がっていった。

著者
梶村啓二（かじむら・けいじ）
一九五八年、兵庫県生まれ。作家。
著書に『野いばら』（第三回日経小説大賞受賞、日経文芸文庫）のほか、『使者と果実』（日本経済新聞出版社）、『惑星の岸辺』（講談社）、『「東京物語」と小津安二郎』（平凡社新書）がある。

ボッティチェッリの裏庭《うらにわ》

二〇一九年八月三〇日　初版第一刷発行

著　者　梶村啓二
発行者　喜入冬子
発行所　株式会社　筑摩書房
東京都台東区蔵前二―五―三　郵便番号一一一―八七五五
電話番号　〇三―五六八七―二六〇一（代表）
装幀者　間村俊一
印　刷　三松堂印刷株式会社
製　本　牧製本印刷株式会社

ISBN978-4-480-80488-4　C0093

読書遍歴の本

キンダーブックのしらべ

中央公論社

日本が高度経済成長を遂げてゆく時代。一九五九年に「園児の科学絵本」として創刊された『キンダーブック』。当時の子どもたちが見た世界――韓国の風景や暮らし、一九六〇年代の日本の街並み……などを、キンダーブックの「絵」から探り、当時を振り返る一冊。

― キンダーブック・E.J

鶴見俊輔

絵本／本の中の絵

鶴見俊輔著作集第三巻より

無限抱擁

瀧井孝作

書かれなかった自伝

井伏鱒二

眠られぬ夜のために

ヒルティ

1952年2月、旧制高校を卒業する時に友人から贈られた本。人生の大切な岐路に立った時、常に読み返してきた愛読書のひとつ。